Erstes Kapitel

Lieber Gustav!
Beim Luftholen war ich noch im Himmel, beim Ausatmen bin ich einfach vor der Tür gestanden, von einem Atemzug zum anderen ist mir der Boden unter den Füßen weggerissen. Jetzt ist mir schlecht. Du kannst doch nicht einfach auf einen Zettel schreiben, daß Du weggehst, und ich auf mich aufpassen soll! Du willst mich nicht mehr. Hast Du den Zettel mit einer Nadel an die Tür gemacht oder auf den Abstreifer gelegt? Er ist nämlich auf dem Abstreifer gelegen. Ich habe keine Nadel finden können. Aber das darf doch bitte nicht sein, daß Du ihn auf den Abstreifer gelegt hast! Weißt Du, mir würde jedesmal das Herz fast in die Hose fallen, wenn ich Deine Handschrift irgendwo auf dem Boden sehe. Aber da steht, du gehst weg, und ich soll auf mich aufpassen. Und das liegt auf dem Abstreifer. Vielleicht hast Du den Zettel in den Türschlitz gesteckt, und er ist heruntergefallen. Wenn es wenigstens nicht Deine Handschrift wär! Keiner schreibt wie Du. Oh, mein Gott, ich hab noch Dreck an den Händen. Du gehst fort, und ich kann nicht einmal auf einen Gummibaum aufpassen. Ich bin herumgekrochen und hab die Nadel gesucht. Mir wird schlecht, gleich muß ich kotzen. Die Wohnungstür muß ich zuschließen, die steht noch sperrangelweit offen. Wenn ich Dich jetzt anrufe, und Du sagst, daß das nur eine Probe ist, dann ist es trotzdem vorbei, weil ich nicht weiß, für was das eine Probe sein soll. Aber ich trau mich nicht, Dich anzurufen, weil Du ganz sicher nicht sagst, daß es eine Probe ist. Jetzt sauf ich etwas. Du hast immer recht. Du hast gedacht, ich falle um, wenn ich das erfahre? Ich falle um. Meinetwegen. Nur damit Du recht hast. Oh, mein Gott, fühle ich mich beschissen! Ich würde Dich wahnsinnig gern erpressen. Aber es sind sowieso keine Tabletten da. Ich wasch mich einfach nie

mehr. Das geht auch. Ich hab Deinen Paß. Ich hab wirklich Deinen Paß. Und bin so blöd selbstlos und reiß Dir nicht einmal das Foto heraus! Du hast auf dem Bild ein Hemd an, das sieht genauso aus wie die Bluse, die Du mir geschenkt hast. Das wär ja das letzte, wenn die von demselben Stoff wären! Wenn Deine Mutter, diese Frau Rummel, mir die Bluse aus einem Rest genäht hat! Vollsynthetisch. Einen Geschmack hast Du wie meine Firmtante. Mein Gott, das tut mir so weh. Ich hab Dich so lieb. Wie siehst Du denn aus! Den Paß behalt ich auf jeden Fall. Auf jeden Fall!! Da kannst Du die Bezirkshauptmannschaft einschalten! Ich leg mich ins Bett und roll mich ein. Du bist ein Verbrecher.
Lieber Gustav, ich bin so sehr verliebt in Dich und mit meiner Liebe beschäftigt, daß ich nicht die kleinste Veränderung an Dir bemerkt habe. Warum liebst Du mich denn auf einmal nicht mehr? Ich bin immer noch so verliebt in Dich wie in der Rathausstraße.

Bess

Das war *der* Mittwoch meines Lebens: Als mich Gustav verlassen hat. Mitten im Sommer, mitten im August. Am Ende des Tages. Da habe ich aufs Papier geredet. Wohin hätte ich sonst reden sollen! Und das war nicht der einzige Brief an diesem Abend. Zwei Stunden später habe ich noch einen geschrieben. Aber den habe ich nicht in einen Umschlag gesteckt und auch nicht in einen Briefkasten geworfen. Ich habe ihn mit einer Haarspange an Gustavs Tür in der Rathausstraße geheftet. Gleiches mit Gleichem vergelten! Jedenfalls solange es nicht in die pure Gemeinheit ausartet. Wenn er mir seinen Zettel auf die Fußmatte gelegt hat, dann ist er eine Drecksau! Meinetwegen, habe ich gedacht, ich bin jedenfalls keine Drecksau, und habe die Haarnadel tief ins Holz gebohrt.

Lieber Gustav!
War der Abend voller Trauer, in der Nacht bin ich schlauer. Meine Liebe macht mich zur Dichterin. Es geht aufwärts mit mir. Perlen vor die Sau. Falls Du mich nicht erkennst: Ich habe eine Seidenbluse an und eine Samthose. Die eine schwarz, die andere schwarz. Ich bin um 21 Uhr im widerlichsten Pub, das ich kenne, weil es nämlich das Pub ist, das Du so widerlich findest. Ich warte genau eine Stunde. Ab dann bin ich unberechenbar.

Bess

Er ist nicht gekommen. Und ich bin unberechenbar gewesen.
Am nächsten Tag, Donnerstag, schrieb ich wieder einen Brief. Davor machte ich allerdings den Versuch, mit Gustav am Telefon zu reden. Ich hätte ihm etwas mitzuteilen gehabt. Mündlich. Beim Briefschreiben merkt man ja nicht, wie dem anderen die Luft wegbleibt. Ich wollte merken, wie Gustav die Luft wegbleibt, wenn ich ihm mitteilte, was ich ihm mitteilen wollte. Aber er war nicht am Apparat. Und die Luft ist schließlich mir weggeblieben. So habe ich eben doch einen Brief geschrieben. Den dritten.

Lieber Gustav!
Also, daß Du es weißt: Ich habe gestern mit einem aus dem Pub, das Du so widerlich findest, gevögelt. Es hat mir zwar nicht besonders gefallen, aber sonst war es im großen und ganzen nicht viel anders als mit Dir . . .

Zwischen diesem Absatz und dem nächsten habe ich unüberlegterweise eine Pause gemacht. Hätte ich nicht tun sollen. Das Telefon war zu nah, die Versuchung zu groß . . .

Du schaffst es noch und bringst mich um den Verstand. Ich hab es nicht ausgehalten und bei Deiner Mutter angerufen. Sicher hat sie es Dir brühwarm erzählt. Ich hab nicht gejammert. Wenn sie sagt, daß ich gejammert habe, dann lügt sie. Ich hab ihr bloß zugehört. Das hat mir gereicht. Hast Du ihr aufgetragen, sie soll mir sagen, daß Du zu Deiner Frau und Deiner Tochter zurückgegangen bist? Hast Du wirklich eine Frau und eine Tochter? Ich hab mir nichts anmerken lassen. Soll sie denken, daß ich es immer gewußt habe. Hast Du wirklich eine Frau und eine Tochter! Ein ganzes und ein halbes Jahr lang hast Du eine Frau und eine Tochter gehabt, und ich habe das nicht gewußt? *Einen* Brief bitte! Nur *ein* Wort! Nur *eine* Zahl! Schreib *eine* Zahl auf einen Zettel und schmeiß den vor meine Tür! *Wie alt ist Deine Tochter?* Was bist Du für ein feiger Hund! Übrigens hab ich zu Deiner Mutter gesagt, daß ich keine Ahnung von Deinem Paß habe. Warum hast Du Deine Tochter nicht eingetragen? Etwa meinetwegen? Denkst Du, das schmeichelt mir? Sag mir, wann Deine Tochter geboren ist, dann schicke ich ihr Deinen Paß zum Geburtstag! Und dann lügt Deine Mutter frech ins Telefon: »Er ist bereits in Schweden, die Adresse kann ich Ihnen nicht geben.« Deine Mutter ist ein Miststück. Ihr seid eine niederträchtige Familie! Erst verlangt sie Deinen Paß, und dann bist Du bereits in Schweden. Denkt die, daß ich blöd bin? Weißt Du, was mich krank macht: Wenn ich mir vorstelle, wie Du zu Deiner Mutter sagst: Ich wünsch mir, daß sie bald jemanden kennenlernt, dann geht es ihr besser. Und sie ist dann genau derselben Meinung. Das ist so schweinisch von Euch! Ihr Rummel haltet zusammen. Ich bin froh, daß ich mit Euch nichts mehr zu schaffen habe! Aber Dich will ich! Ich könnte heulen, weil ich Dich so liebhaben will! Lieber Gustav, ich wünsche Dir, daß es Dir so gut geht wie mir. Du hast eine Frau, ich habe einen Liebhaber. Ich treffe ihn am Sonntag um Punkt zwölf Uhr am Schiffshafen. Er heißt Max und ist bisweilen einigermaßen süß. Ich werde mich gut auf ihn einstellen können. Hol Dich der Kuckuck!

Bess

Am Sonntag beim Schiffshafen habe ich Gustav noch einmal gesehen.
Eine Hitze, ich habe geglaubt, mir kocht das Hirn ein. Zu neunzig Prozent kommt er nicht, dachte ich. Bleiben mir zehn Prozent. Für den Fall, daß er kommt, läßt sich ohnehin nichts vorausberechnen. Aber, wenn er nicht kommt? Was mache ich dann mit den neunzig Prozent, die dann hundert Prozent geworden sind?
Ein kleines bißchen Eifer wollte ich vor dem Mann, der Max hieß und der immerhin auf mir gelegen ist, doch demonstrieren. Also habe ich mir einen Strohhut gekauft. – »Italienisches Modell von einem Modezaren, 1300 Schilling regulär, herabgesetzt auf ganze 412!« – Wer's glaubt, wird selig! In einem Kiosk, wo es achtzigprozentigen Rum, Sacktücher mit Bregenzwappen und Feuerzeuge mit Bikinifrauen gibt! In Lindau kosten die gleichen Hüte siebzehn Mark neunzig.
Mir war das egal! Wenn mich mein Liebster anlügt, warum soll mich dann nicht auch eine Verkäuferin mit Sonnenbrandnase anlügen! Der Hut war mir eine Nummer zu klein. Und das war mir erst recht egal, wie ich mit dieser Scheibe überm Haar aussehe. Ein betrogener Hut auf einem betrogenen Kopf. Das paßt auf alle Fälle. Ein Windstoß und die Unschuld ist beim Teufel. Ein Heiligenschein, der wegfliegt und den eine kleine Tochter aufliest.
Es gibt Gustavfrau und Gustavtochter! Das war *die* Infor-

mation dieses Sonntagmittags! Die hat mir den Rest gegeben. Seit ich Gustavs Zettel von der Fußmatte aufgehoben habe, hat mir mindestens fünfmal irgend etwas den Rest gegeben. Der Rest summiert sich, und heraus kommt eine Mehrzahl. Eine Gustavtochter – wie schön das klingt. Eine kleine Rummel – wie schäbig das klingt! Ich hab mir die kleine Rummel drei Nächte lang eingebildet. Sie wird ihrem Vater aus dem Gesicht geschnitten sein, wie ich dem meinen, hab ich mir eingebildet. Die werden jetzt zu dritt im schwedischen Bett sitzen und Familie spielen, hab ich mir eingebildet. Gustav als liebevoller Vater liest Rotkäppchen vor, seine Frau spielt den bösen Wolf. Ob mit Paß oder ohne Paß, ich war überzeugt, der suhlt sich in Schweden. Schweden ist mir vor den Augen gestanden wie ein Schweinsschnitzel in der Sonne. Blond und lauwarm. Für mich zum Kotzen, für ihn eine Delikatesse. Gibt es so etwas!! Er hat mir einmal, und das ganz ohne Spaß, erzählt, daß seine Mutter aus Restschweinefleisch eine Suppe macht! Das ist mir plötzlich eingefallen, hat mich sekundenlang getröstet, als wäre diese Suppe ein Charakterfehler von Gustav. Genau, dachte ich, wie diese Suppe wird seine Frau schmecken! Aber was nützt mir das, wenn er verrückt nach Schweinefleischsuppe ist! Ich wußte, wenn ich mich jetzt nicht zusammennehme und etwas anderes denke, laufen nur noch Serien in meinem Kopf: *Die Rummels auf dem Berg. Die Rummels im Casino. Die Rummels im Schwimmbad und was weiter geschah.* Und alles zusammen eine Ausrede für: *Die Rummels im Bett.* Und die Tochter genauso schweinefleischsuppig wie die schwedische Mutter ...

Und dann ist der gekommen, auf den ich gar nicht gewartet habe. Braungebrannter Max! Bermudas und Buschhemd!

»Süßer Hut auf süßem Kind«, sagte er, küßte mich auf die

Wange und lehnte sich sofort ans Geländer, den Rücken zum See. So sieht er also aus, dachte ich und küßte ihn schnurstracks zurück.
»Sie wird dir guttun«, sagte er.
»Wer?« fragte ich.
»Die Luft«, sagte er.
Konversation und Bombenstimmung. Die bevorstehende Bootsfahrt kam mir vor wie der erste Teil einer Strafe. Saft und Zigaretten müsse man noch besorgen.
»Sonst ist alles perfekt.« – Max schnaufte tief ein, holte einen Schlüsselbund aus der einen Hosentasche und steckte ihn in die andere, ohne jede Notwendigkeit. Und ich flatterte mit den Augen herum.
»Danke für den Brief«, sagte ich. In diesen Tagen habe ich nämlich nicht nur Briefe geschrieben, ich habe auch einen bekommen.
Max nickte und holte den Schlüsselbund wieder aus der Tasche und steckte ihn in die andere.
»Ja, der Brief«, sagte er. Und dann – ich kann es nicht anders nennen – schämte er sich ironisch. Dabei habe ich ihn zum ersten Mal richtig angeschaut. Das habe ich schon öfter gesehen, daß sich einer ironisch schämt. Aber bei Max, der mich an diesem Mittag beim Bootshafen überhaupt nichts anging, ist mir das Wort dazu eingefallen: *sich ironisch schämen*. Er sagte, »Ja, der Brief«, und verdrehte seine Augen. Max, der redet, macht sich über Max, der den Brief geschrieben hat, lustig – und zwar hinter seinem Rücken. Da hat mich der ganze Max, wie er war, gerührt. Und da tat es mir leid, daß ich mich noch vor einer Minute nicht erinnern konnte, wie dieser Mann aussah.
»Ich geh zum Kiosk«, sagte er.
»Ich warte hier«, sagte ich.
»Schwörs mir«, sagte er.
Brav hob ich zwei Finger der rechten Hand, und er ging.

Jetzt wird er sehen, woher ich meinen Hut habe, dachte ich. Ein bißchen war mir das nicht egal.
Vor dem Kiosk warteten Touristen; Männer in Badehosen, dick und rot; eisschleckende Kinder, die Bäuche kleben, wenn es herunterrinnt; Frauen unter Tirolerhüten, die Hemden rotgestreift längs, die Arme weißgestreift quer, vielleicht hat man ihnen die Armbanduhren geklaut; Mädchen im Bikini, ich sah, wie eine mit langen Haaren von hinten ihre Hände über Maxens Augen legte. Er drehte sich nach ihr um, redete ein paar Worte, blickte dabei aber zu mir herüber und winkte, und das Mädchen winkte auch. Ich bin bereits eingeführt, dachte ich. Keine Spur von heimatlos. Gustav würde nicht aus dieser Richtung kommen, sich nicht durch die vielen Leute drängen... Hinter mir sah es nicht anders aus.
Würde ich hier Urlaub machen, ich fände es todsicher genauso zauberhaft wie die Hamburger Dame neben mir. Unwiderstehlich, entzückend... Leute, dachte ich, wenn man euch alle auf einen Haufen kehrt, wie groß ist der Durchmesser von diesem Haufen...
Und dann sehe ich ihn doch. Meine berechneten zehn Prozent. Irrtum ausgeschlossen. Gustav. Der Name ist erfunden. Alle Namen in dieser Geschichte sind erfunden. Gustav habe ich genommen, weil er mich an etwas Lächerliches erinnert. Er stand am Geländer, zwanzig Meter entfernt. Schweden war gelogen. Die Rummel denkt nur, weit weg muß es sein, und da fällt ihr Schweden ein, sie hat noch nie etwas von Neuseeland gehört. Ich schau mir sein Profil an und muß denken: Anita Ekberg. Ob Gustavs Frau so ein Busengebirge mit sich herumträgt? Wie schön, ihr ein Kind zu machen! Wie schäbig, wenn es wüßte, daß ich seinen Vater Gustav nenne! Die ganze Welt ist voll von wunderschönen kleinen Mädchen, und eins davon ist seines.

Gustavs Blick war auf den See gerichtet. So, wie er dastand, hätte er mich längst schon bemerken müssen. Ich ziehe mir den Hut vom Kopf, ich will nicht verkleidet sein, und werfe den Hut ins Wasser. Oder habe ich das nicht getan? Das paßt nämlich nicht zu mir. Wahrscheinlich habe ich gedacht, das sieht nach etwas aus, wenn ich jetzt den Hut ins Wasser werfe, und habe gleichzeitig gedacht, das sieht aus wie in einem blöden Film. Und so ist mir der Hut wahrscheinlich halb absichtlich, halb unabsichtlich aus der Hand geflogen. Und gleich habe ich geschaut, ob Gustav den fliegenden Hut mitkriegt, und der Hut ist geflogen, so langsam ist der geflogen, das kann doch nicht wahr sein, daß ein Hut so lange braucht, bis er die zwei Meter ins Wasser fliegt. Aber kein Blick von Gustav, weder auf mich noch auf meinen Hut. So lange schau ich in seine Richtung, bis wir uns begegnen, dachte ich. Warum bricht der Holzsteg nicht ein, und ich ersaufe. Der Hut kann schwimmen, ich kann nicht schwimmen.
»Fräulein ihr Hut, ich hol ihn«, sagt einer und springt ins Wasser. Oder bilde ich mir das alles nur ein? Gustavgustav. Himmel, er ist eifersüchtig!
»Quellen und versiegende Bäche.« – Hat das eben einer gesagt?
Der Hutretter verstellt mir den Blick. Gustav ist weg.
Max sagt: »Betty!«
Der andere: »Ihr Hut.« – Auf Mittwoch folgt Sonntag, als wäre nichts dazwischen...
Und ich bin gerannt. Hinter Gustav her. Mehr prinzipiell als wirklich, denn gesehen habe ich ihn nicht mehr. Und nicht mehr in diesem August...

Zweites Kapitel

So habe ich mir Gustavs Frau vorgestellt: Wie Charlotte. Nach Charlotte dreht man sich um, sie kann schön gehen und flott reden und ansteckend lachen. Aber gut stricken kann sie nicht.

»Seit eineinhalb Jahren arbeite ich an diesem Stück«, sagte sie. – Das war am Ende von diesem August. Ein weiter, auberginefarbener Winterpullover. Ich habe ihr das dann abgenommen. Sie hat mich nicht alleingelassen, und ich habe für sie gestrickt.

Charlotte ist groß und wuchtig. Sie hört lieber: üppig. Einen Busen wie den ihren kriegt man selten zu sehen, fest und weich; fest im ganzen, so steht er ab unterm Pullover, und weich, wo der BH einschneidet, weil die größte Größe immer noch zu klein ist. Der sei ihr Kapital, sagt sie, aber ich weiß, daß sie es nicht so meint, das ist halt schon so oft gesagt worden, das zitiert sie einfach. Manchmal staune sie selber über ihren Busen, sagt sie, aber sonst kümmere sie sich im großen und ganzen nicht um ihn; ich mich um den meinen schon, er ist wie zwei Fäuste – ebenfalls ein Zitat.

Charlotte hat in ihrer blitzweißen Küche »Überraschungskakao« zubereitet mit Kirsch und Orange, und über alles mögliche hat sie geredet, mit hochgezogenen Augenbrauen, ob sie so verrückt sein und den *Großen Brockhaus* abonnieren soll, pro Monat zwei Bände, die Rate billiger als zwei Stangen Marlboro ... Was sie geredet hat, hat mich interessiert, aber nur zwei Stunden lang, dann war ich wieder bei meinem Jammer. Aber ich habe nicht viel erzählt. Ich werde immer dümmer, habe ich gedacht. Und verhalten habe ich mich wie: Hier bin ich, also reparier mich.

Nach Gustavs Abgang bin ich auseinandergefallen. Ich bin auseinandergefallen in mindestens drei Teile; und mein Tag mit mir. Ich kann ja nicht nur heulen, ich muß ja

auch arbeiten. Arbeiten, Heulen und Sonstiges. Zuerst habe ich Urlaub genommen. Zwei Tage. Donnerstag und Freitag. Es war nicht zum Aushalten. Am dritten Tag beim Aufwachen habe ich zum Himmel gebetet, damit er ein Wunder geschehen läßt und einen Arbeitstag macht, nur bloß nicht Samstag. Es ist einfach nichts vorwärtsgegangen. Kein Tag ist vorwärtsgegangen. Und dann war der braungebrannte Max immer wieder da – mit seinen Briefen und Telefonaten und seinen bunten oder weißen oder schwarzen Sporthemden. Es ist einfach nichts vorwärtsgegangen. An jedem Morgen habe ich mich an den vorangegangenen Tag erinnert, als hätte er sich in der Gegend meiner Erstkommunion abgespielt.
In der Nacht mit Max muß etwas Rasantes passiert sein. Immerhin, meine Kleider lagen genauso auf dem Boden herum, wie ich sie in der Nacht hingeschmissen hatte. Aber was heißt das schon! Wo steht denn geschrieben, daß ich gestern das Gelbe angehabt habe?
Ich habe einfach einen Zeugen gebraucht. Ein Zeuge ist jemand, dem ich wurscht bin. So bin ich auf Charlotte gekommen.
Nachts nach ihrer Arbeit habe ich sie besucht. Sie hat allen Trost probiert, den es gibt, und ich bin auf ihrem Sofa gesessen und habe gestrickt. Und dann war der August fast vorbei und der Pullover so groß wie für einen Riesen, und aller Trost war verbraucht, und Charlotte sagte:
»So geht es nicht weiter. Du mußt jede Minute von diesem blöden Mittwoch nachstellen.«
Und ich sagte: »Was interessiert mich der Tag, da bin ich irgendwo gewesen und habe irgend etwas gemacht. Was solls! Da habe ich noch geglaubt, er liebt mich, und er hat schon gewußt, daß es nicht stimmt. Was soll ich mich an einen Tag erinnern, an dem ich mit etwas Falschem im

Kopf herumgerannt bin! Ich erinnere mich nicht an den Tag, ich erinnere mich nur an den Abend!«
Den Abend sollte ich mir vorerst aufsparen, sagte sie, ein Abend fängt mit einem Nachmittag an und ein Nachmittag mit einem Mittag und ein Mittag mit einem Vormittag und ein Vormittag mit einem Morgen...
»Erzähl mir alles«, sagte sie, »den ganzen Tag, aber bring nichts durcheinander! Erinnere dich der Reihenfolge nach!«
So.
Das ist, wie wenn man Gemüse in einen Mixer wirft und hinterher gelbe Rüben von Sellerie trennen soll.

An diesem Mittwoch war ich nicht imstande, einen blauen Himmel, eine grüne Wiese und eine gelbe Sonne zu sehen. So läßt sich beginnen...
Am Morgen war ich noch übermütig, weil ich wußte, am Abend würde ich Gustav treffen. Wir hatten uns eine Woche lang nicht gesehen. Acht Tage genau. – »Heute werde ich Gustav treffen.« – Das war mein erster Gedanke beim Aufwachen. Damit fängt der Tag an.
Ich war leicht und habe meine Füße auf dem Boden nicht gespürt. Draußen war es heiß. Ich trug ein dünnes Fähnchen, war barfuß in Sandalen und hatte die Haare zu einem Roßschwanz gebunden.

»Das ist schön«, sagte Charlotte, »du hast eine Ader...«
»Was für eine Ader denn?«
»Eben wie man sagt, eine Ader...«
»Dann sag doch, was für eine Ader! Adern habe ich mehrere. Ich weiß nicht, welche du meinst...«
Charlotte hat mich zwar schon sehr getröstet, aber sie hat mich auch irgendwie verrückt gemacht. Nach einer gewissen Zeit hat mich immer die Lust gepackt zu sticheln.

Aber weiter in meinen Mittwoch hinein...

Ich fuhr also mit dem Rad zur Fürsorge. Dort arbeite ich. Die Stelle hat mir mein Vater zugeschanzt. Gelernt habe ich das nie. An diesem Mittwoch hatte ich mich um ein fünfzehnjähriges Mädchen zu kümmern. Ich hatte mich selbst darum beworben. Und am Morgen ist mir ihr Name nicht mehr eingefallen. Weder der Vorname noch der Nachname. Nicht einen Schimmer habe ich mehr gehabt. Ich bin also zuerst ins Büro. Ich hoffte, daß alle schon weg wären, aber es waren alle da, alle wie bei einer Vollversammlung und fragten mich, was ich denn hier noch wollte, und ich hab irgend etwas gesagt und in meinem Fach herumgewühlt und schnell in das Dossier geschaut.
Klara hieß sie, Klara Stangerl. Dabei hatte ich am Abend zuvor noch mit Gustav über sie gesprochen. Am Telefon. Ich habe einfach ihren Namen bei ihm gelassen. Alles hat er an sich gerissen, aus meinem Kopf heraus, wie ein Staubsauger, ich bin hinübergeflogen zu ihm, und was sonst noch alles an mir geklebt hat, ist mitgeflogen, auch die kleine Klara Stangerl...
Ich sollte sie vom Spital abholen, ein Gespräch mit dem Psychiater führen, der ihr neuen Lebensmut eingespritzt hat, und sie dann zu ihrem Vater bringen. Vor allem aber sei wichtig, ihr Vertrauen zu gewinnen. Und was mache ich dann mit ihrem Vertrauen, hatte ich die Frau Dr. Fritz-Gehrer fragen wollen. Ich war schon die ganzen letzten Tage so übermütig gewesen. Ich war einfach redelustig. Die Frau Dr. Fritz-Gehrer ist die Chefin in unserer Abteilung, und die ist auch redelustig, aber die ist es immer, und das hält man kaum aus. Die hätte eine Gaudi gehabt, wenn ich so gefragt hätte. Darum habe ich nicht so gefragt und einfach nur gesagt:

»Das trau ich mir schon zu.«
Es lagen wenig Informationen über Klara vor, ich wußte nur, daß sie Schlaftabletten genommen hatte, mit einer Schwester bei ihrer Mutter wohnte, und daß die Mutter an Depressionen litt und nach dem Vorfall in die Nervenheilanstalt eingeliefert worden war.
Die anderen im Büro haben mit dunklen Köpfen über einen jungen Alkoholiker geredet, und ich bin halb singend durchs Tor hinaus. Es ist fast unverantwortlich, dachte ich, wenn sich jemand mit soviel Glück im Bauch wie ich um eine Unglückliche kümmern soll. Ich wünsche der kleinen Klara einen Gustav wie den meinen, hab ich noch gedacht. Schön angeschissen wär sie da gewesen!

»Das wird die Geschichte von Klara, wenn ich so weitermache«, habe ich zu Charlotte gesagt und dabei gedacht: Schön wärs, dann könnte ich mich rühren lassen von einem anderen Unglück und könnte heulen, was ich nicht kann, wenn ich an mich selber denke.
»Gehört sie zu deinem Mittwoch dazu oder nicht?« hat Charlotte gefragt.
»Zum Mittwoch schon, aber nicht zum Gustav.«
»Gustav? Gustav? Wer ist Gustav? Laß dir doch von ihm nicht vorschreiben, was du mir erzählen sollst! Diese Klara hat ja wohl auch eine Geschichte.«

Allerdings. Klara stimmt mich auf diesen Mittwoch ein wie auf eine traurige Melodie: Sie sah aus, als hätte sie sich Hose und Jacke von einem Rauchfangkehrer geborgt. Daß eine gescheiterte Selbstmörderin an einem heißen Sommervormittag in schwarzen Kleidern das Krankenhaus verläßt, ohne Bocken und Schämen, ohne Heulen und ohne blödes Lachen, das ist selten. Das kann ich beurteilen. Und das hat mir gefallen.

Sie steht verloren da. Was soll sie mit mir anfangen? Sie wartet, daß ich ihr die Tür aufmache. Irgendeinen Zweck muß ich ja haben. Ich sehe ihr etwas abgezehrtes Gesichtchen, die verschossene Jacke, die ihren mageren Hals freiläßt, die Hose, die ihr Nummern zu groß ist.
Wir sind hinuntergegangen zum See und am See entlang in Richtung Kaserne. Ihr Vater hat an diesem Tag extra Urlaub genommen. Seit der Scheidung lebte er allein in einer kleinen Wohnung, ein Zimmer und eine Küche. Die Küche war ein Anbau, der auf ein darunterliegendes Flachdach gemauert war. Man konnte die unverputzten Wände von der Straße aus sehen. Von dort oben mußte er einen schönen Ausblick auf den See haben.
Klaras Vater war ein dunkler Mann mit weit aufgerissenen Augen. Er saß am Küchentisch und bot uns Platz an. Er hat sich für mich den Sonntagsanzug angezogen, dachte ich. Neben dem Herd lehnte eine Plastiktüte voll mit Lebensmitteln. Er hatte eingekauft, aber er konnte nicht kochen. Also hab ich das gemacht. Wir haben gegessen und ein Bier getrunken und geraucht. Klara hat gefragt, wo sie schlafen soll, und ihr Vater hat gesagt, ein Kollege bringe am Abend ein Klappbett, das werde in die Küche gestellt. Über den Vorfall haben wir nicht geredet. Das wäre meine Aufgabe gewesen. Ich habs nicht fertig gebracht...
Jetzt nichts mehr über Klara. Jedenfalls vorläufig.

»Du mußt den Dingen ihr Recht geben«, hat Charlotte gesagt und gleich zugegeben, daß der Satz nicht von ihr kommt. Sie hat die Schublade von ihrem Schminktisch aufgemacht und einen Block herausgenommen und geblättert und sich dann korrigiert:
»Du mußt den Dingen ihr Recht lassen.«
Damit hat sie gemeint, ich sollte zunächst den Tag so

erzählen, als ob es Gustav gar nicht gäbe, als ob er nicht die Hauptrolle spielte.
»Erst wenn er auftaucht, kommt er dran.« – Und auch dann sollte ich vorsichtig mit ihm umgehen.

Es fällt mir schwer. Aber ich will es versuchen.
Kurz vor sechs bin ich zu der Gärtnerei in der Anton-Schneider-Straße gefahren und habe für meinen Vater einen Gummibaum gekauft. Ich hatte am Vorabend in einem Anfall von Energie das Wohnzimmer umgeräumt und alles, was mir nach dreimal Anschauen immer noch als Gerümpel vorgekommen ist, in den Aufzug gestellt, nach unten transportiert und auf dem Gehsteig an die Hauswand geschichtet. Da war auch der alte, lederne Gummibaum von meinem Vater dabei, an dem er, solange ich denken kann, herumgedoktert und umgetopft und herumexperimentiert hat. Ein Unikum, dem man nicht einmal ansieht, ob es noch lebt. Und mein Vater, als er dann in der Nacht nach Hause gekommen ist, hat geschrien, kein Unikum, sondern ein Unikat sei dieser Baum, und er ist hinuntergerannt über die Stiege auf die Straße, aber der Gummibaum war schon weg. Und nur noch das tote Gerümpel stand herum, die ausrangierte Waschmaschine und die kaputten Korbstühle von den anderen Mietern.
»Da schau es dir an!« hat mein Vater zu meinem Fenster hinaufgeschrien. »Schau es an! Alles totes Zeug! Das gehört auf den Sperrmüll und nicht ein lebendiger Baum!«
Dann hat er also tatsächlich noch gelebt, habe ich gedacht und das Fenster zugemacht und mir vorgenommen, einen neuen zu besorgen.
Sie haben nur kleine oder riesengroße gehabt. Ich habe einen kleinen genommen.
Klara im Kopf, den Gummibaum im Arm, und Gustav im

Herzen. An dritter Stelle, wie ungerecht. Kaum war mir Gustav eingefallen, sind meine Füße ganz von selbst gelaufen. Das Fahrrad hab ich geschoben, weil ich einhändig nicht fahren kann. Heute abend würde ich ihn wiedersehen! Wie war ich in diesen Menschen verliebt! Allen Menschen hätte ich einen Gustav gegönnt! Die ganze Welt wäre eine andere geworden.

Wenn ich nie von ihm geredet hätte, würde niemand nach ihm fragen. Dann könnte ich eine Geschichte erzählen, in der er nicht vorkommt. Aber nicht einmal das stimmt. Sie haben mich schon die ganze Zeit über in der Fürsorge angeredet: Ob ich einen habe und was für einer das ist ... Obwohl niemand außer meinem Vater und seiner Freundin von ihm gewußt hat und obwohl mich nie jemand mit ihm gesehen hat. Jedenfalls keiner, den ich kenne. Charlotte einmal ausgenommen. Man hat ihn mir einfach angesehen.
»Natürlich geht es nicht ohne ihn«, sagte Charlotte. – Und dann: »Wenn er dann wirklich drankommt, erzähl erst das Außenherum. Sonst machst du, daß er alles niedertrampelt.«

Also:
Gustavs Handschrift. Gustavs Handschrift ist so charakteristisch und so genau er selbst, daß das fürs erste reichen muß. Mir hat es auf jeden Fall gereicht. Mich hat sie umgehauen. Eine dünne spitze Feder, Unterlängen bis in die nächste Zeile, Oberlängen bis in die vorige Zeile. In alles mischt sich seine Gegenwart ein.
Es war sechs vorbei, und um sieben wollte er mich abholen, und ich habe ein verschwitztes Kleid angehabt.
Alle Kinder schreien gerne beim Laufen, ich hätte Lust gehabt, das auch zu tun. Ich mußte mich regelrecht be-

herrschen. Die Lenkstange hat es mir gebeutelt. Ich habe kaum die Haustür aufgekriegt: Fahrrad und Gummibaum und Tasche und Ungeduld...
Ich bin die Treppe hinaufgerannt – wenn ich so aufgelegt bin, käme es mir nie in den Sinn, den Aufzug zu benützen... Ich renne gegen unsere Tür, mein Schlüssel, wo ist dieser verdammte Wohnungsschlüssel... Jedesmal dasselbe Theater! Mein Vater war nicht da. Das waren seine Abende bei Lilli. Dienstag, Mittwoch, Donnerstag. Lilli, das ist seine Freundin. Er übernachtet nie bei ihr. Sie schon bei uns. Sie kommt auch noch dran.
Der Schlüssel ist zuunterst in der Tasche. Ich bücke mich und dann sehe ich diesen gottverdammten Zettel auf dem Fußboden liegen. Auf dem Fußabstreifer.
Gustavs Handschrift. Unterlängen und Oberlängen wie Wurzeln und Antennen, und kaum Tinte auf dem Papier, so dünn.
Grüne Wiese. Blauer Himmel. Gelbe Sonne. Ich ticke nicht richtig. Zuerst, habe ich mir gedacht, das kommt, weil ich nicht richtig ticke. Klara, hat sie Schuhe angehabt?

Da kriegt man nie Briefe und da schreibt man nie Briefe, und dann kriegt man einen Zettel, und dann wird das auf einmal wie eine Sucht. Daß man Briefe schreiben muß. Ob das notwendig ist oder nicht. Ich habe im folgenden halben Jahr so viele Briefe geschrieben, wie ich in meinem ganzen Leben nicht mehr schreiben werde. Aber da hätte ich Briefe schreiben können, bis mir die Hand abgefallen wäre, diesen Zettel mit dem winzigen Loch am oberen Rand, den hätte ich damit nicht weggekriegt. Aber was genau draufgestanden hat, braucht niemand zu wissen.
Ja. Ein winziges Loch war in dem Zettel. Da muß irgendwo eine Nadel sein. Ich hab die Nadel gesucht. Ich

habe den Fußabstreifer mit der Hand abgebürstet. Daß ich mich doch nur gestochen hätte! Ich hab die Nadel nicht gefunden. Dieser Zettel! Hat er den an die Tür geheftet oder in den Türschlitz gesteckt, und er ist heruntergefallen? Das erste und einzige Mal kommt er an diese Tür und heftet einen Zettel hin. Und dann so einen! Mein Gott! Arme Klara.

Das war der Tag, und jetzt soll der Abend kommen!
Wenn es geht, der Reihe nach: Vom Zettelaufheben um fünf bis zum Betreten des *Finn MacCool* um sieben. So heißt das Pub, in dem Charlotte arbeitet. Finn MacCool ist ein irischer Riese. Ein Riese, der sich bei seiner Frau im Bett versteckte, als sein Feind ihn rief...
Das macht meine ganze Misere obendrein auch noch lächerlich! Ich verkrieche mich in den Bauch des Riesen, nachdem mir mein Liebster den Laufpaß gegeben hat. Ich verkriech mich in seinen Bauch und stricke ihm einen Pullover... Und dann stellt sich heraus, daß niemand, nicht einmal der Besitzer von dem Pub, eine Ahnung hat, wer dieser Finn MacCool eigentlich ist. Das hat die brave, tapfere Charlotte aus einem Lexikon ausgegraben. Und dann haben sie alle gelacht. Weil dieses ekelhafte Kleinirland mit seiner geräucherten Holztheke und seinem geräucherten Bier und den geräucherten Vorhängen nur deshalb *Finn MacCool* heißt, weil da drin das Wort *cool* vorkommt. Und das ist ein Programm.
Noch vor kurzem hieß das Lokal *Café Rose* und war ein Nachmittagscafé, wo man Kuchen gegessen hat. Jetzt ist das *Café Rose* weg. Niemand hat gefragt, ob man irgend jemandem irgend etwas wegnimmt, wenn man aus dem Café ein Pub macht. Dann wär ich nämlich aufgestanden und hätte gesagt: Mir nimmt man etwas weg! Dort bin ich einmal eine Stunde und ein dutzendmal ein paar Minuten

gesessen. Und bin glücklich gewesen! Das *Café Rose* war mein Warteraum...
Charlotte hat schon im *Café Rose* bedient. Sie war das einzige, das man gelassen hat. Man hat sie einfach übernommen. Aus Dankbarkeit hat sie im Lexikon nachgeschaut, was Finn MacCool heißt. Sie wollte Engagement zeigen.

Mein Fürchten fing an mit dem Zettel auf der Fußmatte und endete im *Finn MacCool*. Wenn Gustav doppelt gewesen wäre – einer, der mich weggeschickt hat und einer, der mich behalten hat – dann hätte ich mit dem zweiten reden wollen in diesen zwei Stunden, nur mit ihm. Ich hätte mich mit einem braven Gustav über den bösen Gustav unterhalten. So habe ich mir den Kopf aufgerissen und keiner ist mir eingefallen, mit dem ich hätte reden können. Ich hab einen Brief geschrieben. Im Stehen, bitte sehr. Ich habe im Stehen einen Brief an Gustav geschrieben. Ich habe auch meinen Vater beim Kopfaufreißen nicht vergessen. Ich habe im Ernst überlegt, ob ich zu Lilli nach Hause gehen soll, bleich wie ich war. Ich war sogar noch so raffiniert, miteinzubeziehen, daß das Gehen – und ich hätte nur schnell gehen können, eigentlich nur rennen – daß sich dabei meine Wangen röten würden. Also, hab ich gedacht, wenn du zu Lilli gehst und den beiden etwas vorheulst, vergiß nicht, vorher weißen Puder aufzulegen. Aber so viel weißer Puder war gar nicht im Haus. Also habe ich mich ans Fensterbrett gestellt und den Brief geschrieben.
Der Brief kam geöffnet zurück. Zwei Tage später. Geöffnet und gelesen! Zurückgesteckt in mein Kuvert. Ich hätte mein Letztes gewettet, daß das die Frau Rummel gemacht hat. Neugierig schon, aber sich dann das Rückporto sparen wollen! Der Briefträger hat mich aus dem Bett geklin-

gelt. Sechs Schilling mußte ich draufzahlen. Ich hab ihm einen Fünfziger gegeben und gesagt:
»Der Rest ist für Sie.«
Ein junger gerissener Grinser, der nie etwas gesagt, aber immer den Mund offen gehabt hat. Als ich ihm beim nächsten Mal – auch der nächste Brief war geöffnet worden – die genauen sechs Schilling gab, war er auf eine freche Art unzufrieden. Und machte eine Bemerkung.
»Für ›Bess‹...«
›Bess‹. – Das hatte ich als Absender hinten auf die Briefe geschrieben. Ich war drauf und dran, bei der Postdirektion Innsbruck anzurufen und mich zu beschweren.

Jetzt ist Gustav ganz da. Jetzt gibt es keine Kurve mehr zu kratzen. Oh, Jammer, Jammer, so ein langer Abend, und von jetzt an heiße ich anders! Ich kann doch nicht der Reihe nach erzählen...

›Bess‹ war ein Original. ›Bess‹ war wirklich ein Unikat. Ich, Bess – das ist Gustavs Erfindung. Eine Abkürzung für Bestie vielleicht, hab ich gedacht. Bestie wäre etwas Gutes. Bei Gustav auf jeden Fall. Ich habe nie herausgekriegt, ob er bei Bess an Bestie gedacht hat. Man kann einen fragen: Bin ich dein Engel? Aber man kann einen nicht fragen: Bin ich deine Bestie? Das kann man fragen, wenn es etwas Schlechtes ist. Wenn es etwas Gutes ist, kann man es nicht fragen. Ich habe ihn nie gefragt, ob er Bestie meint, wenn er Bess sagt. Das wäre, wie wenn ein Christ fragt: Bin ich ein Heiliger? Oder wenn ein Kommunist fragt: Bin ich ein Revolutionär? Wenn ein wilder Hund fragt, bin ich ein Heiliger, dann geht das, weil er keiner ist und weil er keiner sein will; und wenn ein ÖVPler fragt, ob er ein Revolutionär ist, dann geht das auch, weil bei dem soll da ja der Teufel davor sein... Für Gustav eine

Bestie zu sein, das kam mir vor wie der Mount Everest oder wie Asien oder wie der Pazifische Ozean oder wie der Marianengraben. Ich habe ihn nie danach gefragt. Die Unsicherheit war aufregend.
Dann hab ich – lang wars mit Gustav her – eine Bess aus Bremen kennengelernt...
»Bess wie Bestie?« hab ich gefragt und gemerkt, daß ich einen roten Kopf kriegte, obwohl es schon so lang mit Gustav her war.
»Neeee«, hat sie gesagt, »in unserer Klasse gab es drei Bessen, da sacht nich ürgendeiner Elisabeth dazu...«
Gustav hat vor meiner Zeit in Bremen gearbeitet. Wieder ein Stück Vergangenheitsbewältigung, hab ich gedacht und bin weiß geworden. Und dann wieder rot vor Zorn – wie die österreichische Fahne.

»Bemüh dich«, hat Charlotte gesagt. »Du mußt systematisch vorgehen, das hilft...«
»Von wem hast du denn das?« hab ich gefragt.
»Ja, das hab ich von jemandem«, hat sie gesagt und dabei die Augenlider eine Weile geschlossen gelassen. »Ich war genauso wie du. Ich wollte das Chaos nicht gegen die Ordnung eintauschen...«
»Du brauchst dir keinen *Brockhaus* zu kaufen«, rief ich, »du redest selber wie einer!«
»Das macht nichts«, sagte sie ruhig. Aber ich merkte, daß ich da nicht weiterbohren durfte, weil ich sonst auf Tränen stoßen würde. O Jesses, dachte ich, da tröstet der Einarmige den Keinarmigen!
Dann richtete sie sich in ihrem Stuhl auf und sagte – und diesen Satz hätte *ich* mir aufgeschrieben:
»Auf Umwegen und über Nacht habe ich mich entschlossen, die Matura zu machen. Ich will doch nicht immer das Tschoperl sein.«

Ich habe keine Ahnung gehabt, was sie meinte. Und es hat mich auch gar nicht interessiert. Als Gustav mich verlassen hat im heißen August. Das hat mich interessiert. Genausogut könnte ich sagen: Als August mich verlassen hat im heißen Gustav. Matura hätte mir da nichts genützt. Als Gustav mich verlassen hat... Jede Erinnerung hatte diesen verfluchten Vorspann!

Zwei Tage Urlaub. Das war ein Blödsinn. Ich hätte mich um Klara kümmern sollen. Hinterher hat man mir in der Fürsorge gesagt, sie habe angerufen und nach mir gefragt. Und dann noch der Samstag und der Sonntag. Was habe ich gemacht in diesen Tagen? Ich habe geschwitzt, Cremeschnitten in mich hineingefressen, Gespritzte getrunken, dutzendweise. Aber den Durst hab ich nicht weggebracht. Ich habe schlecht geschlafen, den ganzen Tag bin ich im Bett gelegen, war nur mit einem Leintuch zugedeckt, und auch das war mir eine Last. Meinen Brief an Gustav habe ich unter dem Kopfkissen versteckt und seinen Namen vollgeheult – »Herrn Gustav Rummel«, kaum noch zu lesen.

»Was ist bloß los mit dir, wie siehst du aus! Sag halt, was du hast! Warum hast du Urlaub genommen? Hat es etwas mit Gustav zu tun?«

Mein Vater hat so gefragt. Er ist hinter mir hergegangen. Bin ich in die Küche, ist er auch in die Küche.

»Trink heiße Milch, trink einen Schnaps!«

Seine Vorschläge waren wie aus einem Lebenshilfebuch. Und ich hab mir gedacht: In diesen Dingen hat er Erfahrung, der Mann. Ein zynisches Stück, ich.

Einmal legte er Geld auf den Tisch: »Kauf dir etwas, das dir Freude macht.«

Am ersten Tag hat er sich zu mir auf das Bett gesetzt. Ich lag unter der Decke und hab mit Gewalt versucht, sie

unter seinem Hintern wegzuziehen. Ich habe ihn angeschrien, er solle aus meinem Zimmer verschwinden. Er hat mich angestarrt, sprachlos. Wir reden normalerweise in einem gepflegten Ton miteinander.
Und er: »Ich kann in meiner Wohnung doch noch auf deiner Zudecke sitzen!«
Was wir manchmal früher gelacht haben zusammen, wenn sich einer von uns beiden blamiert hat! Aber diesmal nicht. Ich reiße an der Decke, er reißt an der Decke. Er packt mich am Handgelenk und drückt, so fest er kann.
»Ja, Himmel, laß los«, sag ich.
Und er sagt: »Nein!«
Und ich schreie ihn an: »Gehört mir wenigstens noch mein Handgelenk?«
Und er schreit zurück: »Was?«
Er läßt nicht los. Es tut wirklich elend weh. Ein Angestellter beim Arbeitsamt, der den ganzen Tag nichts anderes tut, als mit dem Finger dorthin zu zeigen, wo man kräftige Hände braucht... Nur nicht losheulen, denk ich, und das hat mir Kraft gegeben. Daß man so eine Kraft hat, wenn man nicht heulen will! Ich komme frei, will ihn vom Bett stoßen, dabei fällt ihm seine Brille auf den Boden und ist kaputt. Das werde ich nie vergessen.
Wie alt er aussieht, dachte ich, seine Augen unter den faltigen Lidern, er hat sich nicht rasiert...
Mir fiel ein, daß meine Schulfreundin Teresa einmal in ihn verliebt war. In seine Olivenhaut, hat sie gesagt, und das hat mich damals amüsiert. Olivenhaut. Wenn ich mir das Zeug anschaue, das auf die Pizza kommt, aus dem Glas auf die Pizza, und dann meinen Vater daneben! Olivenhaut! Und als er die zerbrochene Brille in der Hand gehalten hat, ist mir wieder die Olive in den Sinn gekommen. Wir sind uns in die Arme gefallen, ich habe an seiner Schulter geweint. Mein Vater hat breite Schultern. Breite Schul-

tern und starke Hände. Vor Teresas Schwärmerei hatte ich nie auf sein Aussehen geachtet.
»Seine Zähne, schau dir einmal seine Zähne an, wenn er lacht, und dann die Falten auf den Wangen...«
Ich hab sie mir dann wirklich angeschaut, wie eine Besonderheit. Mein Interesse für seine Zähne ist dadurch allerdings nicht größer geworden. Erst als Teresa gesagt hat:
»Du hast die gleichen Zähne wie er.«
Da hab ich mir gedacht: Mein Vater hat die gleichen Zähne wie ich...
»Und auch die gleichen Wangen.«
...und auch die gleichen Wangen...
»Und auch den gleichen hohen Haaransatz.«
...und auch den gleichen hohen Haaransatz...
»Schau ich total aus wie mein Vater?« hab ich irgendwann einmal gefragt. Da hat mich Teresa angeschaut, als ob ich nicht alle hätte.
»Dann sag mir etwas, was bei mir anders ist als bei ihm«, habe ich gefragt.
»Dein Wesen«, hat Teresa gesagt und die Augen verdreht.
Sie hat mich nur seinetwegen von zu Hause abgeholt. Wir haben damals weiter stadteinwärts gewohnt. In einem Haus übrigens. In einem kleinen Haus, das hinten einen Hof hatte und eingeklemmt war zwischen zwei größeren Häusern, die hinten hinaus Veranden hatten, jeder konnte jeden sehen, und gegrüßt wurde ununterbrochen. Den Hof mußten wir mit den Leuten, die rechts und links wohnten, teilen. Aber mitten im Hof war ein Stück Wiese, und auf der Wiese stand ein Schuppen. Und das gehörte uns allein. In dem Schuppen war alles an die Seite geräumt, Autoreifen, Holz, Matratzen, denn wenn es regnete, hat mein Vater dort die Wäsche aufgehängt.
Ich war der Einkäufer, gekocht habe ich auch meistens und geputzt manchmal, aber die Wäsche hat mein Vater

gemacht. Auch gebügelt. Ich wäre auf den Händen einkaufen gegangen, wenn ich nur nicht die Wäsche machen mußte. So ist es bis heute geblieben.
Aus lauter Zorn habe ich einmal zu Teresa gesagt:
»Du müßtest meinen Vater einmal beim Wäscheaufhängen sehen!«
Ich hab sie in den Schuppen geführt. Da stand mein Vater, die Hände an der Leine, und hat gelacht. Sie hat ihn angestarrt und dann auf dem Schulweg von ihm geschwärmt.
Einmal hatten wir einen Streit, weil sie behauptet hatte, er habe Mandelaugen, und ich hatte gesagt:
»Nußaugen, weil sie rund sind. Wie meine. Und Apfelohren. Wie meine.«
Das ging so weiter, den ganzen Schulweg. Es hat sich gar nicht mehr um meinen Vater gedreht. Unsere Vergleiche kamen alle aus dem Lebensmittelbereich. Es war schließlich ein Wettbewerb, wer mehr Früchte- und Gemüsesorten kennt. Den hab ich verloren.
Aber dann hat sie stur und steif behauptet, sie reiche ihm gerade bis unter die Achselhöhlen. Wir waren fünfzehn und ich war einen halben Kopf kleiner als mein Vater und Teresa war so groß wie ich. Ich hätte sie totschlagen können, sie wäre nicht von ihrer Behauptung abgewichen.
»Ich muß zu ihm aufschauen, wenn ich mit ihm spreche, und er beugt sich über mich.«
Ich habe nie gesehen, daß sich mein Vater über Teresa gebeugt hätte.
»Wann hat sich mein Vater über dich gebeugt«, habe ich gefragt.
Aus purer Streitsucht hat sie nicht geantwortet.
Einmal mußte ich ihr versprechen, ein Bild von ihm mitzubringen. Ich hab extra eines ausgewählt, das mir hunds-

gewöhnlich vorkam: Er im Lehnstuhl. Ich habe das fotografiert. Dementsprechend ist die Bildaufteilung. Vom Kopf nur zwei Drittel, dafür viel Teppich und der Sockel einer Stehlampe. (Die hat er später auf den Sperrmüll geschmissen. Das hat mir leid getan. Aber er hat keine neue gekauft.) Die Brille rutscht ihm von der Nase, er blickt, wohl wissend, daß ich ihn fotografiere, eifrig in ein großes Buch. (*Die schönsten Bauten Mitteleuropas*). Ich weiß noch, daß ich ihm das Buch in die Hand gelegt habe, er wollte eigentlich seinen angefangenen Roman weiterlesen. (Der hatte mir ein zu kleines Format.) Die zwei Drittel vom Kopf sind zu dreiviertel im Schatten. Aber der bestimmende Eindruck – und deshalb hatte ich das Bild ausgewählt –: viel Bauch und Hosenträger über einem Flanellhemd.
Aber Teresa: »Die Denkerstirn, die vollen schwarzen Haare ...«
Alles in allem:
»Dein Vater ist ein Intellektueller.«
Sie hat mehr Früchtesorten gekannt als ich und mehr Gemüsesorten auch und mehr Wörter obendrein.
Ich weiß nicht, was aus ihr geworden ist. Nach der Schule ist sie nach Irland zu einer Familie, *au pair*. Ich habe sie seither nie mehr gesehen.

»Das ist recht«, hat Charlotte gesagt, »erzähl mir von deinem Vater. Lehn dich gemütlich zurück! Sag mir, wenn ich uns etwas zu trinken machen soll. Willst du einen Brandy oder ein Glas Rotwein oder einen Kaffee oder einen Überraschungskakao? Einen Kaffee? Gut, mach ich einen Kaffee. Soll ich Sahne schlagen? Ja? Komm, wir tun so, als ob das alte *Café Rose* noch wär!«
Sie ging zu dem Kasten aus weißem Holz, der in ihrem Wohnzimmerchen zwischen den beiden Fenstern steht,

öffnete eine Schublade und griff tief hinein. Nach und nach holte sie zwei Untertassen, zwei Teller und zwei Tassen heraus und stellte sie auf den Tisch. Das Geschirr hatte Goldränder und in goldenen Buchstaben stand dünn darauf: *Café Rose.*

»Die hab ich mitgehen lassen«, flüsterte sie. »Aber ich habe kein schlechtes Gewissen. Nämlich auch Dinge sind belebt, da wette ich. Und wenn sie belebt sind, dann haben sie auch Gefühle. Tassen sind wie kleine Enten, die können auch nicht zwischen einem Moped und der eigenen Mutter unterscheiden. Wenn auf einem Bauernhof kleine Enten auf die Welt kommen, und da steht zufällig ein Moped daneben, und wenn sich dieses Moped angenommen zufällig genau dann, wenn die Enten auf die Welt kommen, bewegt, dann meinen die Enten, das Moped sei ihre Mutter. Und ich kann mir vorstellen, daß so ein schönes Geschirr wie das hier irgendwie auch Muttergefühle auslösen kann, auf jeden Fall bei dem, der sich am meisten darum kümmert. Und das war ich. Für eine Tasse und einen Teller von dem Geschirr da kriegst du in Wien in der Innenstadt in einem Antiquitätenladen soviel, davon kannst du dir ein komplettes Zwölferset mit Besteckkasten neu kaufen. Ich hab die schon vor zwei Jahren im *Café Rose* auf die Seite getan, hat nie einer gemerkt. Bis jetzt habe ich sie noch nie verwendet. Hast du es gemütlich. Also, dann erzähl jetzt von deinem Vater ...«

Ein interessanter Mann war mein Vater, weil er keine Frau gehabt hat, aber eine Tochter. Ich war das einzige Kind in der Klasse, das allein mit seinem Vater lebte. Und die Tatsache, daß ihm meine Mutter weggelaufen war, hat mich ziemlich exklusiv gemacht. Etwas Besonderes war das. Traurig war das. Da haben alle meine Beteuerungen nichts genützt, meine Mutter sei in Wirklichkeit von einer

Schiffsreise nicht zurückgekehrt. Ich habe mich in meinen Geschichten ständig widersprochen. Schiffsreise: Da las ich gerade ein Buch über berühmte Schiffsunglücke. Deshalb habe ich behauptet, meine Mutter sei auf diese Art totgegangen. Nicht mit hundertprozentiger Sicherheit, es bestehe ein Funken Hoffnung. Mein Vater warte immer noch...

Ich habe wirklich geglaubt, keiner wisse die Wahrheit über meine Mutter. Ich war noch im Kindergarten, als sie weggegangen und nicht wiedergekommen ist. Ich habe nicht berücksichtigt, daß bei uns jeder jeden kennt und jeder alles weiß. Die tieftraurige Geschichte von einer Frau, die wegen eines anderen Mannes ihren Gatten und ihr Kind verläßt, hat man sich erzählt, wenn ich nicht in der Nähe war.

Dabei hatte mich mein Vater nie angelogen. Er hatte mir seine Wahrheit, in einer schönen Fortsetzungsgeschichte verpackt, jeden Abend an meinem Bett erzählt. Nur waren da die Menschen Mäuse. Ich, das Mäusekind, hatte für den Haushalt zu sorgen. Mein Mäusevater und meine Mäusemutter lagen noch im Bett, wenn ich vom Mäusekindergarten heimkam. Sie hatten dann Hunger, und ich mußte für sie bei einer reichen Menschenfamilie Käse stehlen. Regnete es in unser Haus, war ich es, die das Mäusedach flicken mußte. Trank der Mäusevater Kakao, sein Lieblingsgetränk, und schüttete er sich dabei seinen Pyjama voll, zog ich, das Mäusekind, ihn aus, wusch das Kleidungsstück und hängte es zum Austrocknen auf die Wäscheleine.

In der letzten Folge des Mäuseromans kommt ein schöner Mäuseprinz vor, gerade als ich, das Mäusekind, im Garten viel zu schaffen habe. Und der geht in unser Haus. Und der sieht meine wunderschöne Mäusemutter eingeseift in der Badewanne sitzen. Er verliebt sich augenblicklich in

sie, und beide gehen gemeinsam weg. Sie vergessen allerdings, sich am Schluß der Geschichte bei mir und meinem Mäusevater zu verabschieden.
Ich war sehr unglücklich. So durfte es nicht enden. Da ließ mein Vater den Mäuseprinzen zurückkehren. Ich, das Mäusekind, hatte gerade Milch besorgt. Der Mäuseprinz war in Samt und Seide und hatte eine Nachricht von der Mäusemutter in seinem kostbaren Beutel. Da hieß es, ich solle mit dem Prinzen gehen. Wenn er mich gehen ließe, bekäme der Mäusevater zur Entschädigung ein neues Haus und Dienstboten dazu. Er könnte dann den ganzen Tag im Bett liegen, lesen und schlafen und Kakao trinken, müßte nie mehr ins Arbeitsamt gehen und nie mehr Statistiken schreiben.
»So«, sagte mein Vater zu mir, »was denkst du, hat das Mäusekind dem Prinzen für eine Antwort gegeben?«
Ich mußte nicht nachdenken. Ich, das Mäusekind, hob die Milchschüssel vom Boden auf, als wäre nichts geschehen, und als der Mäuseprinz mir nachging und sein Anliegen wiederholte, sagte ich, ohne mich dabei umzudrehen und auch nur einen Tropfen der kostbaren Milch zu verschütten:
»Ich kann doch meinen Vater nicht allein lassen.«

Das habe ich Charlotte nicht erzählt. Irgend etwas anderes habe ich ihr erzählt, ich weiß nicht mehr, was. Irgend etwas anderes. Geschichten von mir und meinem Vater gibt es viele.
Mein Vater und ich, wir brauchten uns gegenseitig. Wir haben uns gebraucht oder, besser gesagt, wir haben die Gewißheit gebraucht, daß wir füreinander da sind, wenn wir uns je brauchen würden.
Und dann passiert mir dasselbe wie ihm, und dann kann ich ihn nicht brauchen. Ich hätte ihm vielleicht auch eine

Mäusegeschichte erzählen sollen: Es war einmal dasselbe Mäusekind, das hat vor drei Jahren in der Eisenbahn einen Mann gesehen, und der hat ihr einen Brief in die Hand gedrückt . . . Mit einem Brief hat es angefangen, und mit einem Zettel hat es aufgehört.

In Wirklichkeit haben mein Vater und ich uns nicht gebraucht. Er jedenfalls mich nicht mehr seit dem Winter vor anderthalb Jahren. Da brachte er Lilli das erstemal mit nach Hause. Er stellte sie mir als seine Arbeitskollegin vor. Sie war Berufsberaterin und arbeitete in demselben Gebäude wie er. Es war der kälteste Winter seit langem. Sie waren zu Fuß gekommen, weil das Auto im Schnee stekkengeblieben war. Lillis Schuhe waren durchnäßt. Sie drückte mir fest die Hand und strahlte über das ganze Gesicht.

Seither kam Lilli dreimal in der Woche zu uns. Das hatte einige Veränderungen mit sich gebracht. Aber im großen und ganzen war ich froh, daß sich mein Vater und sie hatten. Und weil er sich dachte, jetzt hat der Mäusevater sein Mäusekind verraten, hatte er ein schlechtes Gewissen und war so zornig gewesen, als wir um meine Zudecke gerauft haben. Schließlich hat er ja doch getan, was er konnte, um mir in meiner Not beizustehen.

»Trink heiße Milch! Trink einen Schnaps!«

Und daß ich schließlich doch stärker war als er und ihm die Zudecke aus der Hand gerissen habe, dafür konnte er nichts.

»Du bist ein umgekehrter Strumpf«, hat er gesagt, ganz traurig. Und dann hat er sich verbessert und gesagt: »Ein umgedrehter Strumpf bist du.«

Aber das erste war richtig. Ein umgekehrter Strumpf war ich. Ich war krank. Und es dauerte nicht lange, da kursierte bei meinen Leuten in der Fürsorge das Gerücht, daß ich krank sei, daß ich deswegen Urlaub genommen hätte, man wisse nicht genau, was ich habe, aber sähe man mein aufgedunsenes Gesicht... Pfui Teufel!

Charlottes Theorie: Wenn man verliebt ist, kommt es gar nicht auf den an, in den man verliebt ist, sondern auf das Verliebtsein selbst.
Jede Nacht war ich bei ihr in der ersten Zeit. In ihrer Wohnung, unserem *Café Rose*... Ich saß auf dem Sofa, sie als gutes Vorbild auf einem harten Küchenstuhl, ein zweiter stand neben ihr, der war still für mich bestimmt, das Sofa sollte nicht unbedingt besessen werden – meine Schuhe hatte ich schon draußen im Gang auf den Steinplatten ausgezogen, mir war kalt, die Füße hatte ich unter den Hintern geklemmt – sie kühlten ihn, anstatt daß er sie wärmte –, es war zwei Uhr in der Nacht, Charlotte war munter, ich war erledigt, sie konnte morgen ausschlafen, ich mußte raus.
»Und wenn er hundertmal einer ist, der mich zum Narren hält«, sagte sie, »wenn er mir das Gefühl gibt, daß ich verliebt bin, dann ist er gut genug.«
Das gelte für jeden. Aber sie meinte nicht jeden. Sie meinte einen bestimmten. Und mein Gustav war das nicht. Das habe ich mir erst später zusammengereimt. Aber das war im Augenblick ja auch ganz egal. Weil das Verliebtsein, sagte sie, so etwas sei wie eine Flasche Wein, aus der man immer weiter trinken kann, auch wenn sie eigentlich schon leer ist, deshalb kann man vom Verliebtsein ein Leben lang trinken, auch wenn es schon lange vorbei ist. Sie zog alle ihre Vergleiche aus dem Schankgewerbe. Das ist verständlich.
»Du brauchst nur ein Feuerzeug, um das Gefühl jederzeit wieder anzünden zu können.« (In dieser Beziehung war Charlotte ein Phänomen. Wenn sich ein Gast eine Ziga-

rette in den Mund steckte – schwupp, hatte sie ein brennendes Feuerzeug in der Hand; als hätte sie es sich aus dem Leib gerissen.) Im übertragenen Sinn sei dieses Feuerzeug jedes einzelne Ding, das die Erinnerung weckt, und sei es noch so unwichtig.
»Wenn dir schon der Gustav durchgegangen ist, dann laß wenigstens nicht deine Verliebtheit durchgehen!«
»Und woran merkt man, daß man verliebt ist«, sagte ich.
»Wenn es einem gutgeht«, sagte sie.
Und ich sagte: »Wenn es einem schlechtgeht.«
Aussage gegen Aussage.
Sie hat es gut gemeint. Mit mir und mit sich selbst. Prüfungssfragen gegen die Verzweiflung:
Sie: »Also: Woraus besteht die Erinnerung?«
Ich: »Keine Ahnung!«
Sie: »Hab ich doch gerade gesagt!«
Ich: »Hab ich nicht zugehört.«
Sie: »Aus kleinen Einzelheiten.«
»Aha.«
»Unwichtigen Dingen.«
»Aha.«
»Tapetenmuster.«
»Weiß ich keine.«
»Jackenaufschläge.«
»Hundsnormale.«
»In der Erinnerung gibt es nichts Hundsnormales.«
»Ich kann mich aber an keinen Jackenaufschlag erinnern!«
»Versuch es!«
Ich wollte mich an keinen Jackenaufschlag erinnern. Das muß doch erlaubt sein!
Keine Chance bei Charlotte. Sie bohrte in meinem Kopf herum, zwickte und pickte. Ein wirklich guter Mensch! Sie schlief am Tag bis eins und arbeitete in der Nacht bis eins. Um zwei Uhr in der Früh hatte sie noch eine Eselsge-

duld. Mir sollte geholfen werden, da spielte es für sie keine Rolle, wenn sie einmal eine Stunde später als normal ins Bett kam. Für mich war es bereits drei Stunden später als normal. Aber sag jemandem, der dir helfen will, daß du zu müde dazu bist!

»Erinnere dich an etwas Lustiges«, drängte sie.

Mir fiel nichts ein.

»Gibt es denn nichts, woran du dich gerne erinnerst?«

»An das Fest von der *Volksstimme*«, sagte ich.

Erleichtert lehnte sie sich zurück.

»Das ist doch wenigstens etwas.«

»Meinst du?«

Charlotte wurde vorsichtig: »Aber ja...«

»Glaubst du, was die *Volksstimme* sagt«, fragte ich.

Charlotte bemühte sich so rührend um mich, und ich weiß, es ist ungerecht, aber genau das hat mich wütend gemacht.

»Ich glaub, ich versteh dich nicht«, sagte sie und machte wieder ihr besorgtes Gesicht. Nur diesmal galt es nicht mir.

Ich trieb es weiter: »Weißt du nicht, was die *Volksstimme* ist?«

Sie flüsterte: »Die Stimme des Volkes.« – Gleich schüttelte sie heftig den Kopf.

Ich konnte einfach nicht aufhören. Immer war ich die Verlegene gewesen. Jetzt sollte es einmal für einen Augenblick lang umgekehrt sein.

»Du weißt also nicht, was die *Volksstimme* ist?«

Nichts war ihr unangenehmer, als bei etwas ertappt zu werden, was sie nicht wußte. Darum schrieb sie Hefte voll mit Redewendungen, darum las sie ständig im Lexikon, darum hatte sie nachgeschaut, wer Finn MacCool ist.

»Wenn einer beim *Volksstimme*-Fest behauptet, er sei ein

Revolutionär«, sagte ich, »dann ist das, wie wenn ein Engel behauptet, er sei eine Bestie...«
Sie starrte mich an und stand auf und öffnete den Schrank, wo sie die Getränke aufbewahrte. Jetzt mußte ich wirklich lachen.
»Willst du den Satz nicht aufschreiben«, fragte ich. »Dein Heft liegt im Schminktisch.«
Ich konnte mich nicht bremsen vor Lachen.
Charlotte nahm eine Flasche Schnaps aus dem Schrank und wischte sie an ihrem Pullover ab.
»Ich versteh nicht, was du meinst«, sagte sie.
Sie blähte ihre Nasenflügel auf, und wenn sie das tut, dann will sie sich am liebsten in ein Mäuseloch verkriechen. Sie sah so verzagt aus, und mir tat auf einmal leid, daß ich es darauf angelegt hatte, sie zu verwirren. Ich nahm sie bei der Hand und zog sie neben mich aufs Sofa.
»A propos *Volksstimme*-Fest«, sagte ich, als wäre nichts gewesen, »daran habe ich wirklich gute Erinnerungen. Trotzdem...«
Und dann habe ich mich zusammengenommen und ganz von Anfang an erzählt...

Würde die KPÖ nicht jedes Jahr ihre Zeitung feiern und wär die Frau Dr. Fritz-Gehrer nicht so ein Aufmupf, ich hätte Gustav nicht kennengelernt. Gleich im ersten Monat, als ich bei der Fürsorge angefangen habe, hat die Frau Dr. Fritz-Gehrer für einen Tag die Abteilung geschlossen und gebrüllt:
»Ich fahr nach Wien zum *Volksstimme*-Fest!«
So laut gebrüllt, daß man es bis hinüber zum Rathaus gehört hat. Die haben dort sicher gegrinst und haben sich wahrscheinlich gedacht: Seht her und hört her! So liberal sind wir, daß wir sogar so eine anstellen!
Wir sind alle miteinander nach Wien gefahren. Im VW-

Bus der Abteilung. Knapp hinter St. Pölten hat sich die Fritz-Gehrer sogar getraut, die Internationale zu pfeifen. Wir anderen haben uns nicht getraut. Damals war sie nämlich die einzige, die fest angestellt war. Sie hat ein Einsehen gehabt und nicht mehr weitergepfiffen. Aber irgendwie hat sie doch ihren Mut loswerden müssen. Also hat sie die erste Strophe deklamiert. Dabei hat sie dermaßen übertrieben ironisch getan, wie es ernster nicht geht. Sie saß am Steuer und hat sich zu uns nach hinten gedreht, und ich hab gedacht, wenn sie jetzt auf den Vordermann auffährt, stirbt sie den Heldentod, und ich bin erlöst.

Und dann in Wien mußten wir uns bei den Armen einhängen und über die Kärntnerstraße hinunterrennen bis zum Stephansdom. Und im Festzelt waren wir alle ihre »Schäfchen«. Der Fritz-Gehrer ihre Schäfchen! Wenn sie redet, sieht man nur die Zähne von ihrem Unterkiefer, alles andere vergißt man, sie kann sagen, was sie will, alles klingt nach Überzeugung und endgültiger Feststellung, wer sie nicht kennt, muß denken, so ein Zufall, ausgerechnet heute sagt sie ihre endgültige Meinung... Ach was, sie sagt immer ihre endgültige Meinung, weil man immer nur die Zähne von ihrem Unterkiefer sieht, und sonst nichts...

Wir sind auf der Festwiese herumgestanden und haben immer geschaut, daß wir die Fritz-Gehrer nicht aus den Augen verlieren, nicht, weil wir so gern ihre »Schäfchen« waren, sondern weil sie die Adresse von den Leuten hatte, wo wir schlafen sollten... Mir ist der Kragen nach innen geplatzt!

Die Wohnung war irgendwo in der Alserstraße. Ein unverheiratetes Paar und ein Kind. Er arbeitete beim Rundfunk, sie bei der sozialistischen Arbeiterzeitung. Als sie die Fritz-Gehrer mit »Genossin« anredeten, zog sie ihr berühmtes

Arschlochmündchen und fuchtelte schnell mit der Hand. Ich habe es genau gehört und genau gesehen.
Am nächsten Morgen hab ich zur Fritz-Gehrer gesagt: »Mir wird im Auto schlecht.«
Ich hab mich zum Westbahnhof fahren lassen und hab Kopfweh gehabt vor lauter so tun, als ob mir schlecht wäre. Die Fritz-Gehrer hat mir über die Stirn gestreichelt – »Mein Schäfchen, mein armes Schäfchen!« – und Rezepte hat sie auf Lager gehabt, eiserne Schlüssel um den Hals, Zeitungspapier (die *Volksstimme*) auf den Bauch... Ich hab mich zusammennehmen müssen, damit ich keinen Schreikrampf kriege...
Schließlich sind sie alle neben dem Zug hergegangen und haben gejohlt und mit der *Volksstimme* gewedelt, jeder hat mindestens einen Button am Kragen gehabt – »Für Frieden und Abrüstung« –, der Fritz-Gehrer ihre Jacke war übersät davon; wie Einschußlöcher, hab ich gedacht, weil die Buttons knallrot waren...
Der Zug war genagelt voll. Ich bin ein paarmal den Gang auf und ab gegangen und habe dann endlich ein Abteil gefunden, in dem gerade noch ein Platz frei war. Fünf Männer saßen drinnen. Die Gepäckablage war vollbeladen. Ich setzte mich, ohne zu fragen, ob der Platz noch frei sei. Meinen Koffer stellte ich zwischen meine Füße. Einfach nur sitzen! Mir war alles egal. Ich hätte singen können. Meinetwegen die Internationale...

Fünf Männer in einem Abteil! Und ich soll mich erinnern, wie jeder einzelne ausgesehen hat! Das war ein Theater! Wir haben geschrien vor Lachen – Charlotte und ich. Um drei Uhr war Hochstimmung. Warme Füße, warmes Herz. Charlotte hatte es geschafft. Ich hatte (fast) alles fahren lassen und war mitten drin – im Schnellzug *Montfort* von Wien nach Bregenz, vor eineinhalb Jahren.

Ich sollte mich also daran erinnern, wie jeder einzelne von diesen fünf Männern im Abteil ausgesehen hatte.
»Aber fang nicht bei Gustav an«, sagte Charlotte, »erzähl erst das Außenherum. Sonst machst du, daß er alles niedertrampelt.«
Ich wußte gar nichts mehr von den anderen.
»Sie waren zwischen dreißig und vierzig...«
»Haarfarbe?«
»Weiß ich nicht... da war der am Fenster, der in der Mitte, der an der Tür, der neben mir, der mir gegenüber, der neben mir in der Mitte, der mir gegenüber am Fenster...«
»Unmöglich!« – Charlotte machte sich einen Spaß daraus: »Nimm Getränke«, sagte sie.
»Was soll ich?«
»Angenommen, ihr seid sechs Getränke... Gustav ist ein Tequila... du Zitronensaft...«
»Wieso bin ich Zitronensaft...«
»Du hast selber gesagt, ich hole mir die Vergleiche aus dem Schankgewerbe. Und Zitronensaft ist völlig in Ordnung... der wird hoch geschätzt... außer pur...«
»Soll das heißen, daß ich pur nichts bin?«
»Mit einem Tequila... Zitrone und Tequila? Wieso nicht?«
Das ist ihre Revanche für die *Volksstimme*, dachte ich.
»Dann bist du Wasser«, sagte ich.
Da hat sie hart geschluckt, und ich hab schnell einen Kompromiß vorgeschlagen. Wir hatten um diese Zeit schon ziemlich einen sitzen. Das mit dem Tequila war nämlich nicht besonders originell gewesen, der stand vor unserer Nase auf dem Tisch.
»Ich mach Kontinente aus ihnen«, sagte ich. »Ein Zugabteil voll mit Kontinenten. Gustav ist Asien, ich bin Europa...«

Sie unterbrach mich:
»Gustav ist die Antarktis. Wenn nicht, würdest du jetzt nicht bei mir sitzen ...«
Da hatte sie recht. Also war Asien ein anderer, derjenige, der mich hinter St. Pölten in den Speisewagen auf eine Tasse Tee eingeladen hat.
»Und kaum war ich zur Tür hinaus, da hat sich Amerika, der dicke, die Schuhe ausgezogen.«
Was soll ich sagen, das ging so weiter, Charlotte hat das unheimlich witzig gefunden, das mit den Kontinenten. Sie hat ständig irgendwelche Mißverständnisse herbeigefragt und hat dann gelacht, wenn ich alles durcheinandergebracht hatte, und es ist wahr, sie hat so ein Lachen, das gurgelt zuerst durch den Hals hinauf und staut sich an der Zunge und platzt dann zwischen den Zähnen heraus – das ist ansteckend. Wir haben gebrüllt vor Lachen.
Wir haben gelacht, aber erzählt habe ich nichts. Sie hat das als ihr Versagen gewertet. Als es vorbei war mit dem Lachen, sind wir dagesessen und haben die Köpfe hängen lassen.
»Also keine Jackenaufschläge«, sagte sie schließlich.
Ich schüttelte den Kopf.
Sie nickte vor sich hin, machte die Lippen eng und schlug die Augen nieder. Das sollte heißen: Für dich begehe ich sogar eine Ungezogenheit.
Lange nichts. Dann:
»Gut, kommen wir zum Wesentlichen. Es läßt sich wohl nicht mehr hinausschieben. Erzähl mir, wie ihr euch kennengelernt habt.«
So sehr hat sich Charlotte auf Hemdkragen, Haarfarben und Kontinente konzentriert, daß es ganz leicht war, ihr zu verschweigen, was wesentlich war.

Kurz nach Salzburg bin ich noch einmal zu einem Tee in

den Speisewagen eingeladen worden, diesmal von Antarktis-Gustav, und dort sind wir dann gesessen und haben geredet und haben unsere Namen ausgetauscht und es war schön und aufregend und geflirtet haben wir auch, und bevor wir wieder zurück ins Abteil gegangen sind, hat Gustav gesagt:
»Mögen Sie ein kleines Spiel machen?«
Und ich habe genickt und hab mir gedacht, warum nur ein kleines, und er hat gesagt:
»Wir gehen jetzt ins Abteil zurück, dort gebe ich Ihnen einen Briefbogen und ein Kuvert, und ich selbst nehme auch einen Briefbogen und ein Kuvert, und wenn wir uns sympathisch finden – aber nur wenn wir uns wirklich sympathisch finden –, dann schreiben wir uns unsere Adressen auf und wir versprechen uns gleich jetzt, das Kuvert erst zu öffnen, wenn wir zu Hause sind, damit Sie nicht mein dummes Gesicht anschauen müssen, für den Fall, daß Sie mich nicht sympathisch finden.«
Ich war einverstanden. Wir haben uns zu unserem Abteil gezwängt, er hat seinen Aktenkoffer geöffnet, hat zwei Bogen Briefpapier herausgenommen, zwei Kuverts und zwei Kugelschreiber, ganz so, als hätte er alles schon vorbereitet, hat mir meinen Teil überreicht, als Schreibunterlage seinen Aktenkoffer zur Verfügung gestellt, und ich habe brav meine Adresse und dazu noch die Telefonnummer aufgeschrieben, den Bogen zusammengefaltet, ins Kuvert gesteckt, das Kuvert zugeklebt und es ihm hinübergegeben.
Er allerdings hat sich Zeit gelassen. Hat mein Kuvert eingesteckt und getan, als ob nichts wäre. Aber ich hab schon gewußt: Ich kriege sein Kuvert noch. Da hatte ich keinen Kummer...
Geredet haben wir nichts mehr. Ich fang nicht an, hab ich gedacht. Aufdringlich bin ich nicht. Wir haben uns ange-

schaut. Das heißt, ich hab ihn angeschaut, wenn ich der Meinung war, daß er es nicht merkt.
Als es draußen finster war und das Licht im Abteil brannte, mußte ich nur in das Fenster blicken. Er hat auch in das Fenster geblickt. Ich hab trockene Lippen gehabt und wollte sie ablecken und ich hab mir gedacht, wenn ich sie jetzt ablecke und er sieht es im Fenster, dann meint er, das habe etwas zu bedeuten; aber wenn er gerade nicht ins Fenster schaut, dann schaut er mich vielleicht direkt an, und wenn ich ihn direkt anschaue und er schaut gerade ins Fenster ... Ich habe mich nicht getraut, meine Lippen abzulecken. Ich bin aufs Klo gegangen, nur um meine Lippen abzulecken.
Als wir aus dem Speisewagen zurückgekommen waren, hatten die anderen versucht, uns in ihre Gespräche zu verwickeln. Asien war sehr engagiert. Gustav hat ihn kühl abblitzen lassen. Das hatte eine abschreckende Wirkung. Sie drückten sich in ihre Sitze und hinter Innsbruck waren sie eingeschlafen. Afrika schnarchte sogar.
Es war, als ob wir allein in einem Abteil säßen. Gustav und ich. Und die ganze Zeit war einer von uns beiden drauf und dran, etwas zu sagen. In der nächsten Sekunde wird er etwas sagen ... In der nächsten Sekunde werde ich etwas sagen ... Und darum war es so, als ob wir die ganze Fahrt miteinander gesprochen hätten. Aber keiner von uns beiden hat etwas gesagt. Er hob die Lider, seine Augen waren dunkel und sie hatten einen Glanz – mein Gott! Kann sein, daß der Augenglanz von der Glühbirne verstärkt wurde, jedenfalls – ist der Schmerz so heiß, verbrüht man sich, und ich hab schon so lange gebraucht, die alten Blasen auszukurieren ...

Und um sechs Uhr in der Früh saß ich immer noch bei Charlotte. Katzenjammer war angesagt. Ich war inzwi-

schen nüchtern, aber sie hatte einen Rausch im Gesicht, daß es mich wunderte.
»So«, sagte sie, »und jetzt beschreib *ihn*!«
»Aber du kennst ihn doch!«
»Ich habe ihn nie länger als zehn Sekunden gesehen. Und da habe ich Kuchen herumgetragen im guten alten *Café Rose*... Ich muß heulen, wenn ich an das *Café Rose* denke...«
Da ging es mir nicht anders.
»Ich gehe jetzt«, sagte ich.
Sie ließ nicht locker. Sie hatte ihren Moralischen und wollte nicht allein sein. »Gibt es gar nichts an seinem Äußeren, über das sich sprechen läßt?«
»Vielleicht«, sagte ich.
Nicht über Gustavs Stirn zu sprechen wäre ein Verrat. Er hat mich verraten, also verrate ich ihn. Gleich fang ich auch an zu heulen. Ein Haaransatz wie mit dem Lineal gezogen.
Sie: »Der Mund... wenigstens der Mund!«
Das geht mir dann doch über die Hutschnur. Ich kann mir Gustavs Mund nur als Kuß vorstellen. Das nimmt mir keiner.
Ich: »Gewöhnlicher Mund. Normaler Durchschnitt.«
Ich bin dann gegangen. Wie ein ganzes geschlagenes Heer bin ich durch die Stadt ins Vorkloster marschiert. Und als ich mich in die Decke eingewickelt hatte, habe ich meinen Vater gehört, wie er aufgestanden und ins Bad getapst ist. Dann habe ich zwei Stunden geschlafen. Mehr nicht...
Aber am nächsten Abend des nächsten Tages sitze ich im Pub, ziehe erst gar nicht meinen Mantel aus, draußen regnet es ausnahmsweise, und Charlotte setzt sich zu mir und fängt wieder damit an:
»Er ist klein und wirkt groß, nicht wahr?«
Sie findet allen Ernstes, daß Gustav ein Sitzriese ist. Sie

will mir jede Illusion nehmen. Sie behauptet, er habe Hamsterbacken.

»Vielleicht bilde ich mir das nur ein, vielleicht kommt das, weil er Kuchen gegessen hat. Ich habe ihn ja nur im *Café Rose* gesehen ...«

»Er hat nie im *Café Rose* Kuchen gegessen!«

»Eben«, sagt sie, »das hätte ich doch wissen müssen. Dann kommt es nicht vom Kuchen, dann hat er wirklich Hamsterbacken!«

»Er hat keine!«

»Aber sie gehen nach außen ...«

Ich werde zornig, weil das kann ich mit einer Fotografie belegen, da hier, und ich knall sie auf die Theke im ehemaligen *Café Rose*, das jetzt *Finn MacCool Pub* heißt. Knall also dieses Foto auf die Pubtheke. Und da sieht man es schwarz auf weiß. Eher eingefallen die Wangen. Ausgeprägte Wangenknochen.

»Schön«, sagt sie und streichelt mir mit ihren roten Nägeln übers Gesicht. »Schön!« So ist es, wenn man verliebt ist. Das kann er dir nicht nehmen! Aber du hast mir noch immer nicht erzählt, wie ihr euch kennengelernt habt ...«

Nein, das hatte ich nicht ...

Als der Zug schon in Bregenz einfuhr, gab er mir sein Kuvert. Ich habe mich an die Abmachung gehalten und erst zu Hause in meinem Zimmer gelesen, was er geschrieben hat:

Liebe Bess,
ich leg es darauf an und sage, was man nicht sagen darf, wenn man erst kurz miteinander geredet hat. Ich will Dich in den Arsch ficken. Jetzt komm oder geh! Ach Gott, das ist meine Liebe.

Gustav

Mein Mittwoch im August ist eine Wunde, und links und rechts von ihr und drüber und drunter wölbt sich mein Körper. Er streckt die Wunde zum Himmel. Ich habe diesen Brief zurückgeschickt. Nachdem ich ihn eineinhalb Jahre in einem Schulbuch aufbewahrt hatte. Zurück an den Absender. Ich habe ihn mit Stecknadeln durchlöchert. Den Brief und den Absender. Den Brief für den Absender. Ich habe mir *Das sechste und siebente Buch Mosis* in einer Taschenbuchausgabe zugelegt. Ein Mann mit Namen Ferdinand hat mir im *Finn MacCool* einen Vortrag darüber gehalten. Ich habe mir den Titel auf einen Bierdeckel notiert und bin am nächsten Tag in die Buchhandlung gegangen. Sie hatten es nicht auf Lager. Ich mußte drei Tage warten.

Man kann jemandem die Auszehrung anzaubern, man kann jemandem Lahmheit anzaubern, man kann jemanden auf die Ferne schädigen, man kann jemanden langsam töten. Man kann machen, daß jemand erschlagen wird. *Jeder Hieb trifft den Gemeinten.*

Ich hab das Buch dann irgendwann mit in die Fürsorge genommen, das heißt, ich habe es die ganze Zeit in meiner Tasche mit mir herumgetragen, und da hat es die Fritz-Gehrer gesehen und war begeistert davon, hat laut daraus vorgetragen und hat mich gefragt, ob ich es ihr borge. Ich habe es bis heute noch nicht zurückbekommen.

Vielleicht hat Gustav seinen Aufreißerbrief auch aus einem Zauberbuch abgeschrieben. Er hat mir nie gesagt, zu welchem Zweck er damals nach Wien gefahren ist. Ich war nicht neugierig bei Gustav. Das heißt, ich habe mich nicht neugierig gemacht. Aber das hat mich interessiert. »Auch wenn es ein Zufall ist, daß ich gerade in dieses Abteil gegangen bin«, habe ich gesagt, »wär es doch schön, wenn es kein Zufall gewesen wäre. Aber wenn es keiner gewesen ist, dann müßte es doch wichtig sein, was wir beide vorher gemacht haben, zumindest drei oder vier Tage vorher . . . «

Gustav hat eine Art, einen anzusehen – so traurig, weil die Augen zwei schwarze Löcher sind. Wie schauen in das Haus eines Flüchtlings. Er sei sowieso nur einen Tag in Wien gewesen. Das war alles, was er sagte.

Als ich seinen Aufreißerbrief las, nach unserer Zugfahrt, in der Nacht, in meinem Zimmer, da fiel mir überhaupt nichts mehr ein, nicht einmal, wie Gustav aussah. Ich las den Brief einfach. Ich glaube, ich habe ihn nur einmal gelesen. Dann steckte ich ihn in ein Buch mit mathematischen Formeln, das seit meiner Schulzeit auf dem Regal stand, und legte mich ins Bett.

Ich bin sofort eingeschlafen.

Und dann am nächsten Morgen klingelte das Telefon. Um sieben Uhr siebenundzwanzig. Im Gang über dem Apparat hängt eine Digitaluhr. Geschenk einer türkischen Gastarbeiterfamilie an meinen Vater. Es war ein Montag. Mein Vater war schon weg.

Ich nahm den Hörer ab und hörte nichts und wußte, das ist Gustav. Ich war verschlafen und verwirrt und vor lauter Verwirrung hab ich mir die Uhrzeit auf einen Zettel geschrieben. Die Uhr war im Augenblick das einzige, das mir vertraut vorkam. Dann meldete ich mich mit meinem neuen Namen:

»Bess«.

Meine Stimme klang heiser.

Und seine? Heiter, würde ich sagen. Er wolle mich unbedingt sehen. Das sei ja eine wahnsinnig lange Bahnfahrt gestern gewesen. Er sei das Bahnfahren nicht mehr gewöhnt. Und das sei auch das letzte Mal, daß er Wien retour mit der Bahn fahre. Solche Bahnfahrten nehmen einem einen ganzen Tag . . .

Danke, dachte ich.
Seinen Brief erwähnte er nicht. Ich auch nicht. Ich hatte mir in der Nacht vorgenommen, diesen Menschen nicht und nie zu treffen, und als er am Telefon so heiter drauflos redete, nahm ich es mir doppelt vor, und dann, als er mich fragte, habe ich prompt zugesagt. Ich beschrieb ihm sogar haargenau, wo ich wohne, damit er sich ja nicht verfährt.
»Das trifft sich gut«, meinte er, und seine Stimme überschlug sich ein wenig, aber es war nichts Lüsternes dabei, nicht einmal Freude, einfach die Begeisterung eines Vertreters, dem sich die Termine fügen, »und daß Ihr Fenster zur Straße heraus liegt, ist doppelt günstig. Dann hupe ich Punkt sieben, und Sie kommen herunter.«
Das wars.
Er: »Ciao!«
Und ich auch: »Ciao!« – Normalerweise sage ich: Servus. Aber ich legte als erste auf.
Vielleicht hat er mir einfach den falschen Zettel gegeben, dachte ich und setzte mich auf den Boden. Aber ich hab doch gesehen, wie er ihn geschrieben hat! Ich putzte mir meine Fingernägel am Spreißel eines Fußbodenbretts, das weiß ich noch, ich habe meine Fingernägel ausgeschabt, obwohl da gar kein Dreck drunter war, da lege ich nämlich Wert drauf – die Ohren und die Fingernägel –, und ich hab zuerst gar nicht gemerkt, was ich mache, ich war total durcheinander und hab mich in alles Mögliche hineingesteigert. So einen Zettel darf man nur einmal im Leben schreiben, dachte ich, und man kann sich nicht vorher eine Kollektion von verschiedenen Zetteln zulegen, unter denen einer so einer ist, alle ins Blaue hinein geschrieben für den Fall, für jeden Fall, für jeden Fall einen anderen ... Und was für ein Fall bin ich, daß man mir ausgerechnet diesen Zettel gibt ... Und dann dachte ich, wie komme ich eigentlich auf die Idee, daß er den Zettel schon vorher

geschrieben hat. Mir taten die Fingernägel weh. Soll ich denn den ganzen Tag auf dem Fußboden sitzen bleiben? Ich wusch mich, zog mich an, stieg ganz automatisch aufs Fahrrad und fuhr in die Fürsorge. Aber dort war niemand, und da fiel mir erst ein, daß uns die Fritz-Gehrer den Montag frei gegeben hat.

Jetzt lag ein entsetzlich langer Tag vor mir.

Dieser Tag, ein Lesebuchapril: Die Sonne scheint, es regnet, oder beides gleichzeitig. Über dem Rheintal zum See hin sind Wolken gelegen wie ausgerissene Löschblätter, über dem See war der Himmel blau, und den ganzen Tag hat mich die Sonne geblendet, mir haben die Augen weh getan, und Gustavs Aufreißerbrief war groß in meinen Kopf hineingeschrieben, und vom Pfänder herunter sind auf einmal Regenwolken gerollt wie bei einer Katastrophe. Ich bin in der Stadt herumgerannt, ich schaffs nicht, ich schaffs nicht, aber ich hatte ja gar nichts zu besorgen. Am Mittag war ich so erledigt, daß ich das Rad bei der Post stehenließ und mit dem Taxi nach Hause ins Vorkloster fuhr. Mein Vater hätte einen Schreikrampf gekriegt. Ich hab mich nackt ausgezogen und ins Bett gelegt, das ist die Rettung, hab ich gedacht, ich schlaf einfach den Nachmittag weg, und wie mir selber zum Trotz war ich hellwach: Was soll ich denn anziehen heute abend?

Ruhe. Ich überlegte sorgfältig. In meinem Kasten hab ich nichts Passendes gefunden. In allem sah ich aus wie Lisbeth. Ich bin zur Bank gegangen, hab Geld abgehoben und mir dann ein sündteures Kleid gekauft. Dann bin ich hinüber zur Post gerannt, hab den Karton auf den Gepäckträger geklemmt, und mitten unterwegs ist der Wolkenbruch herunter, und es war eine Katastrophe. Nasses Papier ist grausig, nasse Pappe ist entsetzlich. Zu Hause hab ich den Karton abgezupft, ich hätte dabei schreien können. Das Kleid war zum Glück in einen Plastiksack gewikkelt. Ich hab mich gebadet, geföntund gekämmt und dem Kater Wasser gegeben, das vergißt mein Vater immer, er meint, Tiere fressen nur, und hab das Kleid angezogen. In dem sah ich aus wie Bess – als würde sie mit dem Zaunpfahl winken. Unmöglich. Gustavs Zettel im Kopf und das Kleid an meinem Körper, mein Gott, hat das ordinär ausgesehen. Dabei war es ein ganz normales, ins Blaue gehendes.

Ich zog Jeans an, Stiefel und einen schwarzen Wollpullover. Die Haare ließ ich hängen, nachdem ich x Hochfrisuren ausprobiert hatte. Die Schminke wischte ich ab. Unauffälliger wie damals kann ich gar nicht aussehen.

Um sechs kam Lilli, Vaters Freundin. Sie kannten sich damals erst seit ein paar Wochen. Aber ihre Sitten hat sie gleich von Anfang an eingeführt: Sie kocht dreimal in der Woche bei uns, immer abends, und an diesem Abend hatte sie sich Geschnetzeltes auf chinesische Art vorgenommen. Sie war beleidigt, als ich ihr sagte, daß ich zum Essen eingeladen sei, und sie jammerte:

»Das viele Fleisch!«

Ich war nie ein großer Fleischesser.

Ich stand in meinem Zimmer am Fenster und dachte, was werde ich denken, wenn ich das nächste Mal dieses Fensterbrett anschaue.

Gustav kam Punkt sieben. Er fuhr einen alten amerikanischen Wagen mit offenem Verdeck, blinkte zweimal, hupte zweimal. Er trug eine Jacke mit groben Mustern. Ich winkte ihm, er winkte zurück, er drückte auf einen Knopf beim Armaturenbrett, und das Stoffverdeck hob sich automatisch. Es hatte zu regnen begonnen und es war ganz vernünftig, daß Gustav das Verdeck schloß, trotzdem kam es mir so vor, als wollte er mir eigentlich seinen Wagen vorführen – nach dem Motto: Das ist erst der Wagen, wie wird dann der Mann sein!

Ist das lächerlich, dachte ich, lächerlich, lächerlich, hoffentlich sieht uns keiner aus der Fürsorge! Wenn man sich im Kreis von Frau Dr. Fritz-Gehrer einen ausgemachten Manntrottel vorgestellt hätte, mit allem Drum und Dran, dann wäre exakt so einer wie mein Gustav herausgekommen. Ich wollte mich nie zusammen mit Gustav von Bekannten sehen lassen. Das ist so geblieben bis ans Ende.
Der Aufzug war besetzt. Mein Vater fuhr gerade nach oben. Ich konnte ihn durch das Gitter sehen. Er hatte seine Aktentasche unter den Arm geklemmt und eine Weinflasche in der Hand – wie ein Taufpate mit Kerze.
»Hallo, bis später«, rief ich.
Was er sagte, hab ich nicht mehr gehört. Ich rannte die Stiegen hinunter, besann mich bei der Hälfte und ging langsam. Gustav würde sonst denken, daß ich es nicht erwarten kann. Der erste Eindruck war mir wichtig. Nur der. Viel mehr wollte ich nicht beisteuern.
Ich hatte vor Gustav zwei Männerbekanntschaften gehabt. Ich war vor Gustav noch nie verliebt gewesen. So angemacht wie Gustav hatte mich noch keiner. Punkt.
Ich stieg ein, er fuhr ab. Wir wohnen außerhalb der Stadt, und in unserer Gegend ist überhaupt nichts los. Da gibt es den Autobahnzubringer und ein paar Gasthäuser, in denen vornehmlich Lastwagenfahrer absteigen. Die Nachbarschaft wäre mir egal gewesen, dort hätte man uns ruhig sehen können, bei denen wäre der amerikanische Wagen ein Pluspunkt für mich gewesen . . .
Gustav fuhr auf die Autobahn, ich fragte nicht, wohin, er fragte nicht, wozu ich Lust hätte, er fuhr.
Außer der Begrüßung hatten wir noch kein Wort gesprochen. Ich sah ihn von der Seite an, er zog den Mund zu einer Schnute, beim Gangschalten bekam ich dann einen Blick – einen mit einem Kick Grinser im Winkel. Und ich hab prompt die Augen niedergeschlagen. Es regnete

stark. Wir konzentrierten uns auf die Straße. Und wie wir uns konzentrierten!
Ich bin von Haus aus nicht schüchtern, und normalerweise hätte sich das anders abgespielt, und bisher hatte sich das anders abgespielt. Mein Vater sagt, Leute, die auf alles eine Antwort wissen, seien verdächtig. Ich denke mir dabei, er hat einen Grund, warum er das sagt. In seinem Herzen hat er wahrscheinlich eine Antwort auf die Frage, warum uns meine Mutter verlassen hat. Aber diese Antwort will er sich nicht geben. Und darum sagt er sich einfach, es gibt keine Antwort. Und damit das auch völlig abgesegnet ist, erfindet er einen Satz, der so gut klingt, daß der gute Klang schon so etwas ist wie ein Beweis für seine Richtigkeit:
»Leute, die auf alles eine Antwort wissen, sind verdächtig.«
Auf der Autobahn hat Gustav eine Kassette eingelegt: Mozarts 40. Sinfonie. Wir fuhren nach Süden. Als die Autobahn zu Ende war, waren auch die ersten beiden Sätze der Sinfonie zu Ende. Gustav wendete den Wagen auf dem Zubringer, drehte die Kassette um, und wir hörten auf der Fahrt zurück die Sätze drei und vier. Jetzt fuhr er langsam, alle Autos überholten uns.
Schließlich bog er von der Autobahn ab und hielt auf einem Parkplatz. Da waren grad noch die letzten Takte des vierten Satzes dran.
Dann war es still.
Ich verbat mir, etwas zu tun oder etwas zu sagen, sagte aber dann doch:
»Die große g-Moll...«
Ich wußte es ja: Der erste Satz, der zwischen uns gesagt wird, würde klingen wie eine Fortsetzung von Gustavs Zettel. Ich schämte mich so, daß ich schielen mußte. Am liebsten hätte ich mich selber hinuntergeschluckt.

Er nahm mich in seine Arme und küßte mich auf den Mund. Mein ganzes Gesicht bedeckte er mit seinen Küssen, die Haare und die Ohren. Bis zum Hals reichte seine Zärtlichkeit, nicht weiter. Und es war auch gar kein System dabei; daß er etwa immer beim Mund angefangen und dann über das Gesicht zu den Haaren weitergeküßt und bei den Ohren aufgehört hätte. Ich habe die Augen nicht zugemacht dabei. Ich habe sogar versucht, sie offenzulassen, als er sie geküßt hat. Ich mußte natürlich zwinkern, aber dann hat er ganz zart mit der Zunge über meine Wimpern gestreichelt, und mir ist dabei eingefallen, wie gut es doch war, daß ich die Wimperntusche wieder weggewischt habe, und auf einmal hab ich gemerkt, wie seine Zunge meinen Augapfel berührt, und ich mußte nicht zwinkern, und es hat auch nicht gebrannt.
Das war seine Liebkosung.
Seine Hände berührten meine Schultern und sein Mund küßte mein Gesicht. Und alles nur bis zum Hals. Seine Lippen haben den Kragen meines Pullovers nicht einen Millimeter beiseite geschoben.
Ich steckte bis zum Hals in Schwierigkeiten, als er von mir abließ, weil ich nicht wagte, von selbst anzufangen. Er rutschte in seinen Sitz, startete, legte den Gang ein und fuhr ab. Auf der Autobahn drehte er die Kassette um, und wir hörten wieder Mozarts 40. Sinfonie, 1. Satz. Wir fuhren durch den Bregenzer Citytunnel, dann auf der anderen Seite nicht in die Stadt hinein, sondern durchs Vorkloster in Richtung Schweizer Grenze. Nicht ein Wort hatte er geredet, und auch jetzt sagte er nichts. Und ich sagte auch nichts, und es war eben so, daß wir nichts geredet haben. Aber es war anders als im Zug, wo wir auch nichts geredet hatten.
Bei der Imbißbude auf der Betonstraße hielt er an und besorgte zwei Dosen Coca Cola. Die tranken wir im Auto

leer. Bei offenen Türen. Ich weiß nicht, wie spät es war. Der Himmel hatte sich geteilt in eine helle und eine dunkle Hälfte. Am Schweizer Himmel kein Wölkchen, bei uns kohlrabenschwarz. Das ist typisch, dachte ich und wollte das auch sagen. Aber Gustav hätte ja nicht wissen können, was ich meinte. Ich hätte es erklären müssen, und ich war mir nicht sicher, ob ich das in einen Satz bringen würde. Wenn nicht, wäre der Witz futsch gewesen.

Gustav stellte seine Coladose unters Auto und schlug die Tür zu. Meine Dose hab ich als Andenken mit nach Hause genommen.

Wir sind noch am Rhein entlanggefahren und durchs Ried und dann über die Dörfer an den Bergen entlang zurück nach Bregenz. Wir haben auch geredet, aber nichts Besonderes und gar nichts, was irgend etwas mit uns zu tun hatte. Ich hatte mir überlegt, ob ich fragen sollte »Lieben Sie Mozart?«, aber nach dem Abküssen waren wir wohl per Du, und da fragt man nicht so. Er hat übrigens angefangen mit dem Reden. Sein erster Satz war wie ein zweiter oder dritter oder hundertster Satz, der von seinen Vorgängern gerade durch eine Atempause getrennt ist. Keine Einleitung. Ich glaube, es war irgend etwas über das Auto, was er gesagt hat. Und ich hatte auf einmal auch Lust, so ganz unwichtiges, dummes Zeug zu reden – über den Straßenbelag am Rand und über getönte Rückspiegel. Es war, wie wenn man mit jemandem zusammen lacht, bei dem man nie denken muß: Was denkt er sich jetzt? Es war herrlich! Im Auto lief und läuft auch in Zukunft: Mozarts 40. Sinfonie. Ist die eine Seite abgespielt, geht es von vorne wieder los.

Gleich zu Hause nahm ich mir das Telefonbuch vor. Eine Rummel gab es. Katharina Rummel. Wahrscheinlich seine Mutter. Er hatte erzählt, er wohne bei seiner Mutter, so lange, bis sich herausgestellt habe, ob in der Gegend beruf-

lich etwas zu machen sei. Nicht einmal nach seiner Arbeit hab ich gefragt. Mein Pullover roch nach Gustav.
Und dann stellte ich mich tatsächlich ans Fensterbrett in meinem Zimmer und blickte hinüber auf das Dach der Maggifabrik und wußte: Das ist er.

Wohnt man in einem Wald mit wunderbaren Tannen und sieht man dann mittendrin eine Palme stehen, kapriziert man sich darauf. Wir sahen uns dreimal in der Woche, an ganz bestimmten Tagen. Gustav konnte nicht anders. Und auf 7 Uhr bestand er zudem. Das hat bald Schwierigkeiten gegeben. Es waren nämlich dieselben Tage, an denen Lilli bei uns kochte.
Wenn sie kocht, ist um sieben Essenszeit, und mein Vater will seine Ordnung. Er sitzt Punkt sieben auf seinem Stuhl und hat die Serviette auf den Knien. Und seit neuestem, wenn er die Gabel zum Mund führt, hupt es draußen. Das schätzt er nicht. Irgendwann hat es einen Krach gegeben.
»So, du mußt dich auf jemanden einstellen, den ich nicht einmal kenne. Einen, von dem du dich anhupen läßt.«
Mein Vater war gut in Form. Lillis Knödel waren hart, er stach mit der Gabel hinein, und Soße spritzte auf das Tischtuch.
Ich stand auf, verließ die Küche und ging durch den Gang zu meinem Zimmer. Ich hatte das in den letzten Tagen immer so gemacht, natürlich hatte ich gemerkt, daß es meinen Vater störte, aber er hatte bis dahin nie etwas gesagt.
Jetzt hat er gebrüllt: »Bleib augenblicklich stehen!«
Wie wenn er eine Waffe auf mich gerichtet hätte. Das hat mir das Blut in den Kopf getrieben. Aber ich habe mich zusammengenommen und ganz freundlich gesagt:
»Ich will ihm nur zeigen, daß ich ihn gehört habe.«
Ich ging in mein Zimmer und schaute aus dem Fenster.

Gustav war bereits da. Er blinkte zweimal, hupte zweimal. Ich nahm den Staubmantel unter den Arm und wollte unauffällig verschwinden.
Da schrie der Vater von seinem Stuhl:
»Dageblieben!«
Und Lilli sagte: »Jessas!« – So einen Ton hatte sie nie gehört von ihm.
Das muß ihn für einen Augenblick beeindruckt haben. Er wurde ruhiger.
»Komm her, Lisbeth, ich muß mit dir reden.«
Er winkte mich zu sich, so wie er es immer macht, wenn er ungeduldig ist, mit Mittelfinger und Zeigefinger bei offener Hand.
Lilli nahm die Knödel aus der Schüssel und auch den von Vaters Teller und legte sie wieder in Salzwasser.
»Ich laß sie noch einmal aufkochen.«
Das hat mein Vater als Kommentar aufgefaßt und er war gleich wieder auf hundertfünfzig:
»Was glaubst du, wie lange ich mir das noch gefallen lasse!«
Und ich hab jetzt auch das Blut schießen lassen:
»Was hat denn das mit dir zu tun!«
»Was das mit mir zu tun hat?«
»Ja, was das mit dir zu tun hat!«
»Ich habe dreimal den Mund gehalten und ich habe viermal den Mund gehalten und dann habe ich noch ein fünftes Mal den Mund gehalten und ein sechstes Mal hab ich ihn mir zugedrückt, aber jetzt ist der Ofen aus! Da hupt dich einer an, von Lilli erfahre ich, daß er Gustav heißt, du rennst weg . . .«
»Ich kann mich anhupen lassen, von wem ich will«, schrie ich zurück. Ich hatte die Türklinke in der Hand, aber ich traute mich doch nicht, einfach zu gehen.
Er nahm Messer und Gabel in die Fäuste und fuchtelte

damit in der Luft herum. Er hätte sich den Kopf aufspießen können.

»Merkst du denn nicht, daß das eine Demütigung ist«, schrie er.

»Und wenn, dann geht das dich auch nichts an!«

»Dann geht das mich nichts an? Dann geht das mich nichts an, sagt sie! Das mißverstehst du! Das mag vielleicht für dich keine Demütigung sein. Aber es ist für mich eine Demütigung. Es ist für mich eine Demütigung, daß einer, den ich nicht kenne, meine Tochter anhupt!«

»Er hat doch sicher auch Hunger«, rief Lilli vom Herd herüber. Ich konnte sie nicht sehen, weil der Türpfosten sie verdeckte. Ihre Stimme klang so gemütlich wie der Fernsehton bei einer Familienserie. Dann sah ich sie, in der Hand eine Gabel, darauf ein Knödel.

»Jetzt müßten sie durchsein.« Klatscht dem Vater den Knödel auf den Teller. Es dampft.

»Weißt du was, Lisbeth«, sagt sie, »geh doch und hol deinen Gustav, er soll mit uns essen. Das Kraut ist hervorragend. Ich hab es in der Stadt gekauft, beim Rimmele, nicht drüben beim Pasolli. Wenn ich sonst nichts kochen kann, aber Kraut kann ich.«

Da hab ich lachen müssen und bin zur Tür hinaus. Ich habe meinen Vater rufen gehört »Du bleibst!« und habe von unten den Thunderbird hupen gehört und war schon im Aufzug, da ist mein Vater aus der Wohnung geschossen, ich hab auf den Knopf nach unten gedrückt, und mein Vater ist mir über die Stiege nachgerannt, immer um den Aufzug herum, Gott im Himmel, hab ich gedacht, Lilli hinter ihm her, Gott im Himmel, und mein Vater:

»Und wenn ich persönlich hinuntergehe und mir diesen Kerl vornehme.«

Und Lilli: »Ob das günstig ist, wenn du dich da einmischst?«

Und er: »Misch du dich da nicht ein!«
Und Lilli, gekränkt, bleibt stehen: »Also. Ich sag euch was. Macht das unter euch aus. Ich geh.« Und geht wieder nach oben.
Und mein Vater bleibt auch stehen und schreit, daß es im ganzen Stiegenhaus dröhnt: »Du bleibst!«
Und ich weiß eigentlich gar nicht, wen er meint, mich oder Lilli, aber der Aufzug ist gleich unten und ich denk mir, das Rennen gewinne ich. Da kommt er auch schon die Stiege herunter, und Lilli wieder hinter ihm her: »Weißt du was, Felix: Wir geben nach und essen ab morgen eine halbe Stunde früher.«
Mein Vater reißt die Aufzugtür auf, ich ducke mich unter seinem Arm hindurch und laufe über die letzten zwei Stufen zur Eingangstür und hinaus auf die Straße, Lilli und mein Vater hinter mir her.
Und Gustav? Was macht dieser Mensch? Er fährt weg. Fährt einfach weg. Ich hab gedacht, ich ticke nicht richtig.
Einen Augenblick lang haben wir alle drei den Mund nicht zugekriegt. Lilli stellt sich beim Vater unter. Drückt sich an ihn. Ihr Kopf liegt an seiner Schulter. Sie ist klein und weich und macht jetzt aus ihm einen Tarzan. Warum schnauft sie denn so laut? Sie regt sich doch am wenigsten auf. Sie stellt sich auf die Zehenspitzen und flüstert ihm etwas ins Ohr.
Das hab ich ihr nicht vergessen. Sie hat mir Zeit gelassen, um abzuhauen. Ich habe nämlich Zeit gebraucht, weil ich so baff war.
Nachdem Gustav mich verlassen hatte, sagte sie einmal zu mir:
»Weißt du noch, Lisbeth? War das nicht schlau von mir?«
Sie muß immer nachlegen und merkt nicht, daß dadurch das Feuer nicht heißer wird.

Gustav hat in der nächsten Straße auf mich gewartet. Mit laufendem Motor und offener Beifahrertür.
»Ich möchte lieber nicht, daß du mich anhupst«, habe ich zu ihm gesagt.
In der Nacht hat er mich nicht mehr bis vor die Haustür gefahren. Er hat drei Häuser davor angehalten und gesagt: »Ich war pünktlich.«

Eines war nach der Szene klar: Gustav mußte sich etwas Besseres einfallen lassen. Daß er nach oben kommt und sich verbeugt, kam für ihn nicht in Frage. Er hatte die Idee mit dem *Café Rose*.
Ich war vorher als Kind einmal mit meiner Firmtante zum Sonntagnachmittagskuchen dort gewesen, und ich weiß noch, daß ein Ober bedient hatte – Verbeugung im Rückwärtsgang. Eine männliche Bedienung und dazu noch devot, das war eine Besonderheit. Meine Tante hat ihn absichtlich ständig an den Tisch gerufen, Salz bestellt und Zucker bestellt und noch ein Glas und noch eine Tasse – nur, um sich zu amüsieren. Zu Hause hat sie es dann meinem Vater erzählt.
»Nicht wahr, Lisbeth«, hat sie dabei ständig gesagt, »nicht wahr!«
Und ich mußte nicken. Das kam mir gerecht vor. Sie hat mir schließlich den Kuchen bezahlt. Sie wollte unbedingt mit meinem Vater ins *Café Rose* gehen und ihm den Herrn Ober zeigen. Ich weiß nicht, ob die beiden irgendwann dort eingekehrt sind, ich kann es mir bei meinem Vater eigentlich nicht vorstellen. Ich weiß auch gar nicht, was die Frau mit uns zu tun hatte. Sie war keine richtige Tante, und sie ist auch bald wieder verschwunden. Ich nehme an, mein Vater hat etwas mit ihr gehabt, und sie hat ihm dann eingeredet, daß sie zu mir als meine Firmpatin paßt, und er hat sich nicht getraut, nein zu sagen. Es blieb nichts von

ihr zurück – außer einer Redewendung: »Du hast einen Geschmack wie deine Firmtante«, sagt mein Vater manchmal. Und das soll heißen: einen schlechten.

Seit meinem Besuch mit meiner Tante hatte sich im *Café Rose* nichts verändert. Dieselben sanften Farben, derselbe süße Geruch. Alles, was im Café geschickt und schön war, ist heute im Pub dumm und häßlich. Der Raum ist klein. Als Café wirkte er größer, weil eine Wand ganz mit Spiegeln ausgekleidet war. In der Mitte auf einer kreisrunden Fläche standen drei Tischchen mit Polsterstühlen, hellgrün, Plüsch. Ganz früher sei im *Café Rose* manchmal »Tanz um fünf« angesagt gewesen. Dann habe man die drei Tischchen in der Mitte weggeräumt und den Platz zur Tanzfläche erklärt. Schon als ich mit meiner Firmtante hier war, hatte ich den Eindruck, das ist ein Zimmer aus einer gemütlichen, vergangenen Welt. In einem Halbkreis um diese Fläche herum verlief eine niedere Galerie, drei vier Stufen hoch, abgetrennt durch Säulen und ein Messinggeländer. Dem Geländer entlang waren die übrigen Tische aufgereiht. Das war alles so geschickt aufgeteilt, von jedem Platz aus konnte man jeden anderen Platz sehen, entweder direkt oder indirekt durch den großen Spiegel. Auf der den Fenstern gegenüberliegenden Seite war die Kuchentheke, blitzend aus geschliffenem Bleiglas.
Ja, und hinter dieser Kuchentheke stand Charlotte, als ich das *Café Rose* betrat, um dort Gustav zu treffen.
Ehrlich, als ich sie das erste Mal gesehen habe, dachte ich mir, das ist der Grund, warum Gustav sich das *Café Rose* ausgesucht hat. Diese üppige Frau, deren schwarzer Pullover sich um die Brust so spannte, daß durch das Gewebe der BH schimmerte.
Falsch. Der Grund war einzig der, daß die Möglichkeit, hier jemanden zu treffen, der uns kannte, gleich Null war.

Ich war sekundenlang eifersüchtig auf Charlotte gewesen. Ich, in Dunkelblau, und das nur deshalb, weil Gustav behauptet hatte, alles, was nach Internat aussieht, macht ihn verrückt. Zuerst hab ich geglaubt, er meint das ironisch, und weil ich gedacht habe, das setzt seiner Ironie grad noch etwas drauf, wenn ich so tue, als ob er das ernst gemeint hätte, hab ich meinen Schulfaltenrock aus dem Kasten gezogen und ein bißchen weiter und ein bißchen kürzer gemacht; aber ihm sind fast die Augen aus dem Kopf gefallen, und er wollte, daß ich um sein Auto herumgehe, er sitzt drinnen, und ich gehe außen herum – nein, das habe ich nicht gemacht. Ich hab mich geärgert – über ihn und über mich. Über ihn, daß er auf so etwas abfährt; und über mich, daß ich auf seinen Ernst hereingefallen bin. Normalerweise ärgert man sich, wenn man auf einen Witz hereinfällt, wenn man nicht merkt, daß einer etwas ironisch meint. Bei mir war es umgekehrt. Gustav hat nie einen Witz gemacht, nie. Er hat keinen Humor. Es war zwar manchmal so, daß er geredet hat, und man hat geglaubt, das meint er jetzt ironisch. Aber er hat immer alles ernst gemeint.

Aber egal, was es war, alles, was mit ihm zu tun hatte, hat mich verführt. Unsere erste Verabredung im *Café Rose* war für mich etwas Besonderes. Obwohl es dafür einen banalen Grund gab – die Szene zu Hause wegen dem Hupkonzert vor der Tür und so weiter. Bisher waren wir immer nur in seinem Auto gewesen. Eine neue Umgebung für uns zwei, das war doch etwas Besonderes. Gustav hat die Schulmädchenschau sicher schon gestrichen, dachte ich, er hat nie mehr damit angefangen, wie wird er reagieren, wenn ich das Dunkelblaue von mir aus anziehe . . .

Im nachhinein bin ich froh, daß ich es nicht übertrieben habe. Wenn ich mich in der Schulmädchenpose sehe, kriege ich einen roten Kopf. Das war so ein Erklären im Kreis. Tut er das, meint er was, tut er was, mein ich das ... Vielleicht stimmt das alles gar nicht, was ich mir eingebildet habe. Vielleicht hat er doch Humor. Ein schlichtes Äußeres, das gefiel ihm, mein ganzer Schminkkrempel ist verstaubt. Dabei gefalle ich mir selbst nur angemalt. Was solls. Jedenfalls wartete ich brav im *Café Rose*, und wer nicht kam, war Gustav. Gustav Gans. Es hat lange gebraucht, bis ich mir zum Gustav die Gans vorstellen konnte.

Das Café war fast leer, nur ein paar alte Damen beugten sich über Cardinalsschnitten und Likör. Charlotte sah unter den alten Tanten wie eine Sumpfblüte aus. Besser: wie eine Butterblume. Üppig und nach Butter duftend. Ihr Haar trug sie wie einen Goldhelm.

Ich setze mich an einen Tisch nahe beim Fenster, die Spiegelwand rechts neben mir. Da brauch ich mich nicht dauernd anzuschauen in dem Aufzug. Charlotte lacht, kommt hinter ihrer Kuchentheke hervor, zwängt sich in der Mitte an den drei Tischchen vorbei. Da wird nicht nachgegeben, die Damen sitzen in ihrer Stellung.

»Was darf ich Ihnen bringen?« sagt sie. Sie bleibt unten vor der Galerie stehen, hält sich mit der einen Hand an der Säule, mit der anderen am Geländer fest.

»Vielleicht nur ein Wasser«, sage ich, »ich bleibe nicht lange.«

Und sie – eine Spur leiser als vorher – fragt: »Sind Sie Fräulein Bess?«

Ich merke, wie ich knallrot werde. Das ist Antwort genug.

»Ich hab eine Nachricht für Sie.«

Greift in ihr Schürzchen und überreicht mir einen Briefumschlag.

Darin ein Bogen, darauf steht in bekannter Schrift mit wenig Tinte:

»Habe die Tage durcheinandergebracht. Sei mir nicht böse. Warte morgen um diese Zeit! Ich freue mich, Gustav.«
Charlotte und ich, wir sahen uns gleichzeitig an. Sie hatte einen besorgten Blick, nicht neugierig.
Sie kam herauf zu meinem Tisch:
»Wollen Sie nicht doch etwas trinken, vielleicht einen Schnaps?«
Es wäre an mir gewesen, ihr zu sagen, daß ich nicht traurig bin wegen dieser Nachricht, daß ich von diesem Absender niemals eine traurige Nachricht erwarten würde. Daß Gustav und ich und ich und Gustav, er braucht nur mit der Zungenspitze meinen Augapfel zu berühren, und schon werden mir die Knie weich ...
Was hätte ich ihr erzählen sollen! Ich bekam auf einmal Lust, so zu tun, als wäre ich unglücklich. Ich senkte den Kopf, konzentrierte mich auf das Muster der Tischdecke, weiß gestickte Rose auf weißem Grund. *Mein Liebling, mein schöner Ros* – ich glaube, Joseph Schmidt singt das. Eine Frau erfand ich mir, weit prächtiger als ich – mein Laster ist es, zu übertreiben –, und diese Prächtige lag, wo ich sonst liege, Gustav durfte bleiben, wie er war. Blitzschnell, alles im Kopf ausgebreitet. Ich mußte vermeiden, Charlotte anzusehen. Das waren die Sekunden der Eifersucht. Meine Prachtfrau sah aus wie Charlotte, und sie führte meinen Gustav auf einen Berg, da war eine Höhle, und die gehörte ihr, und in der Höhle fiel sie über meinen Gustav her. Nein. So einfach durfte ich es mir nicht machen. Gleiches Recht für alle. Eine neue Zugfahrt. Eine neue Frau. Ein neues Kuvert, aber mit demselben Zettel. Da wurde mir wirklich elend, und je weiter ich mich hineinsteigerte, um so mehr erweckte ich wohl den Eindruck einer Unglücklichen.
Inzwischen kassierte Charlotte bei den Damen ab.

Sie behielt mich im Auge. Ich erbarmte sie. Prompt kam sie wieder an meinen Tisch, setzte sich und sagte, sie wolle um Himmels willen nicht ungezogen sein, aber es komme ihr so vor, als habe ich eine schlechte Nachricht erhalten.
»Nein«, sagte ich, »keinen Schnaps, höchstens einen Kaffee.«
Das klang tantenhaft und war gar nicht so gewollt, da ist mir einfach der dunkelblaue Faltenrock bis ins Hirn durchgeschlagen.
Charlotte legte das Gesicht in ihre runden, großen Hände und sagte mit einer weichen Stimme, wie ich sie sonst nur vom Rundfunknachtprogramm her kenne:
»Wissen Sie, um diese Zeit kommen fast nie Gäste, wir schließen in einer Stunde, und wenn doch einer kommt, hat er Kummer. Keinen großen Kummer. Einen, den ich ausblasen kann. Das ist mir schon gelungen.«
Sie gab sich Mühe. Ein Angebot und keine Nachfrage. Ich sah den Goldhelm vor mir, ihren üppigen Busen unter dem engen Pullover. Ich trank den Kaffee, sie den Schnaps. Sie fragte nicht weiter. Nur um sie nicht zu enttäuschen, sagte ich, und verzog dabei meinen Mund, eine Mode von mir, wenn ich verlegen bin:
»Versetzt.«
»Das tut mir leid.« – Wie ich gedacht hatte.
Umständlich verließen die Damen das Lokal, jede wollte der anderen den Vortritt lassen. Sie standen gedrängt am Eingang, palaverten und lachten, und immer schön vorwurfsvoll zwischendurch einen Blick zu uns hinüber – man hätte ihnen Klappstühle aufstellen sollen. Die zuvorderst sah aus wie eine Frau Professor, die einmal bei uns in der Nachbarschaft gewohnt hatte. Eine Masse von Mensch in ein gestreiftes Jerseykleid gefüllt – die Frau Professor schickte ihren Mann zum Einkaufen, und wenn

ihr etwas nicht paßte, ist sie selbstpersönlich in das Geschäft gegangen, hat die Mängelware zurückgebracht und dabei geschrien, »Was hat mein Mann, dieser Trottel, da wieder eingekauft« ...
Charlotte sah erschöpft aus. Sie war eine Verpflichtung eingegangen, und jetzt konnte sie nicht mehr zurück. So schien es mir. Ich mußte anfangen und wußte nicht wie, sollte ich ihr jetzt wirklich eine Tragödie erfinden? Mir war die Lust dazu vergangen:
»Die Nachricht war nicht schlimm für mich. Nur ein Versehen. Ich treffe ihn morgen.«
»Da bin ich froh für Sie«, sagte sie und gähnte mit geschlossenem Mund.
Jetzt walkten die Damen ab, draußen schön am Fenster entlang, eine hinter der anderen, wie kleine Omnibusse. Die letzte kaute noch.
Wir waren allein im Café. Nach einer kurzen Pause, sie spielte mit dem Kreuz an ihrer Halskette, verfiel Charlotte in einen Plauderton:
»Ich bin froh, wenn ich am Abend meine Ruhe habe und keinen Menschen mehr sehe. Die Servierarbeit gefällt mir gerade sieben Stunden lang und nicht länger ...« – Sie freue sich jedesmal, wenn Jüngere ins Café kommen, mit den alten Tanten sei es langweilig, Krankheit, Geldnot und Haferflocken. Jüngere, damit meine sie alles unter Fünfzig – »Oder frischweg Kinder«, sagte sie, »süüüß, Kinder hab ich wahnsinnig gern, besonders die Schüchternen. Es gibt schon auch verwöhnte Bälger, die mir auf die Nerven gehen, aber die, die rot werden, wenn sie Bonbons geschenkt bekommen, süüß ...«
Ich hab nur halb hingehört, und sie selber hat wahrscheinlich auch nicht aufgepaßt, was ihr da aus dem Mund herausgeredet hat. Ich war mit meinen Gedanken auf Geschenksuche für Gustav. Noch nie hatte ich ihm etwas

geschenkt. Was mir einfiel, Raubpressungen von Bluesplatten, E. T. A. Hoffmann, all das, was für meine zwei Ehemaligen gut genug gewesen war, paßte nicht für Gustav. Wenn, dann mußte es etwas ganz Persönliches sein. Nur nicht wie üblich mit Wasser kochen. Was alles unter dem Titel »ganz persönlich« läuft! Sollte ich ihm aus weißer Seide einen Schal nähen? Kaufen oder basteln, das ist die Frage. Einmal war ich nah dran, ihm eine Barbiepuppe zu kaufen. Wir hatten vorher über die Frau im Allgemeinen und die im Besonderen gesprochen, und ich mit der Fritz-Gehrer-Schule im Kopf – »schizomäßig stehe ich unheimlich auf Luis Trenker...« – bin auf eine Barbie gekommen. Hab ich wahnsinnig originell gefunden. Gekriegt hat er sie nie. Ich habe ihr ein Kleid genäht und sie der Aishe geschenkt, der Tochter des Türken, der meinem Vater die Digitaluhr geschenkt hat. Einer wie der andere. Damit die Freundlichkeit nicht verlorengeht. Die Aishe war ein Märchenkind vom Aussehen her, Augen wie Kohlen und Haut einer blank geputzten Quitte.
»Sind Sie ein Tierfreund«, fragte Charlotte, und ich bin erschrocken, weil mein Kopf mit wunderschönen Türkenkindern angefüllt war. Nach Lieblingsspeisen wird sie mich auch noch fragen.
»Kommt darauf an«, sagte ich vorsichtig. Ihre Stimme hatte mir eine Spur zu gleichgültig geklungen, das war viel zu sehr so nebenbei gesagt gewesen. Sicherheitshalber legte ich noch nach: »Wir haben zu Hause zwei Katzen.« – Ich sagte zwei, denn würde sie mir eine dritte anbieten, könnte ich jetzt gut ablehnen.
»Ich will nicht herumreden«, sagte sie und wirkte auf einmal hellwach. »Ich suche jemanden, der einen Hund nimmt. Hunde mögen Sie nicht? Weil Hund und Katz nicht zusammenpassen, und Sie sich nun einmal für Katzen entschieden haben? Das versteh ich schon, aber viel-

leicht kann ich Ihnen das ausreden. Ich meine, es ist so, daß sich Hund und Katze in Wirklichkeit anziehen, eben weil sie Gegner sind, und wenn man das irgendwie löst – sind Ihre Katzen schon alt? Das geht natürlich nur, wenn sie noch jung sind – dann glaub ich, daß das zu einer wirklich echten Harmonie führen kann, wie im Paradies, Hund und Katz, Wolf und Schaf, vorbildlich und beruhigend, wenn man hinschaut, noch viel beruhigender als Zierfische, zwei Katzen und ein Hund, unter Umständen würde das neutralisierend wirken und letzten Endes eine Erleichterung bringen... Nein, wahrscheinlich nicht. Oder kennen Sie vielleicht einen Hundeliebhaber? Aber so einer hätte sicher auch schon zwei Hunde und würde einen dritten nicht brauchen, außerdem müßte ich alles, was ich jetzt gesagt habe, über den Haufen werfen. Oder kennen Sie einfach jemanden, der nicht nein sagen kann, wenn man ihm einen Hund bringt? Leute, die nicht nein sagen können, sind unangenehm, aber sicher nett zu Tieren. Heute hat nämlich jemand einen Hund bei uns vergessen. Der Hund ist einfach unter der Bank gelegen. Man hätte ihn wegkehren können. Ich kann mich gar nicht erinnern, daß ich irgendwann heute irgend jemanden mit einem Hund bedient habe. Ich möchte ihn dir gern zeigen.«

Und als sie mich am Schluß geduzt hat, war ich drauf und dran, ihr einen Kuß zu geben und zu sagen: Pack ihn mir ein. Aber sie war schon aufgestanden. Sie ging vor mir her durch die Tür zu den Toiletten, eine Botticelli-Figur in Pullover, Rock und einer weißen Servierschürze.

Hinter den Toiletten führte eine schmale Stiege nach oben. Durch ein Milchglasfenster in der Wand schimmerte ein wenig Licht. Hier blieb sie stehen. In einem Lieferantenkorb lag ein junger Hund.

»Ist er nicht süß?«

Sie schob ihren Rock hoch, damit sie sich besser bücken konnte. Der Korb versperrte den Weg. Der Hund lag zusammengerollt auf Stoffservietten, vor sich hatte er ein Stück Schaumrolle.
»Was glaubst du, wie alt der ist?« – Jetzt hatte ich sie auch geduzt.
Charlotte kraulte das Tier am Hals: »Ich hab ihm eine Schaumrolle gegeben, weil er Würstel nicht gemocht hat.« Sie strich ihm über den Kopf: »Du armer Kerl... magst nicht süß und nicht sauer.«
Der Hund winselte und leckte an Charlottes Hand.
»Durst wird er haben«, sagte ich.
Sie blickte mich erstaunt an. Genau wie mein Vater, dachte ich, sie meinen, Tiere fressen nur.
»Wasser, mein Gott, er hat nichts zu trinken, genau, was bin ich doch blöd... Gleich kriegst du...« und sie rannte wie eine Hebamme.
Ich hörte, wie sie sich in den Toiletten zu schaffen machte und wie sie dabei fluchte. Ich setzte mich neben den Korb auf die Stufe. Der Hund dehnte seinen Hals mir entgegen, und das zog ihm die Augen auseinander. Und dann gab er zweimal einen dünnen Laut von sich. Ü. Ü.
Ich kenne mich mit Hunden nicht aus, ich kann sie nicht ausstehen, aber dieser junge Hund rührte mich. Ohren hatte er wie ein Reh, graubraunes Fell, am Rücken etwas dunkler, eine feuchte Schnauze, und Vorderpfoten, die marschierten, rechts links, rechts links, und dabei saß der ganze Hund eigentlich...
Charlotte brachte Wasser – in dem Plastikbehälter, in dem sonst der Klobesen steht. Sie hatte rote Wangen vor Aufregung. Der Hund schnupperte und wimmerte, aber er trank nicht.
»Er trinkt nicht! Warum trinkt er denn nicht!« rief sie.
»Es graust ihn«, sagte ich, und mich grauste es auch.

»Ich dachte, es muß schnell gehen«, sagte sie.
»Hol einen flachen Teller und mach das Wasser lauwarm«, sagte ich. Es hatte sich so ergeben, daß ich auf einmal ein Fachmann war.
Charlotte nickte heftig, nahm den Plastikbehälter und rannte an den Toiletten vorbei ins Café.
Ich stupste mit dem Zeigefinger an den Kopf des Hundes.
Ü. Ü.
Ein vorwurfsvoller Blick.
Er denkt nichts, er kann gar nichts denken, und es sieht immer vorwurfsvoll und hilflos aus, wenn ein junger Hund einen anschaut – ich hab ein schlechtes Gewissen gekriegt.
»Ich kann dich nicht mitnehmen«, sagte ich, »ich habe zwei Katzen, die würden dich nicht mögen, das wär ein schlechtes Zuhause für dich, schlimmer als Aschenputtel ...«
Sogar den Hund habe ich angelogen. Ein Geschenk für Gustav? Dann hätte ich mich blamiert. Lieber einen Hund verrecken lassen, als mich vor Gustav blamieren ...
Ü. Ü.
Charlotte hat es übertrieben, auch sie hatte ein schlechtes Gewissen, und darum hat sie einen Goldrandteller gebracht.
»Daumenwarm«, sagte sie. »Aber ich hab an der Leitung probiert, nicht im Teller.«
Sie setzte sich neben mich, und wir schauten zu, wie der Hund trank. Er war ganz gierig danach. Einen Moment lang war nur das Schlagen seiner Zunge zu hören. Gustav hat mir einen Abend geschenkt, dachte ich. Wenn wir zusammen sind, bin ich nicht bei mir selber, und wenn ich auf ihn warte, erst recht nicht. Aber jetzt bin ich weder bei ihm noch warte ich auf ihn. Und dann fiel mir

etwas Seltsames ein, und das hätte mich eigentlich stutzig machen müssen: Das ist, wie es in der Schule war, wenn ich wußte, daß ich in Mathe einen Einser geschrieben habe, und es mir ganz egal war, wann der Lehrer die Hefte zurückbringen würde, je später, um so besser . . .
»Was hätt ich diesen Hund gern«, sagte Charlotte, »aber ich kann ihn beim besten Willen nicht behalten. In meiner Wohnung ist die Tierhaltung verboten, und das sagen sie nicht nur, das ist wirklich verboten. Ich weiß, es gibt Häuser, in denen es verboten ist, und trotzdem ein Auge zugedrückt wird, wenn einer ein Tier hat, aber bei uns nicht. Was sollen wir bloß mit dem Hund tun?«
Je länger ich das Tier betrachtete, um so mehr wurde es auch zu meinem Problem. Also: Ein klarer Entschluß!
»Hast du ein Auto?«
Sie nickte.
»Bringen wir ihn ins Tierheim«, sagte ich und machte mich auf etwas gefaßt.
Charlotte drückte die Lippen zusammen und nickte, als fügte sie sich in etwas Unvermeidliches. Aber an ihren Augen konnte ich sehen, daß sie froh war. Das Problem war nicht der Hund, das Problem war, anständig zu bleiben, auch wenn man Hunde nicht mag.
Wir trugen den Korb mit dem Hund ins Café, und Charlotte machte die Abrechnung. Ich räumte die Tische ab, leerte die Aschenbecher, stellte alle Vasen nebeneinander auf die Kuchentheke, zupfte die welken Blumen ab, legte neue Tischtücher auf. Ich fühlte mich wie in einem großen Wohnzimmer.
»Laß doch«, rief Charlotte, »da kommt nachher eine Frau, die das macht!«
In amerikanischen Spielfilmen gibt es Wohnzimmer, die sind nicht kleiner als dieses Café hier, und da bewegen sich Leute und reden nicht dauernd über das schöne Zim-

mer ... Ich war Liz Taylor in *Giganten*. Die dunklen Möbel, die vergilbte Blümchentapete, die Lampen über den Tischen, das wirkte so behaglich, wie wenn das Gustavs und mein Zimmer wäre, eines von unseren Zimmern, über die wir nie ein Wort verlieren würden, ich hätte Lust gehabt, die Säulen zu polieren ...

Charlotte hatte es eilig. Sie band sich die Schürze ab, um ihren Bauch war der Rock faltig, sie strich mit der Hand darüber, zog die Strickjacke an und hob den Korb auf.

»Der Chef kommt gleich, und der will dann reden«, sagte sie.

Der Hund hatte sich zu einem Kreis gerollt. Charlotte zog die Strickjacke wieder aus und deckte ihn damit zu.

Sie wohnte nur eine Straße weiter. Zu zweit trugen wir den Korb bis zu ihrem Auto und stellten ihn auf den Rücksitz. Charlotte bettete den Goldrandteller mit Wasser neben den Hund, und am Ende unserer Fahrt war der Teller trocken und die Papierservietten naß. Oder hatte der Hund gebrunzt?

Ich hatte zwar groß angegeben, ich wisse, wo das Tierheim sei, aber dann sind wir garantiert eine Stunde herumgefahren, bis wir es endlich gefunden haben. Charlotte und ich haben viel gelacht. Es war für mich, als ob dies alles nur deshalb geschähe, damit ich es Gustav morgen erzählen könnte.

Mein Wartezimmer, die *Rose*. Wie oft bin ich dagesessen ... Hab ich dann endlich Gustavs schwarzen Kopf durch die Scheibe gesehen, hinter den Yuccapalmen, war ich schon auf dem Sprung. Kein einziges Mal hat sich Gustav etwas bestellt. War mein Glas halb voll, hat er es im Stehen leer getrunken. Mein Stammplatz war aus praktischen Gründen der erste am Fenster.

Als das *Café Rose* zum *Finn MacCool* umgebaut wurde,

nahm sich Gustav ein Zimmer – in der Rathausstraße. Charlotte sah ich bis zu meinem Mittwoch nicht mehr. Ach, was man alles erzählt, wenn man sich um einen Mittwoch drücken will!

Als Gustav mich verlassen hat im heißen August... Was ist der Marianengraben gegen das Loch, in das ich gefallen bin? Ich hatte keine Menschenseele. Das Wort Menschenseele brachte mich zum Heulen. Das Häufchen Elend war ich. Hunde hab ich auf ihn gehetzt. Die brachten ihn mir wieder. Er war zerschunden, aber er war da. Er lag in meinem Bett, ich schleckte seine Wunden ab.
Die zwei Stunden: vom Finden eines Zettels auf der Fußmatte um fünf bis zum Betreten des *Finn MacCool* um sieben. Was wirklich geschah: Ich stand am Fenster und schrieb einen Brief. Ich zog das Kleid an, das ich noch nie getragen hatte. Ich winke mit dem Zaunpfahl, und Gustav sieht es nicht! Aber was für ein jämmerliches Winken war das! Ich habe dieses Kleid auf dem Gepäckträger durch die ganze Stadt gefahren, durch den Fünfuhrverkehr, durch einen Wolkenbruch, und es ist trocken geblieben; und dann ziehe ich es mir über den Kopf und meine Heulrotznase schmiert über den Ausschnitt! Das hat mich erst recht zum Heulen gebracht, weil das so ungeheuer symbolisch auf mich gewirkt hat. Jetzt ist alles klar, hab ich gedacht, in Zeiten des Glücks hat dieses Fähnchen einen Wolkenbruch überstanden, nun wird es von einer Rotznase ruiniert! Ich habs wieder ausgezogen und in die Ecke geschmissen, und weil ich mir nackt so erbarmungswürdig vorgekommen bin, habe ich mich aufs Bett gesetzt und die Bettdecke wie einen Muttergottesschleier über das Haar gezogen. Und draußen ist die Sonne über den Strommasten der Bundesbahn untergegangen...
Meine Verwandten und Bekannten sind mir durch den

Kopf gegeistert, beim Vater angefangen bis zur Frau Dr. Fritz-Gehrer. Ich hab mir vorgestellt, daß alle im selben Haus versammelt sind. Jeder hat sein eigenes Zimmer, jeder seinen eigenen Stuhl. Ich bin es, die anklopft und den Vortrag macht. Mein Gesicht gibt keine Rätsel auf. Ich bringe das zerrissene Herz! Hier! Sie reden über die Hitze und bieten Getränke an. Sie haben ihre Rezepte und schreiben sie mir auf, aber die Schrift ist unleserlich und ich kann nichts damit anfangen. Neun von zehn – der Vater ausgenommen, er würde mich in den Arm nehmen – unterbrechen mich nach dem ersten Satz.

Dann folgt ihre Geschichte, die meine sein soll, und alle diese Geschichten, mit der angefressenen Moral am Schluß, wollen mich nur anöden. Mir könnte beim Zuhören der Fuß abfaulen, und sie würden es nicht merken. Nicht einmal Nasen zum Riechen haben sie. Alles an ihnen ist nur Vorbild – Mund, Nase, Ohren, Finger, Füße, Zähne, Haar . . . Ich bin beerdigt worden, und Gustav, in einer Ecke des Friedhofs, weit entfernt von den Trauergästen, ist mit zäher, roter Lackfarbe überschüttet worden. Aber von wem? Wer tut mir den Gefallen mit der Lackfarbe? Ich hätte nicht einen gekannt, der das für mich getan hätte. Und das aus eigenen Stücken.

Und weil in meinem fantasierten Haus für Charlotte kein fantasiertes Zimmer und kein fantasierter Stuhl reserviert war, und weil ich sie auch bei meiner fantasierten Beerdigung nicht gesehen habe, bekam ich auf einmal Sehnsucht nach ihr.

Ich wollte ins *Finn MacCool* gehen, um Charlotte zu sehen. Ich erwartete mir Trost von ihr. Ich habe mir das so vorgestellt: Ich sage kein Wort, und sie tröstet mich, als ob sie alles wüßte.

Und dann wurde mir unter der Zudecke zu heiß, und mein Kopf war ganz klar. Charlotte ist keine Hellseherin,

sagte ich mir. Das wäre zuviel verlangt. Richte dich nach den Gegebenheiten! Wie soll sie dich trösten, wenn sie nichts weiß! Aber wenn ich weiter in meinem Zimmer bleibe, dachte ich, dann erwürgen mich die Wände. Dann ratterten mir Berechnungen aus dem Hirn wie Statistiken aus dem Computerdrucker im Büro meines Vaters: Ich morgen – wie groß ist die Möglichkeit, daß alles nur ein Alptraum war? Ich in einer Woche – wie groß ist die Möglichkeit, daß Gustav wieder zu mir zurückgekommen sein wird? Ich in einem halben Jahr – habe ich ihn bis dann aus Kopf und Herz? Aber was mache ich in den nächsten drei Minuten?
Ich holte meine Trauerkleider aus dem Kasten, schwarze Hose, schwarze Bluse. Bevor ich Gustav kennengelernt habe, war das mein Lieblingsdreß, wenn ich abends wegging. – »Auf welche Beerdigung gehst du heute«, hat mein Vater gefragt. Jedesmal. Stereotyp. Nicht, weil ihn mein Aufzug gestört hätte. Er hat es einfach gern, wenn er auf dieselbe Situation immer denselben Spruch kleben kann. An diesem Mittwoch war er nicht zu Hause. Ich hätte ihm zum ersten Mal eine Antwort geben können. Der Angstschweiß stand auf meiner Stirn, und der war kalt, wie es im Buch steht. Ja, das war so ein Entsetzen, das einem die ganze Welt fremd macht. Was mache ich in den nächsten zwei Stunden? Nach den nächsten drei Minuten zu fragen war gespenstisch; nach dem nächsten halben Jahr zu fragen war vermessen. Ich wollte Charlotte sehen. Ich wollte testen, ob ich mit ihr reden könnte. Wie groß ist die Wahrscheinlichkeit, daß sie überhaupt mit mir redet? Und wenn sie es tut: Wie groß ist die Wahrscheinlichkeit, daß sie mich trösten kann? Gesetzt den Fall, sie kann: Wie groß ist die Wahrscheinlichkeit, daß sie mich trösten kann, ohne daß ich ein Wort sage?

Ich stellte mich vor den Spiegel und gab dem monatelang unterdrückten Schminkzwang nach. Ich schminkte mich zu einer Comic-Figur. Die Lippen das pure Rot, das Gesicht das pure Weiß. Die Augen das pure Schwarz. Die Striche streng und feindlich. Ein geiler Roboter. Bereit für ein Experiment mit einer neutralen Person. Die weiche, runde Charlotte und die eckige, schwarz-rot-weiße Lisbeth. Hier bin ich, der Mann hat mich zur Maschine gemacht, such mein Herz! Wenn es sein muß, sage ich dir, wo es sitzt!
Aber wie es der Teufel will, war in dem Pub alles voll, und meinen Zustand von Hoffnungslosigkeit hab ich auf den leeren Platz am Fenster plumpsen lassen. Dieses verfluchte Pub. Der Gipfel an Geschmacklosigkeit. Mir bleibt ein Rätsel, warum sich ganze Menschentrauben an einer Bar versammeln, und ein Tisch mit drei Stühlen bleibt leer. Charlotte hatte ein rotes Gesicht vor lauter Anstrengung. Sie sah mich erst nach genau sechs Minuten, winkte mir zu und sagte im Vorbeigehen: »Ich komm gleich zu dir.« Dann hab ich siebzehn Minuten gewartet. Charlotte kam mit dem Bedienen nicht nach.
»Endlich! Entschuldige, aber heute, das ist ein Alptraum. Der Aushilfe ist es schlecht geworden, jetzt kann ich alles allein machen. Die kriegt ein Kind. Wahrscheinlich vom Chef. Aber der lügt es weg. Ich bekomm das ja alles mit. Schön, daß ich dich wieder einmal sehe. Ich hab mir schon gedacht, dich gibts nicht mehr. Was trinkst du? Wartest du auf deinen Freund?«
Für eine Antwort war keine Zeit. Kleinlaut habe ich einen Gespritzten bestellt. Irgendwann müssen die Leute ja verschwinden. Es war knapp vor sechs, und ich wollte sitzen bleiben wie angenagelt. Bis Mitternacht.
Im Vorbeigehen stellte mir Charlotte das Getränk auf den Tisch. Die Zitrone am Glas war schön dick, liebevoll, hab

ich mir gedacht. Ich weiß, Charlotte serviert nur, trotzdem habe ich sie für die Zitrone verantwortlich gemacht. Ihr Chef steht hinter der Theke und redet und zapft zwischendurch und schneidet die Zitronen. Er ist einer mit Außenwelle.

Dann habe ich Besuch gekriegt. An meinen Tisch setzte sich ein Herr mit Schiebermütze. Ein Nick Knatterton der Provinz in großkariertem Anzug. Eine Körperhälfte hielt er gerade, mit der anderen fläzte er über den Tisch; einen Fuß hatte er brav angewinkelt, den anderen streckte er bis zu meinem Stuhlbein. Er bestellte Kaffee mit Süßstoff, und nachdem er eine Zeitlang vergebens gewartet hatte, fing er an, über den Verfall der Sitten zu reden. Ich fühlte mich angesprochen, weil er in meine Richtung schaute. Auf meinen Busen hat er gestarrt. Ich, der geile Roboter – ein Knopf zum Einschalten und einer für das Programm. Ich war mir nicht sicher, ob er sich ärgerte oder ob das seine Aufrißmasche war.

Dann schrie er auf einmal: »Brasilien!«

Mich hat das nicht gewundert. Aber die anderen schon. Mit einem Schlag war es still im Lokal. Zufällig hat nämlich im selben Augenblick die Musik aufgehört. Wahrscheinlich war gerade die Kassette am Ende, aber der Eindruck war, als hätte er sie ausgeschrien.

Einer am Tresen, der eine Bierkugel in der hohlen Hand hielt, drehte sich um.

»Warum Brasilien«, fragte er. Er sah ganz verdutzt aus, dicke Brille und hohe Stirn.

»Frag sie«, sagte Nick Knatterton und zeigte auf mich.

Normalerweise wär ich in den Boden gesunken, aber nun hielt ich allen Blicken stand. So etwas passiert nicht, dachte ich, und wenn das ein Tag ist, an dem doch so etwas passiert, dann ist alles andere an diesem Tag ebenfalls anzuzweifeln.

Nick Knatterton ärgerte sich, weil der mit Bierkugel und hoher Stirn nur ihn anstarrte.
»Sie, du sollst sie fragen!«
»Aber sie hat doch gar nichts gesagt.«
»Sie sagt nichts, aber sie denkt etwas.«
»Das geht doch dich nichts an, was sie denkt!«
»Aber es ist ein Rätsel, was sie denkt.«
»Mir kommt eher vor, daß du ein Rätsel bist!« – Der mit Bierkugel und hoher Stirn checkte in der Runde ab, ob das gesessen hatte. Es hatte. Guter Witz! Bravo.
Nick Knatterton bekam einen fast blauen Kopf.
»Ist das ein Rätsel, wenn hier einer nach Brasilien ruft?«
Laut lachte nur der Chef von Charlotte. Achtung, sollte das heißen, jetzt mein Witz!
»Brasilien, hörst du mich!« – Das war er. Und alle lachten – nur Nick Knatterton und ich, wir lachten nicht.
»Ich habe vor einer halben Stunde einen Kaffee bestellt«, sagte er, »und da wollte ich im Ursprungsland reklamieren.«
»Unser Kaffee stammt aus Nicaragua«, sagte der Chef. Gern hätte er eine ernsthafte Diskussion angehängt, das merkte ich.
Charlotte schusselte zur Espressomaschine. Sie hatte ihn tatsächlich vergessen.
Und nun drehte sich ein Ritter vom Tresen zu unserem Tisch. Braungebrannt, Sporthemd.
»Du kannst meinen haben, ich habe ihn noch nicht angerührt. Aber sie laß in Ruhe!«
Nick Knatterton grinste gelangweilt, drehte den Kopf zu mir und schaute durch mich hindurch. Ich verstand zuerst gar nicht, was los war, hatte schon vergessen, daß er mich erst vor wenigen Minuten ins Spiel gebracht hatte. Jetzt kam ich mir doch furchtbar angeschaut vor. Natürlich, mit »sie« hat der Ritter mich gemeint! Ich lachte, und ich

wette, es sah dämlich aus. Der Ritter machte eine kleine Verbeugung zu mir herüber, blieb aber auf seinem Barhocker sitzen. Dann schob er seine Tasse Kaffee zu Charlotte über den Tresen. Sie stellte die Tasse auf unseren Tisch und warf mir einen Blick zu, bei dem ich nicht wußte, ob er entschuldigend oder vorwurfsvoll war. Nick Knatterton jedenfalls deutete ihn vorwurfsvoll.

»Die gehört nicht zu mir«, sagte er. »Falls Sie das meinen.«

Ein zweiter Blick von Charlotte, und der war entschuldigend.

Nick Knatterton trank seinen Kaffee und fuhr weiter fort mit seiner Ansprache: Kraut und Rüben, keiner hat eine Ahnung gehabt, was er meinte. Die Leute am Tresen rückten ihre Hocker in unsere Richtung und amüsierten sich. Der Betrieb stand still. Zuletzt erhob er sich, er drückte mir dabei den Tisch in den Magen und schrie: »Natürlich gab es auch Süßigkeiten zu essen!« – Das war dann der allergrößte Witz. Es wurde kräftig gelacht. Ich verstand gar nichts.

Ich stand auf, griff nach meiner Handtasche, Charlotte schüttelte den Kopf, also ging ich, ohne zu bezahlen. Der Ritter machte Anstalten, sich zu mir durchzuzwängen. Aber er ließ es dann doch, weil er so eingeklemmt war. Als ich auf der Straße stand, donnerte es. Wenn es von hier bis zur Rathausstraße anfängt zu regnen, dann wird alles gut, dachte ich. Und im selben Augenblick fing es schon an. Viel zu schnell. So gewinnt man keine Wette. Das ist eine Verarschung. Dann will ich auch nicht naß werden. Ich rannte an den Hauswänden entlang die Gasse hinunter. Einmal habe ich nachts aus einem Autofenster eine Frau gesehen, die quer über eine nasse Fahrbahn vor einem Mann davonlief. Das hat Eindruck auf mich gemacht. Vielleicht weil es in Paris war. Ich war damals fünfzehn

Jahre alt, und die Eltern einer Freundin hatten meinen Vater beredet, daß er mich mit ihnen und ihrer Tochter nach Paris mitfahren ließ. Drei Tage lang waren wir dort, und meine Freundin, die gar nicht meine Freundin war, ich weiß nicht mal mehr, wie sie hieß, die hat die ganze Zeit gebockt, kein Wort hat sie mit mir geredet, wenn wir allein waren, vor ihren Eltern hat sie dann scheinheilig getan, und ihre Eltern haben sich Sorgen gemacht, was weiß ich, das ist noch eine andere Geschichte – jedenfalls ist mir dieses Bild wieder in den Sinn gekommen: Eine Frau läuft über die nasse Fahrbahn und ein Mann ist hinter ihr her . . .
Vom Pub bis zu Gustavs Wohnung ist es ein Katzensprung. Als ich im ersten Stock vor der Tür stand, waren Haare, Bluse und Hose naß. Ich wollte nicht läuten. Hinter der Milchglasscheibe war es dunkel. Gustav läßt immer alle Lichter brennen, wenn er da ist. Ich wollte es nur so schnell wie möglich hinter mich bringen. Mit einer Haarspange, die spitz genug war, daß man sie ins Holz bohren konnte, befestigte ich den Zettel über seinem Namensschild. Zettel-Briefe. Alles kaputte Leitungen. Einen Rohrbruch wünschte ich ihm. Meterhoch die Scheiße und Gustav mittendrin. Vielleicht kann er einfach den Lichtschalter nicht mehr erreichen. Wie sich alles verkehrte. Ich war doch diejenige, und mir stand doch die Scheiße bis zum Hals. So ein lustiges Mädchen, dem fällt sogar noch ein Reim ein!

Lieber Gustav!
War der Abend voller Trauer, in der Nacht bin ich schlauer. Meine Liebe macht mich zur Dichterin. Es geht aufwärts mit mir. Perlen vor die Sau. Falls Du mich nicht erkennst: Ich habe eine Seidenbluse an und eine Samthose. Die eine schwarz, die andere schwarz. Ich gehe um

22 Uhr ins widerlichste Pub, das ich kenne, weil es nämlich das Pub ist, das Du so widerlich findest. Ich warte genau eine Stunde. Ab dann bin ich unberechenbar.

Ich bin also wieder zurückmarschiert. Inzwischen war das *Finn MacCool* mehr als gerammelt voll. Nick Knatterton allerdings war gegangen und der Tisch am Fenster frei. Zur Bar konnte man gar nicht durchkommen, so dicht standen dort die Gäste. Biere in den Händen, Zigaretten über Kopfhöhe. Mittendrin hätte man nicht umfallen können. Nicht eine Frau sah ich unter den Gästen. Ich drückte mich an dem Zeitungsständer vorbei, alles englische und französische Blätter, eines hatte Dublin im Namen, fast wär ich gestolpert und auf Charlottes Hintern gefallen. Sie stand über das Tischchen gebeugt und wischte es ab.
»Du holst dir ja den Tod«, sagte sie. »Hast du keine Jacke?« – Mir war auf der Straße schon heiß gewesen, und hier war es noch heißer. Hier würde in wenigen Minuten meine nasse Bluse trocken gedampft sein. Ich schüttelte den Kopf.
Charlotte bahnte sich ihren Weg zum Tresen und warf mir ein Küchentuch zu, über die Köpfe der Männer. Damit habe ich mir die Haare abgerieben.
»Es ist immer noch keine Nachricht für dich da«, rief sie. Und als ich den Mund aufmachte, war sie schon hinten, wo im *Café Rose* die Küche war.
Ich setzte mich – zuerst so, daß ich das Lokal im Rücken hatte. Aber ich hielt es nicht aus. Der Gedanke, daß Gustav doch kommen könnte und mich dann vielleicht übersähe ... Oder schlimmer: Er kommt und sieht meinen Rücken. Wer weiß schon, wie sein eigener Rücken aussieht. Wenn ich an meinen Vater denke – wenn man dem

seine Launen irgendwo ansieht, dann an seinem Rücken. Grauenhaft der Gedanke, Gustav einen leidenden Rücken zu zeigen. Der mag Leute nicht, denen es schlechtgeht. Ich wechselte den Stuhl. Wenn er tatsächlich kommt, dann soll er mir nicht entgehen!

Der Chef mit der Außenwelle hatte sein Lokal inzwischen wohl verlassen. Charlotte war allein. Es schien unmöglich, in diesem Gedränge für einen Service zu sorgen. Der Ritter half ihr. Er servierte ab. Er machte das sehr geschickt, wand sich mit über den Kopf erhobenen Händen an den Männern vorbei und ließ sich die leeren Gläser hinaufreichen. Kam er in die Nähe meines Tisches, zwinkerte er mir ritterlich zu, und ich dachte, das wird der Freund von Charlotte sein. Er kannte sich aus, sie ließ ihn gewähren. Er spülte die Gläser ab, hielt sie unter heißes Wasser und stellte sie zum Austrocknen auf die Anrichte. Charlotte sprach mit ihm, und sie schauten beide zu mir herüber, und der Ritter rief:

»Was soll ich dir bringen?«

Und Charlotte rief: »Ich komm gleich bei dir vorbei!«

Ich nickte, weil ich nicht rufen wollte, und rufen hätte ich müssen, sonst hätten sie mich nicht verstanden. Jetzt nickte der Ritter und lächelte dabei und Charlotte lächelte und nickte auch und ich dasselbe noch einmal, ein Lächeln und Nicken zwischen uns dreien, ein dreieckiges Lächeln und Nicken, immer im Kreis, mir kam das so vor wie Wolleaufwickeln, und es hätte meinetwegen stundenlang so weitergehen können. Dann hob der Ritter Bierglas und Augenbrauen, und das war eine Frage, und mit ihr kam Abwechslung, denn ich schüttelte den Kopf, und er schüttelte den Kopf auch, und dann hob Charlotte Kaffeetasse und Augenbrauen, und da nickte ich, obwohl ich eigentlich lieber einen Gespritzten trinken wollte, aber nicht wußte, wie man das mit Nicken und Kopfschütteln kund-

tun kann, und so nickten wir wieder alle drei und lächelten, und unverhofft rutschte bei mir auch ein richtiger Lacher heraus. Das Wolleaufwickeln hatte meinen Rücken immerhin ein bißchen aufgerichtet.
Irgendwann später war Charlotte mit dem Kaffee gekommen. Und sie hat sich selber einen mitgebracht. Ich muß sie wohl verzweifelt angeschaut haben, denn sie hat das Tablett mit den Kaffeetassen abgestellt und ist mir mit dem Finger über die Wange gefahren. Oder ich hab mir das eingebildet. Ich habe ihr zugehört, wie sie über die Temperatur, über Aussichtstürme, den See und die Wettervorhersage geredet hat, ich habs mir nicht eingebildet, sie hat ihren Finger noch einmal über meine Wange gleiten lassen.
Ich war einmal sekundenlang eifersüchtig auf dich. Das muß ich ihr sagen, wenn diese verdammte Bedienerei endlich aufhört. Hätte ich ihr einen Zettel zustecken sollen? Und was wäre darauf gestanden? Blödsinn. Dann hätte das so ein Gewicht gehabt. Eine kleinliche Idee, zu hoffen, Gustav würde hierherkommen. Wenn du zu mir kommst, bring deine Erinnerung an unsere letzte Nacht mit. Laß mir einen Schimmer, und wenn er grau ist.
»Wartest du auf eine Nachricht? Es ist keine Nachricht da.«
Niedergetrampelt. Ich nahm mir ein Herz und sagte:
»Ich warte, bis du mit der Arbeit fertig bist. Ich möchte mit dir reden.«
Sie lachte verlegen: »Hast du diesmal etwas fürs Tierheim?«
Und kaum hebe ich die Augen, sind nur noch zwei Männer am Tresen. Sie reden mit mir. Wie lange schon? Habe ich auch schon etwas gesagt? Der Ritter hat einen Eifer im Gesicht. Sehe ich so aus, als würde ich mich vor Liebe verzehren? Der andere erinnerte mich an den Mann auf

dem Schutzumschlag von Tschechows Novellen, viel Bart, wirre Augenbrauen, ein finsterer Ausdruck. Ich glaube, er hat soeben etwas von verzehrender Liebe gesagt. Der Ritter ringt mit ihm. Er stimmt ihm grundsätzlich zu.

»Aber im allgemeinen bin ich anderer Ansicht.«

»Das ist dasselbe«, sagt der Bärtige.

»Er will mich nicht verstehen«, sagt der Ritter und lacht und legt die Arme um uns. Inzwischen bin ich nämlich auch am Tresen. Das muß doch irgendwie geschehen sein. Der Bärtige heißt Ferdinand, der Ritter heißt Max, die Schöne heißt Charlotte, und ich habe einen Knacks. Es wird an die Tür gepumpert, aber es wird nicht geöffnet.

»Sperrstunde«, ruft die Schöne.

Wir lauschen den Worten Ferdinands:

»Ich gehöre zu den Leuten, die nichts mit sich herumtragen und ein Geheimnis daraus machen.« – »Was gäb ich drum, wenn ich geheimnisvoll wär, mich macht die Sonne heiß und der Regen naß.«

Und nachts um zwei dann verließ ich mit Charlotte das *Finn MacCool*, und zwei Männer begleiteten uns. Ein Bärtiger und ein Glattrasierter, der Bärtige ging mit Charlotte, mit dem Glattrasierten ging ich. Jeder Max hat einen Funken Gustav in sich oder umgekehrt, weiß der Teufel, und so landete ich in Maxens Bett. Das war meine Rache. Ein Mann hat für eine Frau zu sorgen.

Drittes Kapitel

Max ist Seifensieder. Er gehört zu den Dunklen, wie alle Männer, die sich bisher in mein Leben eingemischt haben. Es muß eine Sache des Zufalls sein, mir gefallen nämlich die Hellen genauso. Mir gefallen die Hellen sogar besser, aber in mein Leben mischen sich nur die Dunklen ein. Ich gehe durch die Stadt und frage mich hinterher, welche Männer mir noch halbwegs in Erinnerung sind, und muß zugeben, es sind alles Helle. Die Hellen merke ich mir, und bei den Dunklen bleibe ich hängen. Aber nie habe ich gedacht, hätte ich nur einen Hellen. Blonde sind zum Anschauen, das mag ich. Und stechen sie ins Rote wie zum Beispiel der Ferdinand, dann mag ich das besonders. Der Ferdinand hat den Max unter seinen Einfluß gestellt. Und jeder, der es mit dem Max zu tun hat, kriegt ein Stück vom Ferdinand mitserviert. Ferdinand sieht aus wie ein Ire. In Wirklichkeit stamme er aus Niederösterreich, aber stur sei er wie ein Ire. Sagt Charlotte. Daß der Ferdinand stur ist, kann ich bestätigen. Wie das mit den Iren ist, weiß ich nicht. Ich nehme an, Charlotte hat das aus ihrem Lexikon. Der rote Ferdinand ist jedenfalls der Bluff-Ire vom *Finn MacCool*, und darum schiebt ihm der Wirt, wenn er da ist, auch immer ein Gratisbier über den Tresen; damit sein einziger Ire nicht das Lokal wechselt – und sich womöglich beim Italiener in der Kaiserstraße einnistet. Wäre ich der Wirt, ich würde mir das Bier sparen. Der Ferdinand wechselt nicht so schnell sein Stammlokal. Er ist stur.

Aber ich erzähle viel zu früh von ihm. Ich rufe mich zur Ordnung! »Rufe dich zur Ordnung!« das ist so ein Spruch von Max. Ein blöder Spruch! Kann er mir sagen, wie das gehen soll? Als er den Spruch zum ersten Mal abgelassen hat, bin ich mir fast selber aus dem Kopf gefallen. Da habe ich dann die Bescherung gesehen: Wohin mich mein Mittwoch geweht hat...

Ich rufe mich trotzdem zur Ordnung. Aber eines muß schon noch gesagt werden: Es ist nicht so einfach, etwas in einer Ordnung zu erzählen, das mir jede Ordnung total genommen hat. Das muß man einsehen.
Jetzt zu Max:
Er ist, wie gesagt, ein Seifensieder. Seife aus altem Pommes-frites-Fett. Das dürfte das Besondere daran gewesen sein. Er lebte getrennt von seiner Frau, arbeitete aber im unteren Stockwerk des Hauses, das seinem Schwiegervater gehörte und in dessen oberen Stock seine Frau und sein Sohn wohnten. Das habe ich von Charlotte. Sie hat es mir ohne Kommentar erzählt. Das hat heißen sollen: Damit du weißt, wie du dran bist. Maxens Frau habe irgendwie Kapital in der Seife. Ob sie auch mitkochte, wußte Charlotte nicht. Max sei der Kopf des Unternehmens. Shampoon stelle er übrigens auch her.
Jedenfalls: Max gab sich als Erfinder aus. Nicht daß er fix daran glaubte, er stellte das durchaus zur Debatte. Im engeren Kreis. »Bei meinen Beratern...«, hieß das bei ihm.
»Ist einer, der aus versottenem, schwarzem Fett goldenes Badeöl macht, ein Erfinder oder nicht?« fragte er uns, wenn wir nachts im *Finn MacCool* an der Theke standen.
»Hundertprozentig«, sagte Ferdinand.
Charlotte hielt sich da heraus. Sie hatte Angst, Ferdinand zu widersprechen. Sie wußte, das endet für sie mit einem roten Kopf. Zu Charlotte war Ferdinand immer ausgesucht grob.
»Also lüge ich nicht«, lachte Max in die Runde. Eine gelachte Frage – sicherheitshalber gelacht; denn angenommen, einer kann ihm jetzt beweisen, daß er doch lügt, daß er kein Erfinder ist, daß er nicht die Seife erfunden hat, dann macht das Lachen den Vorlauten zum Dummen. Dann war das Lachen eben ironisch gemeint. Konversa-

tion mit eingebauten Sicherheitsventilen. Das zum Beispiel meine ich, wenn ich sagte, wer den Max will, bekommt immer auch ein Stück vom Ferdinand mitgeliefert.
Max lachte in die Runde, und bei mir blieb er hängen, und sein Mund blieb offen. Und ich wußte, der macht den Mund erst wieder zu, wenn ich antworte. Die Situation ist ein Witz. Und ich bin dumm. Erschwerend kommt hinzu, daß ich immer und überall eine Frage zunächst ernst nehme. Ist Max also tatsächlich ein Erfinder? Ist es tatsächlich möglich, daß er die Seife erfunden hat? Es muß doch einen Grund geben, wenn einer so fragt. Zeit vergeht, und der Mund steht immer noch offen. Also sage ich:
»Ja, du bist ein Erfinder.«
Und es stimmt ja. Der Beweis liegt in der Luft. Hat Max einen Nachmittag lang mit schwarzem Pommes-frites-Fett gearbeitet, riecht er am Abend wie ein Veilchen. Abermillionen winzige Veilchenduftteilchen wehen zu mir herüber. Er hat einen Veilchenschleier auf der Haut und merkt es selber nicht. Max am Geruch zu erkennen, ist kein Kunststück. Und dann behauptet er, heute habe er nur mit Orangenblütenöl gearbeitet, und was ich an ihm rieche, sind die Veilchen. Kann schon sein, daß sich da Orangenduft drübergelegt hat; aber dann haben sich die Veilchenteilchen von ganz unten in seiner Haut nach oben gearbeitet, die unten haben die oben eingekreist, und dann ist es zu einem Massaker unter den Orangen gekommen, und bis Max am Abend das *Finn MacCool* betreten hat, haben die Veilchen die Orangen allesamt niedergemacht. Das Veilchen ist die Bestie unter den Gerüchen. Es kommt aus Maxens Hemdkragen gekrochen, hechtet zu mir herüber, heftet sich an meinen Pullover. Mein Haufen Schmutzwäsche liegt vor der Waschmaschine und riecht

nach Veilchen. Mein Vater glaubt, er träumt. Und ich sage zu ihm:
»Schön, wenn du träumst! Wer in deinem Alter hat schon Veilchenträume.« – Da ist er beleidigt.
Was mich wundert, ist, daß keiner »Veilchen« zu Max sagt. Kann sein, daß da der Mann davor ist. Hartgesotten, sagt Charlotte dazu. Ja, Max ist ein Erfinder; entweder ein Erfinder oder ein Zauberer. »Seifensieder« nennen sie ihn, wenn er nicht da ist. Und das ärgert mich!
Herrgott, das ist ja alles vorbei! Was red ich denn so, als ob es noch wäre! Außerdem ist es ungerecht, wie ich über Max rede. So spricht man nicht über jemanden, mit dem man fast vier Monate zusammen war. Auch dann nicht, wenn er nur für einen anderen herhalten mußte. Dann erst recht nicht. Und es hat Nachmittage gegeben und auch Vormittage, Abende nicht, Nächte selten; Stunden hat es gegeben, da habe ich mir gesagt: Ja, ich liebe ihn, das ist eben auch eine Art von Liebe, wieso soll es so eine Art von Liebe nicht geben, es gibt kein Argument, warum das keine Liebe sein soll, also ist es eine Liebe, also liebe ich diesen Mann.
Max hatte einen Auftrag. Er hatte einen inneren Auftrag und äußere Aufträge. Einmal in der Woche redete er entweder in einem Turnsaal oder im Hinterzimmer eines Gasthauses oder in einem Feuerwehrgeräteschuppen. Sein Publikum waren Hausfrauen, die eh schon Bescheid wußten und es hoffentlich auch weitersagen würden: Schmierseife heißt des Rätsels Lösung. Schmierseife ist ein anderes Wort für gutes Gewissen.
Das hat Max gekonnt. Einmal war ich bei einem seiner Vorträge mit dabei. In welchem Jahrhundert lebe ich eigentlich? Wieder ist mir der Wind so in den Kopf gefahren, daß alles fest Geglaubte, fest Gewußte, fix Bewiesene vom Nagel geflogen ist. Bin ich die einzige hier, die weiß,

daß die Seife schon ein paar tausend Jahre alt ist? Oder habe ich einfach immer alles falsch verstanden? Alles – nicht nur die Seife. Auch die Bundeshymne und die Straßenverkehrsordnung. Ist Max wirklich der Erfinder der Seife?
Max ein Seifenmissionar! Ein Prophet im Hinterzimmer eines Gasthauses. Seine Utensilien standen um ihn herum.
»Alles aus der humanen Eigenproduktion.«
Ferdinand war nie bei so einer Vorführung dabei. Und als dann Max irgendwann einmal im *Finn MacCool* seinen Werbespruch verkündet hat, hat Ferdinand eine Augenbraue hochgezogen und gefragt, wie er das denn meine mit der humanen Eigenproduktion, soweit er, Ferdinand, den menschlichen Körper überblicke, würden da ja nur Schweiß, Rotz, Sperma, kleine Kinder, Muttermilch, Pisse und Scheiße in Frage kommen.
Das hat Max total stumm gemacht, und Charlotte ist das Wasser in die Augen gestiegen. Und um dem Ganzen noch eins draufzugeben, hat ihr Ferdinand sein Taschentuch über die Theke gereicht und gesagt:
»Ah ja, und Tränen. Die hätte ich fast vergessen.«
Ich habe einen Zorn gekriegt und gesagt, was für ein blöder Hund er doch sei, für einen Witz seinen Freund zu verraten. Und siehe da, dem Ferdinand ist das Gesicht heruntergefallen. Es wird doch nicht sein, daß er mir imponieren wollte, habe ich gedacht, und weil alle geschaut haben wie Ochsen vor Bergen, mußte ich lachen. Wahrscheinlich hat Ferdinand mein Lachen falsch gedeutet. Jedenfalls ist ihm das Gesicht wieder zurückgesprungen und hat mir einen ekelhaft wissenden Blick spendiert.
Für Max war mein Einwurf reinster Balsam. Und er ist bei seinem Werbespruch geblieben.
»Alles aus der humanen Eigenproduktion.«
Und die Frauen im Hinterzimmer des Gasthauses wissen,

was er damit meint: Schmierseife der Hauptartikel, Haarshampoons, Badeöle.
»Alles saubere Ware. 100 % biologisch.«
Den Applaus winkt Max nieder. Hier ist er nicht irgendeiner. Sein Problem sei, daß er keine Grenzen überschreiten dürfe, also nicht den Apothekern ins Handwerk pfuschen.
»Die haben Gesundheit auf ihrer Fahne und dürfen alles.«
Deshalb sei sein Angebot auch begrenzt. Er macht eine Pause und lächelt traurig. Das Wort Apotheke ist gefallen. Und zur Apotheke hat man Vertrauen.
»Die Frauen werden hinterher fast alles von meinem Vortrag vergessen haben«, sagt Max. »Aber sie werden sich erinnern, daß es irgend etwas mit Apotheke zu tun hatte.«
Ich muß noch einmal betonen, Max kann das wirklich perfekt. Der Gastwirt hat vorne im Raum einen Tisch quer gestellt. Die ganze Tischfläche ist frei. Maxens Töpfe und Flaschen stehen auf dem Boden. Der Tisch hat gar keinen Zweck. Ein weißes Tischtuch ist darüber gebreitet, und drauf stehen zwei Vasen. Das Tischtuch und die Blumen bringt Max selber mit. Ein blütenweißer Klotz mit zwei appetitlichen roten Punkten ist dieser Tisch.
»Und auch das behalten die Frauen in Erinnerung«, sagt Max, »einen sauberen Tisch und frische Blumen. Würde ich da meine Sachen draufstellen, der Eindruck von Sauberkeit und Frische wäre dahin.«
Während er spricht, geht er immer um den Tisch herum, manchmal nimmt er eine Blume aus einer der Vasen und überreicht sie einer der Frauen. Nicht alle Frauen bekommen Blumen, nicht alle Blumen werden verschenkt.
»Niemand mag das, wenn alle gleich sind«, sagte Max, »auch denjenigen, die keine Blumen bekommen, ist es lieber, sie können auf ein nächstes Mal hoffen, als daß alle eine bekommen.«

Er bereitet sich nie auf seine Vorträge vor. Es ist ein Durcheinander, was er erzählt, er springt vom Putzmittel zur Marslandung, vom Haarshampoon zum Ozonloch, irgend etwas hat er am Abend zuvor im *Finn MacCool* aufgeschnappt, das baut er jetzt hier aus. Er plaudert drauflos, und ich bekomme auf einmal einen Abstand zu meinem Max und bin stolz auf ihn.
»Was passiert mit dem Wasser der Hausfrauen vom Anfang bis zum Ende – bis zur Tötung der Wassertiere?«
Ich weiß, was passiert. Ich will es noch einmal wissen. Ich höre ihm brav zu.
»Nehmen Sie zum Beispiel die Molke. Kommt sie direkt vom Mund in den Bauch, okay, wunderbar wirkungsvoll wohlschmeckend gesund. Aber in den Spülmitteln – ganz fatal, sag ich Ihnen! Schwerstens abbaubar.«
Eine Demonstration vor Ort. Max zeigt den Hausfrauen, wie man putzen muß:
»Hier der Teppich. Hier die Schmierseife.« – Teppich und Schmierseife vor dem Tisch am Boden. Wir erheben uns von den Stühlen, um besser sehen zu können. – »Schmierseife ordentlich verteilen. Nicht zuviel! Alle nehmen immer zuviel, in der irrigen Meinung, die Sauberkeit derart auf die Spitze zu treiben. Sauber ist sauber. Da gibt es keine Steigerung. Zum Schluß Wasser mit Essig. Das Ergebnis: Leuchtkraft in den Farben, und was nicht übersehen werden darf: Der Preis. Absolut sensationell. Absolut ehrgläubig.«
Max kommt gut an. Kein Wunder, so wie er aussieht und wie er sich bewegt. Geschmeidig – wenn ich ein Wort dafür suche. Darauf bin ich bei Max abgefahren: Auf seinen Gang. Auf die Art, wie er sitzt und aufsteht. Der Vergleich mit einem Panther trifft am ehesten. Warum nicht ins Volle bei den Vergleichen? Warum nicht bis zum Panther? Gesagt habe ich ihm das nie. Ich war mir sicher,

daß er darauf mit Steifheit reagieren würde und alles beim Teufel wäre. Mit seinen Zähnen steht es allerdings nicht zum Besten. Aber darauf konnte ich mich einstellen. Ich war nie eine große Küsserin. Gustav eingeklammert... Und schon legt sich der Name quer in mein Herz und verwirrt mir den Kopf. Das kann nur wieder mit Geheul enden, und diese Phase will ich abgeschlossen wissen. Warum kann ich nicht wie jeder vernünftige Mensch reagieren, nach getanem Quatsch (»Ade, Gustav!«) mich mit anderem beschäftigen, mit Quantenmechanik zum Beispiel. Kompliziert müßte es jedenfalls sein und fast aussichtslos, aber doch mit einem Schimmer von Hoffnung. Statt dessen werfe ich mich einem duftenden Panther an den Hals. Je mehr ich darüber nachdenke, umso mehr weiß ich, daß die Wurzel dafür allein meine unendliche Faulheit ist, die stinkt zum Himmel, der momentan so blau ist, aber ganz hinten bei den Schweizer Bergen zieht schon ein Gewitter auf. Ich kenne die Panther von der Stuttgarter »Wilhelma«. Schöne Geschöpfe sind das, und dabei so unberechenbar, das steht jedenfalls immer am Käfig.

Ich bin nur einmal mitgegangen zu so einer Vorführung von Max. Das war ein Gasthaus außerhalb der Stadt, daneben eine Kirche, eigentlich ein eigenes Dorf, das Ganze.

»Warum hältst du deine Vorträge immer außerhalb«, hab ich ihn gefragt.

»Ach, die Bregenzer, die sind mir zu arrogant«, hat er gesagt und die Autotür zugeknallt. Wenn ich das getan hätte, wäre ein Theater gewesen. In der Stadt wäre ich sowieso nicht mitgegangen. Man stelle sich vor, da wär eine Frau gewesen, die eine Frau kennt, die eine Frau kennt, die die Fritz-Gehrer kennt. Das hätte eine Pflichtversammlung in der Fürsorge gegeben. Und der Fall wäre ich gewesen.

Wir waren zu früh dran und haben uns vorne in die Gaststube gesetzt. Eigentlich bin ich nur mitgegangen, weil mich Max für hinterher zum Essen eingeladen hatte. Aber dann hat er doch vorher schon Hunger gehabt. Er kann vor seinen Vorträgen essen, ich könnte das nie. Eine Speisekarte, fünf Zeilen lang.
»Ein Zeichen von Qualität«, sagte ich und kam mir blöd dabei vor. Denn erstens ist das einer dieser ewig wiederkehrenden Sätze meines Vaters, und zweitens paßt er in die ewig wiederkehrenden *Finn MacCool*-Gespräche über das Essen. So weit ist es mit mir gekommen.
Dann ab ins Hinterzimmer, die Damen warten schon. Max legt den Arm um mich, so laufen wir ein.
Ich sitze neben einer Frau, die mich fortwährend anschaut. Kaum legt Max eine Pause ein, fragt sie mich, wie ich heiße und wie viele Kinder ich habe.
»Ich habe drei«, sagte sie. »Ich hab früh angefangen. Ich bin achtzehn, wie alt hättest du mich geschätzt?«
»So um die zwanzig«, sage ich und schaue ihr ins Gesicht. In Wahrheit hätte ich sie zwischen dreißig und vierzig eingestuft. Mein Gott, denke ich mir, die hat ihr Leben fix vergeben.
Max redet, setzt sich und steht wieder auf, setzt sich und steht wieder auf. Hoffentlich kommt nie jemand auf die Idee, ihm zu sagen, wie das bei ihm wirkt.
»Gehörst du zu ihm?« fragt die Frau neben mir. »Er sieht toll aus, finde ich, wie aus einem französischen Film. Ich geh, soweit es mir möglich ist, auf jeden seiner Vorträge. Mein Mann paßt auf die Kinder auf. Wenn er wüßte, würde er auf mich aufpassen, nichts für ungut...«
»Variiert er seine Vorträge«, frage ich.
»Was?« fragt sie.
»Unterscheiden sich seine Vorträge oder sagt er immer das gleiche.«

»Du«, sagt sie, »da bin ich überfragt.«
Sie zeigt mir ein Bild ihrer drei Mädchen. Sehen aus wie in rosa Watte gerollte Bällchen, klein, kleiner, am kleinsten.
»Niedlich«, sage ich und frage nach den Namen.
Sie möchte lieber, daß ich ihr Max vorstelle.
Das erste Mal habe sie ihre Schwiegermutter zum Vortrag mitgenommen. Der hat es nicht gefallen. – »Damit ich endlich lerne, wie man richtig putzt, Frechheit!« – Die Schwiegermutter ist kein zweites Mal mitgegangen. – »Der kann man nicht klarmachen, daß das Klo mit Schmierseife hygienisch sauber wird.«
Max hebt einen Eimer hoch, und sie sagt:
»Von Seife versteht er etwas.« – Dabei verdreht sie die Augen. Und mir fliegt der Geist vom Haken.
Ich konzentriere mich auf die Stühle. Marke Thonet. Hinten an der Wand stehen noch drei Stapel davon. Das muß Mitte September gewesen sein. Ich habe jeden Sinn für die Zeit verloren. Und wenn ich mich heute daran erinnere, weiß ich nicht, was wann war. Ich muß den Ablauf aus kleinen Nebensächlichkeiten rekonstruieren. Wenn ich dann noch die Briefe heranziehe, bekomme ich halbwegs eine Ordnung in den Sommer und in den Herbst und in den Winter. Mein Besuch bei Maxens Putzveranstaltung war im September. Ich weiß das, weil ich im September meine ganze Energie darauf verwendete, unsere kleine Wohnung, die eigentlich ganz und gar Maxens Wohnung war, einzurichten, und ich mir während des Vortrags dachte, zwei oder drei von diesen alten Thonetstühlen würden gut in die Küche passen.
Nach dem Vortrag bekomme ich einen Rippenstoß von der Frau neben mir. Sie zieht die Nase kraus und macht den Hals klein und sagt:
»Stellst du ihn mir jetzt vor?«

Max schenkt ihr ein Badeöl. Moschus.
»Das einzig Synthetische aus meiner Kollektion.«
Sie fühlt sich besonders geehrt.
»Sie bestehen doch nicht auf echtem Moschus?«
Sie schüttelt den Kopf.
»Wie gut, daß Sie kein echtes verwenden, und wie grausam von denen, die das tun! Ein Tier töten und ihm das Beste wegnehmen während der Brunstzeit...«
Die Frau stößt wieder ihren Ellbogen in meine Seite. Das ärgert mich: He, ich bin nicht ein Fan vom Seifenkönig, ich bin die Seifenkönigin!
»Moschus stammt aus dem Hodensack des gleichnamigen Ochsen«, sagt Max, und es hat etwas Telekolleghaftes an sich, wie er es sagt. Dann aber grinst er: »Und dort wollen wir es auch lassen.«
»Und das wirkt?« fragt sie.
Max öffnet den Verschluß und hält ihr die Flasche unter die Nase.
»Es wirkt.«
Ich bin nie wieder zu einem seiner Vorträge mitgegangen. Und ich weiß auch warum. Es hat mich krank gemacht. Er war richtig eingepackt zwischen den Frauen, jede wollte am Moschus schnuppern, und ich bin seitlich aus ihrem Kreis herausgedrückt worden. Da bin ich gestanden und habe Maxens Hand gesehen über den getafteten Köpfen. In der Hand hielt er das Parfumfläschchen. Sein duftender Zauberstab.
Ich wollte nur noch nach Hause, es hat mir auf einmal ordentlich gestunken. Max hat es gemerkt.
»Nix mit Abendessen?« fragte er kleinlaut.
»Du hast ja bereits gegessen«, sagte ich.
»Aber das war doch nur zur Ernährung. Du mußt zwischen Nahrung und Genuß trennen!«
Und die Achtzehnjährige mit dem falschen Moschus in

der Hand nickte und wiegte dabei den Kopf, als ob Max eine bemerkenswerte Weisheit von sich gegeben hätte.
Ich drehte mich um und ging an den schönen Thonetstühlen vorbei zur Tür. Es ist ja seine Wohnung, dachte ich, soll er selber draufkommen, den Wirt zu fragen, ob er ihm drei Stühle spendiert.
Max rief mir nach: »Wo gehst du denn hin?«
»Ich muß einmal kurz«, sagte ich und stampfte durch die Gaststube, hörte noch genau die Bemerkungen von einem der Tische – »Ich hätt auch was zum Putzen, hundert Prozent biologisch!« –, wollte die Tür hinter mir zuknallen, aber das ging nicht, weil da so ein Türbremser oben angeschraubt war, aber die verdammte Tür mußte zugehen, ich habe gedrückt und gemerkt, wie ich einen roten Kopf kriege, und gehört, wie sich die da drinnen halb totgelacht haben, dann bin ich über die Straße gerannt und dem Bus hinterher und der Fahrer, dieser liebste Mensch, den ich an diesem Tag getroffen habe, hat mich im Rückspiegel gesehen und angehalten, und vor lauter, daß ich geschnauft habe, hat er gesagt, ich soll mich hinsetzen und hat mir die Fahrt geschenkt. Ich muß annehmen, er kannte mich, denn er hielt genau vor unserem Haus, eigentlich ist die Haltestelle dreihundert Meter weiter. Ich habe mich bedankt und gemerkt, daß ich ihn dabei richtiggehend anschreie, so sehr war der Ärger wegen Max und dieser Achtzehnjährigen und diesem Moschus in mir. Ob er noch bei ihr steht, und sie sich freut?
Wer ist er denn eigentlich! Ihm, nahm ich mir vor, werde ich sagen, wozu er dient: als Reserve, damit ich in der Nacht nicht so allein bin. Daß ich es angenehm finde, wenn er auf mir liegt und seine Bewegungen macht, das werde ich zu ihm sagen, und daß er hundertmal wollen kann, daß ich mich auf ihn lege oder setze oder meinetwegen stelle, daß das nicht in Frage kommt, weil ich das nicht

angenehm finde, jedenfalls nicht bei ihm, und daß ich überhaupt nur dann etwas bei ihm angenehm finde, wenn ich selber nichts tun muß. Ich finde dich angenehm, werde ich sagen, wenn er mich zum hunderttausendsten Mal fragt, ob ich ihn lieb. Er sagt nämlich: »Ich lieb dich.« Er sagt nicht: »Ich liebe dich.« Das kann man in unserem Dialekt nicht aussprechen. Das klingt so, als ob man einem deutschen Touristen erklärt, wie er am schnellsten aus unserem Land heraus und hinüber in die Schweiz kommt. Aber so, wie er »Ich lieb dich« sagt, kann man es auch nicht sagen.

Überhaupt kann man das in unserem Dialekt nur sagen, wenn man nicht darüber nachdenkt. Es macht ihn total verrückt, daß ich es nie zu ihm sage. Entweder er schreit: »Das ist typisch, daß du das nie sagst!« Oder er jammert: »Wenn du es wenigstens ein einziges Mal sagen würdest!« Und ich tu dann so, als ob ich es probierte, aber nicht ums Verrecken über die Lippen brächte. »Ich kann es nicht sagen«, lüge ich. »Ich habe es noch nie gesagt«, lüge ich.

Aber an diesem Abend nach seiner Putzveranstaltung nahm ich mir vor, ihm das nächste Mal, wenn er mich fragt, ob ich ihn lieb, klipp und klar folgendes auseinanderzusetzen: Der Geschlechtsverkehr mit dir ist etwas Angenehmes. Ich finde es angenehm und mehr nicht.

Das muß doch beleidigend wirken, wenn eine Frau zu einem Mann sagt, der Geschlechtsverkehr mit dir ist angenehm.

Kaum eine halbe Stunde später – ich sitze vor dem Fernseher und sehe mir Reklame an, mein Vater und Lilli spielen in der Küche *Dame*, er läßt sie gewinnen, weil sie nicht verlieren kann – da klingelt es an der Wohnungstür, und es ist Max. Lilli macht auf.

»Sie sind Max!« – Keine Spur von Frage, nicht einmal eine Feststellung. Ein Befehl.

»Lisbeth hat schon so viel von Ihnen erzählt!« – Gelogen. Nichts habe ich erzählt. Einmal hat Lilli sogar zu mir gesagt: »Nur gut, daß deiner nicht weiß, daß du so gar nichts von ihm erzählst, sonst würde er sicher denken, du liebst ihn nicht.« Lilli kann die Liebe aussprechen, aber sie kommt ja auch aus Wien. Mein armer Vater, er wird dasselbe Problem mit ihr haben wie ich mit Max!
Max war noch nie bei uns. Ich bleibe vor dem Fernseher sitzen. Er macht seinen ersten Schritt über diese Schwelle. Direkt bei der Tür knarren die Bodenbretter. Das höre ich. So, denke ich, jetzt wird er offiziell. Jetzt will er es mit meinem Vater zu tun kriegen. Jetzt hat er den Boden unserer Wohnung betreten. Es hat geknarrt. Es wird ja nicht so sein, daß Lilli auf der Stelle trampelt und Max noch draußen steht.
»Hier riecht es wie früher bei meiner Tante. Wunderbar!« – Das ist das erste, was er sagt.
Ich schalte den Fernseher lauter. Ich höre, wie Max mit Lilli plaudert, und sie plaudert zurück, als hätten sie aufeinander gewartet. Vielleicht verplätschert sich das alles irgendwie, denke ich.
Lilli ruft meinen Namen. Es verplätschert sich nicht. Ich laß mir Zeit, schalte zuerst noch in die anderen Programme, bevor ich den Fernseher ausmache, da steht er schon in der Tür. Warum bleibt denn mein Vater in der Küche sitzen, er muß doch auch gehört haben, daß Besuch für mich da ist. Ich strecke Max die Hand hin, er will mich ins Gesicht küssen, ich gehe einen Schritt zurück, da greift er nach meiner Hand, die jetzt nicht mehr ausgestreckt ist, und drückt sie kräftig.
Ende der Vorstellung. Lilli ruft: »Felix!«
Mein Vater läßt ein zackiges »Ja!« aus der Küche hören, als hätte er gerade einen Nagel eingeschlagen, dann steht er im Türrahmen – leicht vorgebeugt, mit einem Lachen im

Gesicht, das nur ich kenne. Und dieses Lachen ist ein Kommentar. Warum dieser Kommentar, denke ich, du hast Max noch nie im Leben gesehen, du weißt nichts von ihm, du hast dir nicht einmal eine Sekunde Zeit gelassen, um Max zu betrachten, du hast dieses Lachen schon aufgesetzt, bevor du in die Tür getreten bist! Daß es bei uns so riecht wie früher bei Maxens Tante, ist kein Grund zu deinem Kommentargrinsen! Was hättest du für ein Gesicht gemacht, hätte Max gesagt, hier riecht es wie in einem Scheißhaus? Das sagst nämlich du jeden zweiten Tag mindestens einmal! Hätte er dann deinen Respekt gehabt?

Mein Vater drückt sich an den Türpfosten und winkt Max an sich vorbei in die Küche. Max läßt Lilli den Vortritt. Das Grinsen im Gesicht meines Vaters verstärkt sich.

»Lassen wir die *Dame* sausen«, sagt Lilli und räumt in der Küche den Tisch ab. Warum ist sie denn so aufgeregt?

»Max Puch«, sagt Max zwischen Tür und Angel. Wenn sie jetzt auf ewig so stehenbleiben, denke ich, dann wird mir auf ewig der Zutritt zur Küche verwehrt sein, aber dort liegt meine Handtasche mit meinem Paß und dem Geld und der Scheckkarte. Wie soll ich je über die Grenze kommen, wenn ich die Küche nicht mehr betreten darf! Ich könnte Lilli bitten, mir die Sachen über die Köpfe der Männer in den Flur zu werfen...

»Puch wie das Moped?« fragt mein Vater.

»Richtig!« ruft Max. Und wie er lacht!

Ich weiß genau, er wird meinem Vater zuviel reden. Er kann gar nicht so wenig reden, daß es für meinen Vater nicht doch zuviel ist. Und wenn er gar nichts redet und nur so ein Gesicht macht, als denke er sich seinen Teil, dann denkt er meinem Vater eben zuviel. – »Wenn einer Quatsch redet, dann denkt er auch Quatsch.« – Standardsatz meines Vaters. Ich könnte ein Lexikon seiner Stan-

dardsätze schreiben. Darin wären neunzig Prozent meiner Erziehung enthalten.
Der Männerpfropfen in der Küchentür löst sich. Lilli holt eine Flasche Wein hinter der Sitzbank hervor.
»Hier versteckst du also meinen alten Franzosen«, sagt mein Vater. – Erstens Weißwein, zweitens Südtiroler, drittens 86er, viertens ist bei uns hinter der Sitzbank der übliche Abstellplatz für alkoholische Getränke. Max lacht, mein Vater nickt... Lieber Max, das war ein Test, und mein Vater hat gewonnen: ›Wetten, ich weiß, worüber Lisbeth ihrer lacht.‹
Lilli sagt »Felix« und wuschelt meinem Vater durchs Haar. Zack, ist sein zufriedenes Gesicht beim Teufel. Das kommt davon. Ein Leben lang die Nase oben, immer die feine Nadel beim Bosnigeln, und dann kommt eine und merkts nicht einmal mit dem Hammer. Armer Papa, deine ganze kultivierte Bosheit ist mit Lilli den Bach hinunter!
Für Lilli ist der Abend gerettet. Max hat eine Antenne, er meint, mein Vater sei zurückhaltend. Er nimmt sich Lilli vor, da gibt es nichts zu verlieren. Was die zwei da reden, ich schlafe fast ein.
Max: »Man müßte sich das Meer zunutze machen... Hummer und Languste...«
Lilli nickt eifrig – zu mir hin und zu Papa hin...
Max: »Ultraschallwäsche! Nur drei bis sechs Minuten für den Waschgang, kein Waschpulver mehr...«
Lilli nickt eifrig – alles wie gehabt. Mein Vater sieht mich an. Ja, ja, ich weiß schon, was du sagen willst. Aber wehe, du sagst es, dann schrei ich, und dann mußt du dem Neuen erklären, warum deine Tochter auf einmal einen Schreikrampf kriegt. Ja Papa, so ist eben alles geworden: Du hast deine Lilli, ich habe meinen Max.
»Was gäb ich drum«, sagt mein Vater, »wenn ich jetzt am

Schwarzen See liegen könnte mit einem Buch über dem Gesicht. Der Duft nach Leim – wunderbar!«
Und Lilli: »Sagt mir lieber einer, was hier so nach Veilchen riecht! Oder ist das meine Einbildung? Vielleicht weil du grad vom Schwarzen See geredet hast und dort ganze Veilchenkissen sind unter den Bäumen. Wenn du dich erinnerst. Echte dazu.«
»Max«, sag ich, »das ist Max, der riecht so.«
Ich weiß, wenn Lilli mich so ansieht – feindselig und verwirrt, der Mund eng, die Augen zwei Spalten –, dann denkt sie, ich will sie auf den Arm nehmen.
»Ja, auch das Schwarze Meer, man müßte es sich zunutze machen«, sagt Max.
»Ich habe den See gemeint«, sagt mein Vater.
»Felix meint den Schwarzen See«, sagt Lilli. »Kennen Sie den Schwarzen See nicht?«
Max: »Aber man sagt doch das Schwarze Meer ...«
Mein Vater: »Ja, das sagt man auch.«
Max: »Ich wußte gar nicht, daß man zum Schwarzen Meer auch der Schwarze See sagen kann.«
Mein Vater: »Können tut man schon, aber es wäre falsch.«
Und schließlich ich: »Der Schwarze See ist der Schwarze See und das Schwarze Meer ist das Schwarze Meer!«
Alle lachen. Und Max: »Gemütlich ist es bei euch.«
»Was war denn Ihre Tante für ein Mensch«, fragt mein Vater.
»Er meint, wie es bei ihr gerochen hat«, sage ich. Ich sitze auf Kohlen.
»Sie war eine Protestantin mitten unter lauter Katholiken«, sagt Max.
»Dann hat es sicher nach Weihrauch gerochen«, quiekt Lilli vor Vergnügen über ihren Witz.
»Die Protest-Tanten kennen keinen Weihrauch«, sagt mein Vater.

Dabei zieht er den Korken aus der Flasche, und weil ihn das anstrengt, klingt seine Bemerkung für Lilli wohl so, als ob er das den Protestanten vorwerfe.
»Aber Felix!« schimpft sie ihn aus.
Max springt mit einem Salto über die Peinlichkeit: »Habt ihr eingeheizt? Angenehm, richtig angenehm.«
Er sagt »ihr« zu uns! Zu uns allen! Mir ist es heiß. Geschlechtsverkehr und warme Küche. Das eine ist für den einen angenehm, das andere für den anderen. Mein Vater sitzt im Unterhemd da. Das fällt mir erst jetzt auf.
»Hatten Sie soeben gesagt, Sie wollen sich das Meer zunutze machen«, fragt er. Das soll heißen, ab diesem Satz habe ich nicht mehr zugehört.
Max, paß auf, jetzt hat er dich! Weißt du, Max, es ist so bei meinem Vater: Er riecht, ob ich einen Mann liebe oder nicht. Wenn er »Nein« riecht, hat er Oberwasser, wenn er »Ja« riecht, geht er unter, dann fängt er an zu strampeln, dann ist seine ganze Lässigkeit dahin...
»Wir heizen am Abend«, sagt Lilli. »So ein Holzkohlenofen ist etwas Gutes.«
Max weiß jetzt nicht mehr, an wen er sich wenden soll, und sagt mitten hinein in die Mitte, ins »ihr«: Es gibt Leute, die, nur damit sie wenig Müll produzieren, Patschen und Socken verheizen und sich dafür noch rühmen.«
Er hat nur ein Pferd, denk ich mir, und auf dem reitet er. Diesen Patschensatz hat er sorgfältig formuliert, nach all seinen Wortfetzen ein wahres Unikum. Und das sollte heißen: Ich kann auch anders.
»Ich würde es niemals zulassen, daß in meinem Haushalt jemand meine Patschen und meine Socken verheizt«, ruft mein Vater aus.
»Da sind Sie eine rühmliche Ausnahme«, sagt Max.
Max, merkst du es denn nicht!!
Da sitzen zwei Männer und beweisen. Max will von mei-

nem Vater gemocht werden und will beweisen, daß er seines Mögens wert ist; und mein Vater will von Max nicht gemocht werden und will beweisen, daß er seines Mögens nicht wert ist.
Ich habe eine Wut bekommen. Allein auf meinen Vater. Weil es jedesmal das gleiche ist, wenn ich mit einem Mann auftauche. Ganz egal, ob ich mit ihm etwas habe oder nicht. Das war auch so, als ich in der Hauptschule einmal krank war und mein Klassenvorstand mich besucht hat. Er macht sie entweder zu Trotteln oder er verliert die Nerven.
»Komm«, habe ich an diesem Abend zu Max gesagt, »wir gehen in mein Zimmer. Ich spiel dir eine Patti-Smith-Nummer vor, die wird dir gefallen.«
Und dann habe ich die Tür meines Zimmers mit dem Hintern ins Schloß gedrückt, Maxens Gesicht zwischen meine Hände genommen und gesagt:
»Max, ich lieb dich.«

Wenn Charlotte nicht gewesen wäre, hätte mir grade noch folgendes passieren können: Nämlich daß ich mir nicht mehr sicher gewesen wäre, ob es Gustav je wirklich gegeben hat. Das *Café Rose* war weg. Das *Finn MacCool* hat vom ersten Tag an alt und verbraucht ausgesehen, ewig nach hinten. Aber: Die pralle Charlotte platzte fast aus ihren Pullovern. Sie ließ sich nicht wegmachen wie so ein zierliches Kuchencafé.
In der ersten Zeit nach Gustav, als ich beinahe jeden Nachmittag bei ihr war und manchmal noch spät in der Nacht, hat sie einmal gesagt:
»Möchtest du ihn anfassen?«
»Wen«, hab ich gefragt.
»Meinen Busen.«
»Warum denn?«

»Einfach weil er da ist.«
»Aber das sehe ich doch.«
»Er ist noch größer, als er aussieht.«
Ich habe ihn angefaßt. Mit beiden Händen. Auf jede Kugel eine Hand.
»Er ist wirklich sehr groß«, habe ich gesagt.
Da hat sie den Pullover hochgezogen und die Arme oben gelassen, damit ihr nackter Busen weit in die Luft hinausragt, und hat sich seitlich vor den Spiegel gestellt und gesagt:
»Jedesmal, wenn ich ihn anschaue, wundere ich mich. Es ist mir unangenehm, aber ich muß es zugeben: Mein Busen ist das Markanteste an mir. Mein Gesicht würde ich selber nicht wiedererkennen, wenn ich es nicht jeden Tag im Spiegel anschaute, und was ich so rede, das kann man sowieso vergessen, und denken tu ich, glaub ich, überhaupt nichts, und an meiner Bildung würde mich auch niemand erkennen, aber mein Busen ist einmalig. Oder ist er merkwürdig?«
»Er ist wunderschön«, sagte ich.
»Ich glaub, er ist merkwürdig«, sagte sie und zog den Pullover wieder drüber.
Da hatte ich mit einem Schlag ein Bild vor Augen: wie sie mit Gustav vögelt. Seither kann ich mir dieses Bild herholen, wann immer ich will. Ich muß mir nur Charlottes Busen vorstellen. Ihr Busen hat Beweiskraft: Es hat Gustav gegeben.
Später, als es September war und dann Oktober, und es mir manchmal mitten am Tag passierte, daß mir Gustav im Kopf zu Luft wurde, hab ich am Abend zu Max gesagt:
»Komm, wir gehen ins *Finn MacCool!*«
Oft hat mich Charlotte so von unten herauf angeschaut, wenn ihr beim Pilszapfen die Minuten langweilig wurden. Da sind mir ihre Augen wie kleine Bagger vorgekommen.

»Wie geht es dir«, sagte sie manchmal und meinte damit meine Gustavkrankheit.
Oder sie sagte: »Es geht doch schon viel besser, gell?« – Und damit hat sie Max gemeint. Als hätte ihn mir der Arzt verschrieben.

Max war nicht zu übersehen und nicht zu überriechen. Ich habe ihn mir weiter weg gewünscht. Ich war seine Betty. Für das ganze *Finn MacCool* war ich seine Betty. Das hat Max erfunden. Max ist ein Erfinder.

Also wieder zu Max. Wieder zum Anfang.
»Wie heißt sie denn«, hat er mich gefragt und mich gemeint. Draußen in der frischen Luft war das. Damals an meinem Mittwoch im August. Nur war es schon Donnerstag. Überhaupt nichts ist echt gewesen.
»Elisabeth«, habe ich gesagt.
»Ein schöner Name«, hat er gesagt.
»Er heiße Maximilian – in Wirklichkeit. Aber sonst heiße er Max. Sind »Wirklichkeit« und »sonst« Gegensätze? Schon vor unserer ersten Nacht hat das Wundern begonnen.
Im übrigen habe ich diesen Mann gar nicht wahrgenommen. Ich habe mir selbst zugeschaut, wie ich mit ihm, von dem ich mir von einem Augenblick auf den anderen nicht merken konnte, wie er aussieht, auf dem Gehsteig entlanggehe. Den Kopf voll Gustav, der nicht in das widerlichste Pub gekommen ist, der meine Warnungen in den Wind geschlagen hat, bin ich unberechenbar geworden. Der eine liebt mich nicht, und mit dem anderen werde ich ins Bett gehen. Mein Mittwoch im August, und diese Schmerzen im Kopf, die nicht weh tun, Mittwoch im August, der schon ein Donnerstag ist . . .
Und auf einmal hatte der Mann einen Schlüssel in der

Hand, und wir standen vor seiner Tür. Und schon hatte ich wieder vergessen, wie er heißt.
Und dann im Morgengrauen, als die Amseln da waren und die anderen, habe ich mich davongeschlichen. Ich bin den langen Weg durch die Stadt hinaus ins Vorkloster gegangen, und wenn ich gezwinkert habe, habe ich die Augen immer gleich ein Stück zugelassen. So ist mir der halbe Weg erspart geblieben. Auf der Digitaluhr über unserem Telefon war es sechs Uhr dreizehn. Das Kopfkissen habe ich zu einem Hammer gewalkt und ab in die Finsternis ...
Ich habe verschlafen. Das war doppelt unangenehm, weil die Fritz-Gehrer auf halb neun, also eine halbe Stunde früher als normal, eine Vollversammlung aller Mitarbeiter ihrer Abteilung angesagt hatte. Mein Vater weckt mich nicht. Gemeinsames Frühstück gibt es nur, wenn ich ihn wecke. Kein Mensch kennt sich mit meiner Arbeitszeit aus. Darum. Am Mittag stand er in der Tür zu meinem Zimmer und wedelte mit einem Brief.
»Den hat der Expreßbriefträger abgegeben. Hast du es denn nicht läuten gehört? Himmelnocheinmal, ich habe mich grad hingelegt, wenn du schon nicht kochst, dann mach wenigstens die Tür auf, wenn es für dich klingelt. Außerdem habe ich heute Geburtstag. Und auch wenn es mich nicht stört, daß du mir weder gratulierst noch irgend etwas geschenkt hast, bin ich doch der Meinung, daß der Tag nicht zu Ende gehen soll, ohne daß dir auch wenigstens einmal in den Sinn gekommen ist ...«
»Entschuldige, Papa«, habe ich gesagt und mir keinen anderen Rat gewußt, als in seinem Gesicht herumzuküssen, nicht, weil es mir leid getan hat, daß ich auch seinen Geburtstag vergessen habe, sondern weil ich nicht wußte, wie ich es sonst hätte machen sollen, daß er nicht sieht, wie mir die Tränen herunterlaufen. Dann hätte er sich nämlich

gedacht, die seien für ihn. Erstens hätte er einen Schreck bekommen, und zweitens wäre es nicht wahr gewesen. Ich dachte, der Brief ist von Gustav. Und geweint habe ich vor Glück. Aber ich hätte es schon an der Schrift merken müssen:

Liebe Betty,
für Dich bin ich zum Detektiv geworden. Es war nicht leicht, Deine Adresse zu erfahren. Ein Wunder, daß Du mir bis jetzt noch nicht ins Auge gesprungen bist in unserer Kleinstadt. Ich bin begeistert vom gestrigen Abend, ich bin begeistert von Dir! Und hingerissen von unserer Nacht. Weißt Du das? Hab ich nur geträumt? Als ich erwacht bin, war der Platz neben mir leer. Warum bist Du denn davon? Hoffentlich verachtest Du meinen gesunden Schlaf nicht. Was den Shakespeare betrifft. Ich habe ihn selber noch nicht ganz gelesen, kann also nicht sagen, ob das für Deinen Vater paßt. Was seinen Geburtstag betrifft, vielleicht etwas anderes. Ein Tip: Raucht er? Zigarre? Ich kann Dir eine kleine Kiste Davidoff beschaffen. Die kriegst Du bei uns nirgends. Importsperre. Wäre das nichts? Hoffentlich denkst Du nicht wirklich, daß ich Dir nachspioniere. Mein Freund Ferdinand – das ist der eine, der Dir im Pub den Sekt spendiert hat – hat mir angesehen, was mit mir los ist, und mir Deine Adresse per Telex ins Geschäft geschickt. Keine Ahnung, wo er die her hat. Ich möchte mich entschuldigen. Ich gebe zu, ich habe es vorher selber beim Einwohnermeldeamt probiert. Darf ich das sagen? Ich bin das Briefschreiben nicht gewöhnt. Ich kann von mir sagen, daß ich noch nie einen Liebesbrief verfaßt habe. Ich weiß gar nicht, wie man das richtig macht. Einen wahren Brief soll man nicht überarbeiten. Jedenfalls ist es mir bis zum jetzigen Zeitpunkt nicht gelungen, Dich auch nur eine Sekunde aus meinem

Kopf zu verbannen. Du hast Rehaugen, aber scheu bist Du nicht. Hast Du mich verzaubert? Es macht mir Sorgen, daß ich den gestrigen Abend nicht mehr zur Gänze rekonstruieren kann. Ich habe vergessen, was ich alles geredet habe, und ich befürchte, daß auch bisweilen einigermaßen Stuß dabei war. Ich weiß nichts von Dir. Darf ich das sagen? Du siehst wunderbar aus, wie Samt und Seide. Bilde ich mir ein, daß Deine Stimme dunkel klang? Du könntest mir eine Riesenfreude machen: Ich habe einen Freund, der ein Segelboot besitzt. Und übermorgen ist Sonntag! Fahren wir zwei gemeinsam hinaus? Du hast keine Vorstellung, wie glücklich Du mich machen würdest. Hast Du Ölzeug?

Dein Max

Meine Anschrift (für meine Freunde):
Max Puch, Schloßsteig 4

Da kommt ein Max und liefert einen Haufen Gefühl. Das war mein einziger Gedanke. Ich quittiere den Erhalt. Immerhin, der Brief wurde gelesen. Damit endet die Pflichtschuldigkeit einem Brief gegenüber. Ein Brief läßt sich nicht ohrfeigen. Ein nichtgeschriebener schon gar nicht. Gustavs nichtgeschriebene Briefe habe ich alle mit Füßen getreten. Die Feuerwehr trägt die Schuld am Wasserschaden. Aber für den Brand kann sie nichts. Und doch: Hätte ich ein Haus und würde dieses Haus brennen und würde es die Feuerwehr löschen und wären danach meine liebsten Siebensachen zerstört, wer wollte mir einen Vorwurf machen, wenn ich einen Zorn auf die Feuerwehrleute hätte? Aber was ist ein brennendes Haus gegen ein brennendes Herz! Wer ein brennendes Herz löscht, hat gar nichts gerettet. Da kommt ein Max und meint, einen Haufen Gefühl liefern zu müssen. So ein kalter Kübel Wasser – ich hätte mich gar nicht mehr zu waschen brauchen.

Aber ich habe es trotzdem getan. Vielleicht habe ich aus Maxens erstem Brief bereits die Seife gerochen. Ich habe mich geschrubbt, als wäre ich ein kurioser Automat. Und dabei habe ich eine innige Liebe zur Pflichterfüllung gespürt.
»Feiern wir heute abend deinen Geburtstag!« habe ich meinem Vater aus dem Badezimmer zugerufen. Eine gewissenhafte Tochter und eine gewissenhafte Sozialarbeiterin. Nicht einmal geraucht hat mein Herz.

Eine Viertelstunde später habe ich mein Fahrrad bei der Fürsorge an einen der Haken gehängt, über die die Fritz-Gehrer ein Schild genagelt hat, worauf, eigenhändig mit wasserfestem Filzstift geschrieben, stand:

Nur für die Angestellten

Die Uhr an der Wand über dem Kopf der Fritz-Gehrer zeigte genau eins, als ich eintrat. Die Versammlung war noch im Gange. Alle waren da. Wernfried Bereuter, der wie ein Vertreter aussieht, italienisches Outfit und Millimeterbart – er betreut die Sandler; Freya Enswangen, die sich seit einem Jahr ausschließlich um zwei Fixer kümmert – sie hat vorher in Deutschland gearbeitet und wegen den beiden Fixern einen Zeitvertrag bei uns bekommen – ein »Versuchsballon«, den man der Fritz-Gehrer aufgezwungen hat. Die Enswangen hat andere Methoden und zieht die auch durch.
Inzwischen hat die Fritz-Gehrer in diesem Punkt resigniert. »Die sieht ja selbst aus wie ein Versuchsballon«, das war ihr letzter Kommentar. Dann Ingrid Mungenast – sie ist für die Dreizimmerwohnung in der Ferdinand-von-Saar-Straße verantwortlich, die von der Stadt angemietet wurde, um für junge Leute, die zu Hause nicht bleiben

können oder gar kein Zuhause haben, eine vorübergehende Bleibe zu schaffen – der leichteste Job von allen, weil die Wohnung die meiste Zeit leersteht. Ingrid Mungenast ist die älteste von uns, um die Vierzig, verheiratet, zwei Kinder, beide schon aus dem Haus. Sie schreibt Gedichte. Als ich noch in der Schule war, hat sie unser Deutschlehrer einmal zu einer Lesung mit anschließender Diskussion eingeladen. Ich habe mich ehrlich hineingekniet, habe als einzige von der Klasse geredet, habe sie gefragt, was sie von Trakl hält, das ist der Lieblingsdichter meines Vaters, mindestens acht Gedichte von ihm kann ich auswendig. Die Mungenast hat sich gefreut und noch in der Pause mit mir weitergeredet. Aber dann, ein Jahr später, habe ich sie in der Fürsorge wiedergetroffen, und sie hat mich nicht mehr gekannt. Natürlich waren auch Heide und Ulf Moosmann da, die – wie ich – keine fixen Aufgabenbereiche haben, sondern in der Hauptsache irgendwelche Jugendliche von irgendwo abholen und nach Hause bringen ... Wie ein Schlag ins Genick spürte ich das schlechte Gewissen. Die kleine Klara Stangerl. Was ist aus ihr geworden? Ich habe meine Aufsichtspflicht verletzt. Da fiel mir ein, daß ich sie ja erst gestern aus dem Krankenhaus abgeholt hatte, und daß ich auch nicht anders gehandelt hätte, wenn inzwischen nicht eine Milliarde gustavlose Jahre vergangen wären.

Als ich eintraf, war Wernfried Bereuter mitten im Wort. Die Fritz-Gehrer unterbrach ihn:

»Willst du etwas essen«, fragte sie mich. Und da ist mir schlecht geworden. Ich habe nach der Schulter von der Ingrid Mungenast gegriffen, und die ist zusammengezuckt, und ich habe gleich wieder losgelassen. Wir haben nur ein Büro, und wir haben nur drei Schreibtische. Offensichtlich war fliegende Mittagspause gemacht worden. Coladosen und Pappschalen mit Currywurstresten stan-

den herum. Ich war schweißgebadet, mein Fuß verkrampfte sich. Fast wäre ich umgefallen.
»Kommst du von der Stangerl«, fragte mich Wernfried Bereuter, »ich krieg nämlich bald ihren Alten auf meine Liste.«
Ich mußte geradeaus schauen auf einen Punkt an der Wand, ein Blickseil spannen, daß mir der Kopf nicht abrutscht. Habe ich wirklich Rehaugen?
»Die Stangerl ist mit einem zusammen, der dealt«, sagte Freya Enswangen.
»Stimmt das?« fragte die Fritz-Gehrer. Mich hat sie dabei angeschaut. Die Enswangen war für sie nur eine Mitteilung, aber keine Person.
Ich habe meinen Punkt an der Wand verloren, das Blickseil ist gerissen. Ich mußte mich setzen. Und hab es getan – auf einen der Schreibtische habe ich mich gesetzt, mitten in eine Currywurst. Das hat einen Laut von sich gegeben, als hätte ich in die Hose geschissen.
»Er ist mit welchen zusammen, die dealen«, sagte die Enswangen.
Wer ist mit wem zusammen, dachte ich.
»Woher weißt du das«, fragte die Fritz-Gehrer.
»Ich weiß es nicht«, sagte ich. Das war der Ton einer hundertmal Verhörten.
»Du hast es ja auch nicht behauptet«, sagte die Fritz-Gehrer gütig.
Und die Enswangen in ihrem Schriftdeutsch sagte: »Ich habe es gehört.«
»Wo? Von wem?«
»Ich habe es eben gehört. Ich habe meine Verbindungen. In meinem Job muß ich eben meine Verbindungen haben.«
Die Fritz-Gehrer schlug die Hände auf den Tisch. »Du hast es gehört! Du hast deine Verbindungen! So macht

man uns die Fälle von morgen! Indem man gestern etwas gehört hat und es heute herumerzählt!«
»Wieso«, sagte die Enswangen mit ihrer gleichgültigen leisen Stimme, die die Fritz-Gehrer so verrückt macht, »wieso herumerzählen. Das hier ist doch kein Jahrmarkt. Das hier sind doch alles Kollegen. Oder ist es so, daß man hier auch schon den Mund halten muß.«
»Hier ist es so«, schrie die Fritz-Gehrer, »daß man die Leute liebt, mit denen man es zu tun hat! Und über Leute, die man liebt, redet man nicht so! Das sind Gerüchte!«
»Diese Leute brauchen unsere Hilfe« – jetzt war sie kaum noch zu hören, die Freya Enswangen – »und wer deine Hilfe braucht, den kannst du nicht behandeln wie einen, der deine Hilfe nicht braucht ...«
Da hat die Ingrid Mungenast meinen Arm fest angegriffen und gesagt: »Ich glaube, der Lisbeth geht es nicht gut ...«
Ich hab noch gedacht, ich verzeih dir, daß du mich damals nicht wiedererkannt hast, und dann habe ich gar nichts mehr gedacht. Und habe erst wieder etwas gehört, als die Heide Moosmann gesagt hat, mein Gesicht sei aufgedunsen, und die Fritz-Gehrer:
»Wie geht es dir, mein Schäfchen?«
Alles in allem: Ich habe zwei Tage Urlaub gekriegt, habe mich von der Fritz-Gehrer nach Hause fahren lassen und bin unter die Zudecke gekrochen.

Nein, ich bin nicht gleich unter die Zudecke gekrochen. Da ist nämlich vorher noch etwas passiert, das mir den Rest gegeben hat.
Die Fritz-Gehrer ist mit mir aus dem Wagen gestiegen und hat mich zur Haustür begleitet.
»Soll ich dir einen Arzt holen«, hat sie gefragt. Sie hat sich wirklich Sorgen gemacht. Aber das war ganz unnötig, bei mir hat sich das Blut schon wieder richtig verteilt gehabt,

so daß auch der Kopf nicht zu kurz gekommen ist. Sie hat mich von oben bis unten angeschaut und dabei ihre Augenbrauen schräg gestellt. Mir hat etwas ganz anderes Sorgen gemacht: Es darf nur ja nicht geschehen, daß ich ihr den Rücken zukehre. Inzwischen ist die Ketchup-Soße bis zu meinem Hintern durchgedrungen. Das fühlte sich beim Gehen feucht und klebrig an. Ich wußte ja nicht, wie meine Jeans hinten aussehen, aber ich konnte es mir denken. Und wie der Beifahrersitz von der Fritz-Gehrer aussah, das konnte ich mir auch denken.
»Bist du schwanger«, fragte sie.
Ich sagte nichts und ging rückwärts durch die Haustür. Ganz egal, was ich gesagt hätte, ich hätte es in diesem Augenblick nur brüllend sagen können. Ihre Frage hatte nämlich in meinem Kopf blitzschnell einen Hebel umgelegt. Ich wäre fast explodiert vor Rachsucht und Zorn. Ich bin die Stiege hinaufgerannt, hab die Wohnung hinter mir abgesperrt, Hose und Unterhose ausgezogen und ohne sie anzuschauen in die Waschmaschine gesteckt, und dann hab ich meinen Hintern über den Badewannenrand gesteckt und ihn abgebraust. Dabei schimpfte ich laut vor mich hin. Das hat gutgetan, und ich schimpfte noch eine Weile, über meine Schimpflaune hinaus, weil ich das Gefühl hatte, das tankt mich auf. Dann habe ich mir etwas Frisches angezogen und den Brief von Max noch einmal, und diesmal Satz für Satz und ganz genau, durchgelesen. Da ist es also einem bis zum jetzigen Zeitpunkt nicht gelungen, mich auch nur eine Sekunde aus seinem Kopf zu verbannen. Das ist doch immerhin etwas! Es ist zwar nichts Weltbewegendes, wenn man einen halben Tag, nachdem man mit jemanden geschlafen hat, noch an ihn denkt, aber es ist immerhin etwas. Und Rehaugen hab ich und scheu bin ich nicht. Das ist doch eine Grundlage! Zudem sehe ich wunderbar aus, wie Samt und Seide, und

eine dunkle Stimme habe ich auch. Jedenfalls wahrscheinlich. Das war ja ein Fragesatz: »Bilde ich mir ein, daß Deine Stimme dunkel klang?« Ich selbst habe mir das noch nie eingebildet. Ich habe eigentlich immer die Angst gehabt, daß meine Stimme grell klingt. So kann man sich täuschen.
Ich habe Briefpapier und Füllhalter aus meinem Schülertischchen geholt:

Lieber Gustav!
Also, daß Du es weißt: Ich habe gestern mit einem aus dem Pub, das Du so widerlich findest, gevögelt. Es hat mir zwar nicht besonders gefallen, aber sonst war es im großen und ganzen nicht viel anders als mit Dir . . .

Aber das hat nicht gereicht. Das war weniger als das Schimpfen im Badezimmer, während ich mir den Hintern abgebraust habe. Ja, ich wollte merken, wie Gustav die Luft wegbleibt. Ich ließ den angefangenen Brief liegen und ging in den Flur zum Telefon. Ich setzte mich auf den Boden und wählte. 24842. Eine schöne symmetrische Zahl. Gustavs Wohnung in der Rathausstraße. Zwanzigmal ließ ich es klingeln. Nichts. Ich blätterte im Telefonbuch. Katharina Rummel. 38265. Gustavs Mutter. Feindesland heißt Schweden. Die Rummel hat mir den Rest gegeben. Gustav ist verheiratet und hat ein Kind. Dann bin ich unter die Zudecke gekrochen.

Weil ich mir die Ohren mit den Federn zugemauert habe, ist nichts zu mir gekommen, was außen herum war. Auf einmal hat sich das Bett an einer Seite abgesenkt. Das ist mein Vater gewesen, der sich draufgesetzt hat. Er saß auf meiner Zudecke.
»Hast du geschlafen«, fragte er.

Ich sagte nichts, aber ein Seufzer ist mir herausgefahren, das war schon fast ein Nieser. Und noch eine Sekunde lang glaubte ich, mein Vater läßt ihn als Nieser durchgehen. Dann spürte ich seine Hand auf der Zudecke. Sie lag dort, wo meine Schulter war.

»Hat mein Kind geschlafen«, sagte er. Und rüttelte bereits ungeduldig.

Ich krallte mich in die Decke und versuchte, mich ganz zur Wand zu drehen. Aber das ging nicht, weil er auf dem anderen Ende saß. Ich zerrte und zerrte. Wie an einem Nagel.

»Ich will schlafen«, schrie ich, »laß mich in Ruh!«

Sofort nahm er die Hand von meiner Schulter.

»Schrei deinen Vater nicht an!«

»Wer nicht angeschrien werden will, der soll hinausgehen!«

»Was ist denn mit dir los ...«

»Du sollst mich in Frieden lassen! Schau, daß du rauskommst!«

Da hat er Luft holen müssen. Nur nützt das nicht viel bei ihm. Da kann er Luft holen, soviel er will, ich bin immer schon die Lautere von uns beiden gewesen.

»Erstens laß ich mich nicht von meiner Tochter in meiner Wohnung herumkommandieren ... und zweitens ... und zweitens habe ich heute Geburtstag ...«

»Alles Gute zum Geburtstag!« schrie ich. »Und jetzt steh von meinem Bett auf! Du sitzt auf meiner Zudecke!«

Und er: »Ich kann in meiner Wohnung doch noch auf deiner Zudecke sitzen!«

Jetzt ging die Balgerei los. Ich habe mich mit meiner ganzen Kraft gegen die Wand geworfen, habe mit den Fäusten an die Wand geschlagen, und geendet hat das Ganze damit, daß ihm die Brille kaputtgegangen ist, und ich an seiner Schulter geheult habe.

Er hat mir über die Haare gestreichelt. »Meine kleine Bulli«, hat er gesagt, und das ist das Liebste, was mein Vater sagen kann, denn wenn er das sagt, dann erinnert er sich daran, wie er mich als fünf Wochen alten Säugling nächtelang auf dem Arm getragen hatte, weil das die einzige Lage war, in der ich nicht weinte.
»Meine kleine Bulli«, sagte er, »du bleibst jetzt noch eine halbe Stunde im Bett liegen, und ich mache uns inzwischen etwas zu essen.«
»Aber du bist doch das Geburtstagskind«, sagte ich, und es war eine Gegenleistung für seine Bemühungen, daß ich es mit gespitztem Mäulchen sagte.
Er rutschte auf allen vieren im Zimmer herum und suchte die Splitter seiner Brille zusammen.
»Das macht nichts«, sagt er, »als du meine kleine Bulli warst, habe ich mir nichts sehnlicher gewünscht, als dich, wenn du groß bist, einmal zum Essen einzuladen . . . Das mit der Brille allerdings ist eine Riesenscheiße!«

Am selben Abend trank ich mit meinem Vater drei gute Franzosen. Es war weihevoll wie Weihnachten. Ich saß auf dem pflaumenfarbenen Kanapee in der Küche. Er kam zur Tür herein und brachte die drei Flaschen Wein. Dabei summte er: »Wenn ich in deine Augen seh, so schwindet all mein Leid und Weh.«
Das ist sein Lieblingslied, von Hugo Wolf. Auf meinen Vater angewendet, hätte der Text anders lauten müssen: »Wenn ich in deine Augen seh, schwindet jede Hoffnung, daß du die drei Flaschen Wein, ohne über einen Stuhl zu stolpern, bis zum Tisch bringst . . .« Ohne Brille ist er ein blindes Huhn. Er zog seinen Bauch ein und spielte den Herrn Ober. Ein weißes Hemd trug er. Sein einziges. Außer Lilli hatte ihm ein neues geschenkt. Es würde mich wundern, wenn er es angenommen hätte.

»Wo ist Lilli?«
»Ich hab sie heute ausgeladen. Ich nehme an, sie wird dasselbe tun wie wir zwei: sich besaufen.«
Er kredenzte die Gläser auf einem Tablett, öffnete im Stehen die erste Weinflasche, schenkte ein und prostete mir zu. Dann erst setzte er sich an meine Seite.
Es war neun Uhr am Abend, lau war die Luft, das Fenster stand weit offen. Von meinem Platz aus sah ich die Strommasten der Bundesbahn, mit spitzer Feder gezogen, die Mondsichel sah ich, hell wie ein Apfelschnitz. Kaum war das Licht an, schwirrten die Mücken im Zimmer herum. Ich kratzte mich schon nach einer Minute.
»Warum gehen die Viecher nur auf mich und lassen dich in Ruhe!«
»Weil ich es so will.«
»Dann will ich es eben auch. Denkst du, ich will, daß sie mich stechen?«
»Ist dir nie aufgefallen, daß alles geschieht, was dein Vater will«, sagte er mit einem Ton in der Stimme, daß ich es einen Augenblick lang sogar glaubte.
Aber genau mit diesem Satz schoß mir wieder das Elend in die Kehle, und ebenfalls mit einem besonderen Ton in der Stimme sagte ich:
»Nein, das ist mir noch nie aufgefallen.«
»Als Bub hab ich die Bäume sehr gern gehabt«, sagte er, »so gern habe ich sie gehabt, daß ich sie bei jeder Gelegenheit umarmt habe.« – Ich unterbrach ihn nicht. Er hatte sich zum Geburtstagswein eine Rede ausgedacht. Und das schien mir das mindeste, was ich ihm schenken konnte: daß ich ihm zuhörte. – »Alles in der Natur hab ich geliebt, die Vögel, die Zwetschgen und die Essensreste. Arm waren wir zu Hause. Das kann ich jeden Tag tausendmal sagen, und es wird nie übertrieben sein. Und ich hätte sogar ein Recht, es jeden Tag tausendmal zu sagen. Als

Bub habe ich mir gedacht, wenn ich einmal nicht mehr so arm sein werde, dann will ich nie mehr daran denken und mit niemandem darüber reden. Darin, liebe Lisbeth, liegt auch der Grund, warum ich es nicht mag, wenn du die Reste vom Vortag aufkochst. Und warum ich altes Brot nicht mag. Ich hab immer geschaut, daß ich von meinen Schulkameraden die Apfelbutzen bekomme. Die Delikatessen der Kindheit liegen einem ein Leben lang im Magen. Deine Großmutter hat von ihrem Vater eine Violine geerbt, sie konnte darauf spielen und hat es mir mit lieber Mühe beigebracht. Über den Radetzkymarsch bin ich nicht hinausgekommen. Radios hab ich repariert, da war ich ein Weltmeister. Ich hab ein Plakat gemacht *Radioreparaturen zu günstigsten Preisen, Annahme erst ab zehn Uhr.* Ich hab es in ganz Attersee aufgehängt. In der Nacht dann hab ich auf Kunden gewartet, und kein Mensch ist gekommen.«
Da war dann eine lange Pause.
»Fliegenfänger, diese klebrigen Dinger hab ich verkauft, hab sie von einer Fabrik in Kommission genommen und dann verscherbelt. Das war nicht schlecht. Fliegen hat es in der Gegend massenhaft gegeben. Schaufenster hab ich dekoriert. Da hab ich dann deine Mutter kennengelernt, hab ich dir das schon erzählt?«
Hundertmal. Sie war Schuhverkäuferin. Er hat es diesmal ausgelassen.
Wieder eine Pause.
»Kannst du dich an Teresa erinnern«, fragte ich.
»An Teresa? An Teresa?« sagte er. »An Teresa ... wie kommst du auf Teresa. Ich meine, sie hat Helga geheißen ...«
»Wieso soll sie Helga geheißen haben, wenn sie Teresa geheißen hat!«
»Wenn es dieselbe ist, die ich meine, dann hat sie Helga geheißen ...«

Er meinte irgendeine ganz andere. Seine Augen schwammen schon ein wenig. Er hatte schneller und mehr getrunken als ich. Der erste Franzose war bereits gemordet. Ich hatte erst ein Glas gehabt.
»An eine Teresa erinnere ich mich nicht, aber wenn du tatsächlich die Helga meinst...«, sagte er und schnalzte mit der Zunge. Das war übertrieben.
»Nein, die meine ich nicht«, fuhr ich ihm dazwischen. Er denkt, er hat es nötig, mich an seinem Geburtstag daran zu erinnern, daß er einmal ein Frauenheld war. Ich meinerseits erinnerte mich nicht an eine Helga. Eine Zeitlang, als ich vielleicht zehn, elf Jahre alt war, hat er ständig irgendwelche Frauen mitgebracht oder sich von irgendwelchen Frauen abholen oder anrufen lassen. Damals hat er nie Wind darum gemacht, er hat mich sogar angeschwindelt, hat behauptet, es sei immer dieselbe, die da anruft, die ihn da abholt, die da am Abend auf Besuch kommt, die sich in der Nacht aus der Wohnung schleicht. Als ob eine Zehnjährige nicht zwei, drei, vier Frauen auseinanderhalten könnte!
»Teresa war meine Schulfreundin«, sagte ich.
»Ach so«, sagte er und rückte sein Gesicht wieder zurecht. Ich mußte lachen. Er saß da, den Oberkörper aufrecht, die Hände auf den Knien. Wie ein Schüler, der gerade getadelt worden ist.
»Teresa war verknallt in dich«, sagte ich.
»Wie alt war sie denn«, fragte er.
»Fünfzehn vielleicht.«
Er wiegte den Kopf hin und her. Dann sah er mich an, mit gespielter Traurigkeit an Augen und Mund: »Nein, an Teresa erinnere ich mich nicht.«
»Sie hat von deiner Olivenhaut geschwärmt...«
»Von meiner Olivenhaut? Sapperlott!«
»Und von deinen Mandelaugen...«

»Von meinen Mandelaugen? Das erfindest du jetzt!«
»Nein. Und von deinen Apfelohren...«
»Apfelohren! Und du hast dir das gefallen lassen?«
»Sie war verknallt...«
»Sie hat aus deinem Vater eine Pizza mit Nachspeise gemacht! Das hättest du ihr verbieten müssen!«
Zum erstenmal kam mir in den Sinn, daß Teresa vielleicht wirklich meinen Vater geliebt hatte, daß sie seinetwegen vielleicht wirklich unglücklich gewesen war, und daß vielleicht auch die anderen Frauen, die bei uns angerufen haben und meinen Vater am Abend abgeholt haben und mitten in der Nacht aus unserer Wohnung geschlichen sind, die mir, der Zehnjährigen, Puzzles mitbrachten, im Schwierigkeitsgrad für Fünfjährige gedacht, oder Erste-Hilfe-Koffer für Teddybären, die mich entweder beschenkten oder aber mir nicht in die Augen schauen konnten, – daß alle diese Frauen unglücklich gewesen sind wegen meines Vaters, daß sie sich Hoffnungen gemacht haben, weil er ihnen Hoffnungen gemacht hat, daß ihn die eine oder andere vielleicht heiraten wollte – von meiner Firmtante zum Beispiel weiß ich das gewiß, und daß er sie nicht geheiratet hat, kann ich ja verstehen, aber er hätte ihr keine Hoffnungen machen dürfen, und wie ich meinen Vater einschätze, hat er genau das getan, nicht, weil er ein Windhund ist, sondern weil er faul und bequem ist und lieber zwischendurch einmal »Ja« sagt, als auf Gewohntes zu verzichten, und da macht es keinen Unterschied für ihn, ob dieses Gewohnte seine tägliche Tasse Kakao am Morgen oder eine nächtliche Umarmung ist – ja, mir kam der Gedanke, daß mein Vater, der jetzt so schulbubenhaft neben mir saß, meinem elend verfluchten Gustav womöglich bis in die Seele hinein ähnlich sein könnte, und daß Gustav in zehn Jahren, ebenso, wie jetzt mein Vater mit schlecht gespieltem Interesse über die Existenz einer

Teresa nachgrübelte, über meine Existenz nachgrübeln würde, nur wäre es mir dann lieber, er würde sich überhaupt nicht an meinen Namen erinnern, als mich mit irgendeiner Helga zu verwechseln... Gustav hat ein Kind.

»Warte, laß mich nachdenken. Ich glaube, ich weiß jetzt, wen du meinst. Die kleine Mollige. Wie eine Italienerin hat sie ausgesehen, stimmt doch, oder?«

»Teresa liebte dich, und du hast sie nicht wahrgenommen.«

»Eine Tragödie«, sagte er. Und meinte damit: eine Tragödie, daß ich sie nicht wahrgenommen habe, eine versäumte Gelegenheit. Und auch das meinte er nicht wirklich. Das war eine Ironie, die er sich zu seinem Geburtstag leistete, und zwar nach dem Motto: Weil ich heute so ein Braver bin, tu ich so, als ob ich früher ein Kerl gewesen wäre, damit zumindest der Verdacht aufkommt, ich bin immer noch ein Kerl. So benehmen sich Greise. Sie zwikken ihrer Urenkelin in den Popo, und die ganze Verwandtschaft lacht.

»Wie alt wirst du heute eigentlich«, fragte ich.

Statt zu antworten, fragte er: »Wo ist sie jetzt, deine Teresa?«

»Sag nicht meine Teresa! Wenn schon, war sie deine.«

Das gefiel ihm. Er mimte den Schüchternen, den Überrumpelten. Mein Vater, ein wilder Hund! Nicht zu fassen! Seine Frauengeschichten gehörten so selbstverständlich zum Alltag unserer abgebrochenen Familie, daß mir nie dieser Gedanke gekommen ist. Gustav hat ein Kind. Er ist verheiratet und hat ein Kind. Mein Vater hatte auch ein Kind. Er war geschieden und hatte ein Kind. Mich hat er nicht verheimlichen können. Ich wäre niemals in meinem Zimmer sitzen geblieben und hätte meinen Mund gehalten. Und das hätte er auch nie getan: mich verschwiegen.

Mein Vater ist ein besserer Mensch als Gustav. Gustav ist eine Sau. Mein Vater war ein wilder Hund. Ich werde in Erfahrung bringen, ob Gustav seiner Tochter je den ganzen *Sommernachtstraum* von Shakespeare vorgelesen hat oder je vorlesen wird. Bei ihm wird es grad bis zum Rotkäppchen reichen. Und da sah ich die Idylle vor mir: Gustav, seine schwedische Frau und seine halbschwedische Tochter sitzen im Bett und spielen Rotkäppchen, die schwedische Frau ist der Wolf. Nein, da hatte mein Vater mehr Niveau. Er hat mir den *Sommernachtstraum* vorgelesen. Immer wieder, immer wieder. Jedes Wort hat er mir erklärt. Jede Rolle hat er mir vorgespielt. Aber eine Rolle hat er immer mir gelassen. Die durfte ich spielen, und zwar so, wie ich es wollte: die Rolle des Puck. Das war damals, als wir noch in unserem kleinen Haus gewohnt haben. Ich bin durch alle Zimmer gerannt, habe Tische und Stühle umgeworfen, den Zucker auf den Boden geleert, mit den Händen in den Ofen gegriffen und mir den Ruß ins Gesicht geschmiert – und das alles habe ich gedurft, weil ich der Puck war. Ein paar Verse konnte ich auswendig, und die habe ich durchs ganze Haus gebrüllt:

»Jetzt beheult der Wolf den Mond,
Durstig brüllt im Forst der Tiger.
Jetzt mit schwerem Dienst verschont,
Schnarcht der arbeitsmüde Pflüger.
Jetzo schmaucht der Brand im Herd,
Und das Käuzlein kreischt und jammert,
Daß der kranke Mann es hört
Und sich fest ans Kissen klammert...«

»Du hättest deinem Vater sagen sollen, daß deine Mitschülerin Teresa an ihm Gefallen findet«, sagte er. Er goß unsere Gläser voll, und ich konnte sehen, daß sich eine

wirkliche kleine Traurigkeit in seine Augen geschlichen hatte.
»*Du* bist der Puck«, sagte ich und gab ihm einen Stoß in die Seite. Der Wein spritzte auf das Tischtuch.
»Du *warst* der Puck«, sagte er. »Schade, daß du kein Puck mehr sein willst«, und gab mir den Stoß zurück. Er hatte dabei so einen Lacher im Mundwinkel. »Und weißt du, was ich jetzt mache? Jetzt schütte ich Salz auf die Flecken, weil sonst schimpft mich die Lilli morgen.«
»Das tut sie bestimmt nicht«, sagte ich.
»Nein, das tut sie bestimmt nicht«, sagte er. »Aber es tut ihr gut, wenn sie sieht, daß ich Salz auf die Flecken gegeben habe. Sie denkt dann, ich habe es getan, weil ich ein bißchen Angst vor ihr habe. Und das tut ihr gut. Und auch wenn sie nicht denkt, daß ich Angst vor ihr habe, dann weiß sie doch, wenn sie das Salz sieht, daß ich will, daß sie das denkt. Und daraus kann sie ersehen, daß ich sie gern habe.«
Mein Vater ist ein komplizierter Charmeur. Charmant ist er! Ich habe einen Vater, und der ist charmant. Ich ließ eine Galerie von Schauspielern durch meinen Kopf ziehen, um einen Vergleich zu finden. Michel Piccoli. Ich sah meinen Vater zusammen mit Romy Schneider in *Das Mädchen und der Kommissar*. Vielleicht war der Vergleich doch weit hergeholt, es mußte am Wein liegen, ich trank am dritten Glas und hatte vorher keinen Bissen gegessen. Mein Vater ist dicker als der Piccoli. Würde mein Vater abspecken, zehn Kilo, dann käme das schon eher hin. Ich hatte auf einmal den Wunsch, ihn zu fragen, ob er nicht ein bißchen, ich sagte vorsichtshalber »ein bißchen«, abnehmen wollte.
»Niemals!«, rief er. »Als in Attersee die Molkerei gebrannt hat, ist die Butter unter dem Türspalt heraus über die Steinstiege hinunter auf die Straße geronnen. Da haben

die Leute beim Bäcker Brot geholt und die Wecken eingetunkt. Einzig deine Großmutter und ich haben Stolz bewahrt. Das muß belohnt sein!« – Er stand auf, streckte seinen Bauch heraus und strich mit beiden Händen darüber. – »Meinst du, ich weise dieses Geschenk des Himmels zurück?«

Mir kam der Küchentisch auf einmal so niedrig vor. Ich wollte meine Ellbogen aufstützen und sauste nieder.

»Ich meine«, sagte ich, »ein Tisch sollte doch so sein in der Höhe, daß man ohne Nachdenken den Kopf in die Hände stützen kann.«

Und wie er jung war, mein Vater, Gérard Philipe, mit vollem Haar, wie er es ja ehemals hatte, mein lieber, lieber Papa, und das hat Teresa so gut gefallen.

»So kann man das machen«, sagte er, setzte sich und breitete seinen Oberkörper über den Tisch, den Kopf legte er vorsichtig auf die Resopalplatte. Ich sah auf diesen Kopf, diese dünnen Haare ... Warum hatte er eigentlich so dünne Haare, wo sie einmal doch so voll waren? Wenn der Kopf gut ist, pfeif ich auf die Haare. Und mein Papa, der hat einen guten Kopf.

Er hat schlicht einen Rausch gehabt. Und jetzt sagte ich ihm auch noch mein Geheimnis:

»Mit vierzehn hab ich deine Mutzenbacherin gelesen und dazu deinen Pflaumenschnaps getrunken.«

Er wurde knallrot. Ich sah es an der Glatze. Wie angestochen schnellte er in die Höhe, saß aufrecht da.

»Wie hast du den Schlüssel gefunden?«

»Zufällig.«

»Wie alt warst du?«

»Fünfzehn.«

»So wie ich ihn versteckt habe, kann man ihn nicht zufällig finden.«

»Ich habe deinen Schreibtisch durchsucht.«

Er schaute mich an, als wäre ich eine Fremde.
»Warum denn?«
»Nach Geld.«
»Mein Gott, nach Geld?«
»Weil ich mir eine Schallplatte kaufen wollte, Himmelnocheinmal!«
»Ich habe im Schreibtisch nie Geld gehabt.«
»Ich habe die Schublade herausgenommen. Und da habe ich den Schlüssel gesehen.«
»Und warum hast du gewußt, was für ein Schlüssel das ist?«
»Weil es in unserem Haus nur ein Geheimnis gegeben hat, und das war der kleine Kasten beim Bücherregal.«
In unserem damaligen Haus hat es noch Elternschlafzimmer und Vaterzimmer gegeben. Er hat also, nachdem meine Mutter weggegangen ist, zwei Zimmer für sich gehabt. Ich habe in alles meine Nase hineinstecken dürfen, nur nicht in den Kasten beim Bücherregal im Vaterzimmer. Daraus hat er selber ein Märchentheater gemacht. Er hat mich selber darauf aufmerksam gemacht.
»Wenn du in diesen Kasten schaust ...«, hat er gesagt, da war ich vielleicht neun oder zehn, und dabei hat er mit den Augen gerollt. Und als ich den Schlüssel unter der Schublade seines Schreibtisches fand, habe ich gewußt, wo der hineinpaßt.
»Ich habe das ganze Zeug weggeworfen, als wir umgezogen sind«, sagte er.
»Ich habe es gemerkt«, sagte ich.
Er stand auf, räumte die Flaschen vom Tisch, die letzte war noch halb voll, er goß den Wein ins Waschbecken. Er schämte sich, traute sich nicht, mich anzusehen.
»Und was hast du in all den Jahren seither von deinem Vater gehalten«, fragte er.
»Ach, das ist doch harmlos gewesen«, sagte ich.

Zwölf Bücher waren in den kleinen Schrank hineingepreßt. Erotische Romane – keine Fotos, nur Kupferstiche. Bücher und eine Flasche Pflaumenschnaps. Elf Bücher mit neutralen Leineneinbänden und ein Taschenbuch. Das sah am unanständigsten aus. Auf dem Umschlag war eine nackte Frau. *Josephine Mutzenbacher. Mein Leben.* Das Bild war zwar auch nur gezeichnet, aber sehr deutlich. Ich trank aus der Flasche und las in dem Taschenbuch. Dabei hockte ich vor dem Schrank auf meinen Fersen, für den Fall, daß mein Vater unverhofft nach Hause käme und ich schnell handeln müßte. Drei Seiten gelesen und sechsmal aus der Flasche getrunken. Dann habe ich schnell wieder alles an seinen Platz geräumt. Schließlich bin ich mitten im Vaterzimmer gestanden und mir ist schwindelig geworden. Ich habe mich auf den Teppich gelegt und auf meine Strafe gewartet. Mit Sicherheit weiß ich nur noch, daß das erste, was ich danach sah, dieser blühende Hibiscusstrauch war, gelborange, in der Mitte ein Ring von Dunkelrot, winzige Federn die Staubgefäße. Eine unverschämte Blüte. Und ich sah diese rosaorange Blüte damals, besoffen wie ich war, als ein Verkehrszeichen vor mir. Halt. Stopp. Einbahn.
»War das eine schreckliche Erkenntnis für dich«, fragte er. »Kann man einen Papa liebhaben, der solche Sachen liest?«
Eine Flasche Wein weniger in seinem Bauch, und dieser Satz wäre kokett gewesen.
»Ich war ein armer, armer Bub«, sagte er. »Nur eines hab ich gehabt: Ich habe den Frauen gefallen. Ich habe den Frauen gefallen und ich habe die Natur geliebt. Die Frauen und die Natur, die beiden waren auf meiner Seite. Was für ein billiges Leben!«
Er hatte einen solchen Jammer in den Augen, daß mein ganzer Gustavjammer daneben wie ein Hobby wirkte.

»Ich habe niemanden auf der Welt so lieb wie dich«, sagte ich.
Ich nahm ihn am Arm, zog ihn in sein Zimmer, das hier in unserer kleinen Wohnung Vaterzimmer, Halbelternschlafzimmer und Felixlillizimmer in einem ist, und schaufelte ihn irgendwie in sein Bett. Und ich rieb noch seine Nase an der meinen. Eskimokuß. Seit Gustav nicht mehr geschehen.
Dann marschierte ich vom Flur in die Küche und von der Küche in den Flur und wieder zurück. Wie der einzige Mensch. In meinem Zimmer wartete ein angefangener Brief auf mich.
Mein Kopf war heiß, aber ich fühlte mich nüchtern. Ich biß in ein Brot. Mein Magen rebellierte. Ich öffnete das Küchenfenster. Es zeigt nach hinten hinaus zur Bahnlinie. Kein Laut war zu hören. Ich fegte den Boden, wischte den Tisch ab und trug den Abfalleimer in den Flur. Es war einiges nach Mitternacht. Was zu tun war, war getan. Also ging ich in mein Zimmer.
Ich überlegte, ob ich einen neuen Brief anfangen und diese wenigen triumphalen Zeilen in den Papierkorb schmeißen sollte. Das hätte einen Entschluß nötig gemacht. Ich ließ einen breiten Absatz und schrieb weiter:

Du schaffst es noch und bringst mich um den Verstand. Ich hab es nicht ausgehalten und bei Deiner Mutter angerufen. Sicher hat sie es Dir brühwarm erzählt. Ich hab nicht gejammert. Wenn sie sagt, daß ich gejammert habe, dann lügt sie. Ich habe ihr bloß zugehört. Das hat mir gereicht. Hast Du ihr aufgetragen, sie soll mir sagen, daß Du zu Deiner Frau und Deiner Tochter zurückgegangen bist? Hast Du wirklich eine Frau und eine Tochter...

... und so weiter und so weiter...

Als Absender schrieb ich »Bess« auf das Kuvert. Dann brachte ich den Abfalleimer hinunter, ging die zweihundert Meter bis zum Gasthaus *Stern* und steckte den Brief in den Briefkasten.
Schwarze Nacht nimmt dich fort.
Geträumt habe ich in dieser Nacht, daß ich in einem Klassenzimmer sitze, vorne in der ersten Bank. Die Frau Dr. Fritz-Gehrer teilt die Schularbeitenhefte aus. Bald darauf sehe ich ganze Frauenschwärme mit Mistgabeln in den Händen. Immer näher kommen sie, und drängen mich an ein Scheunentor. Ich bin blind, und die Fritz-Gehrer sagt: »Stell dich nicht blind«, und sie nimmt mir meinen Stab und meinen Hund weg.

Ja, und dann war Freitagmorgen. Die Post ist da! Retour mein erster Brief an Gustav. Sechs Schilling mußte ich aufzahlen. Ich dumme Kuh gebe einen Fünfziger und sage: »Es stimmt so.«
Ich hatte ein Gefühl, als würde ich von den Zehen her aufgefressen. Der Brief war geöffnet und dann wieder mit Tesafilm zugeklebt worden. Ich hatte ihn an die Rathausstraße adressiert, und bei allen Schweinereien, die ich inzwischen Gustav zutraute, diese eine, daß er meinen Brief aufmacht und liest, ihn aber dann wieder zurückschickt, diese Schweinerei paßte nicht zu ihm. Es wird so sein, dachte ich, daß die alte Rummel Gustavs Post aus der Rathausstraße holt, während er weg ist. Dieser Vampir liest meine Briefe! Die saugt an meiner ehrlichen Seele! Die frißt meine geheimsten Wahrheiten! Die greift mit ihren schmierigen Schweinefleischsuppenfingern tief hinein in mein Herz! O Rummel, du Niederträchtige, ich wünsche, daß dir die Zähne eitern!
Geschämt habe ich mich nicht. Vor wem denn, bitte!
Freitag und Samstag.

Ich bin die ganze Zeit im Bett herumgelegen, bin nur aufgestanden, um Gespritzte zu trinken. Das hat mich angemacht. Die Gespritzten. Zwei Teile Weißwein, acht Teile Brunnenwasser. Da war eine Rummel in mir, ein Parasit, ein Seelenfresser, und den mußte ich hinausspülen.
Sonst hat mich gar nichts angemacht. Keinen Bissen habe ich schlucken können.
Mein Vater ist um mich herumgewieselt: »Trink heiße Milch! Trink einen Schnaps!« – Er hat mit Lilli telefoniert, hat irgend etwas abgesagt am Telefon, geflüstert hat er und manchmal ist er lauter geworden, sie haben sich gestritten, und mir war ganz klar, es ist meinetwegen.
»Du bist ein umgekehrter Strumpf«, hat er gesagt. Und dann die sensationelle Verbesserung: »Ein umgedrehter Strumpf bist du.«
Mir war das wurscht, so oder so. Ich war ein Drittel in Schweden, ein Drittel im Schlaf und ein Drittel am Wasserhahn.
Und dann der Sonntag mit dem denkwürdigen Flop am Schiffshafen. Als ich nach Hause kam, lag ein Zettel auf dem Kühlschrank:

Bin bei Lilli. Kann nicht anders. Wenn etwas ist, ruf an.
Ich mach mir Sorgen.

Papa

Das ist mir genau günstig gekommen. Ich hab mir einen Liter Tränen angesoffen und den ganzen Nachmittag und den ganzen Abend geheult. Zwischendurch ein, zwei Schläfchen und ein Film mit Hans Moser.
Mitten in der letzten Heulphase hat das Telefon geklingelt.
Es war Gustav. Vor lauter, daß ich es nicht glauben

konnte, habe ich die Hälfte von dem, was er sagte, nicht mitgekriegt.
Irgendwann habe ich aufgelegt, bin zum Regal in meinem Zimmer gegangen, habe aus einem gewissen Buch einen gewissen Zettel genommen, der mir von einem gewissen Herrn bei einer gewissen Bahnfahrt überreicht worden war, habe meinen schönsten Briefbogen aus der Schublade gezogen und mit Schönschrift zu schreiben begonnen. Denn wenn die alte Rummel schon so gern heiße Herzen frißt, dann soll das ehemals heiße Herz ihres Sohnes dabei nicht fehlen.

Sonntag, 16. August, spätabends

Lieber Gustav!
In diesem Moment habe ich den Hörer aufgelegt. Dir ist nicht einmal aufgefallen, daß ich kein einziges Wort gesagt habe. Inzwischen redest Du viel und lang. Du bist schon einmal knapper gewesen. Anbei schicke ich Dir einen gewissen Brief. Er ist mehr als ein Jahr alt. Kannst Du Deine Schrift noch lesen? Ich hab mir nämlich gedacht, daß Du diesen Brief sicher noch öfter gebrauchen kannst. Er paßt auf jede Frau.

Bess

Max ist ein Seifensieder. Ein Reiniger. Ab einem gewissen Dreck muß ein Reiniger her. Und so habe ich an diesem Sonntag in der Nacht noch einen Brief geschrieben:

Sonntag, 16. August

Lieber Max,
entschuldige mein Benehmen am Schiffshafen. Ich weiß auch nicht, was auf einmal mit mir los war. Mein Kater ist grad vorher neben seinem Freßnapf verreckt. Ich hab ihn so wahnsinnig liebgehabt. Hat es einen Wert, wenn

ich mir jetzt einen neuen beschaffe? Wie geht es Dir? Wann hast Du einmal Zeit? Willst Du mich trotzdem noch sehen?

Betty

Zwei Briefe am Sonntag geschrieben, zwei Briefe am Montag gekriegt. Ich bin früher aufgestanden als sonst, weil ich für meinen Vater und mich ein schönes Frühstück machen wollte. Ich wußte ja, daß er ein schlechtes Gewissen hat, und wollte von vornherein gar nicht den Gedanken in ihm aufkommen lassen, ich könnte beleidigt sein, weil er bis spät in der Nacht bei Lilli war. Ich bin also mit dem Fahrrad zur Bäckerei gefahren, und unterwegs habe ich den Briefträger getroffen, diesen jungen, frechen Grinser. Er hat mir mit einer Zeitung gewinkt und gerufen:
»Für Bess!«
Das waren wieder sechs Schilling, die ich zahlen mußte. Der freche Kerl hat ein Spiel mit mir getrieben. Erst als ich schon weiterfahren wollte, hat er mir den zweiten Brief gegeben. Einen Expreßbrief.
Ich bin um die nächste Hausecke gefahren und habe die Briefe aufgerissen. Den unterbezahlten brauchte ich nicht zu lesen, den kannte ich, den hatte ich ja selber geschrieben. Ich öffnete ihn trotzdem zuerst. Vielleicht steht irgendein Kommentar dabei. Nichts. Der einzige Kommentar war der Klebstreifen. Vampir bleibt Vampir. Beim zweiten Biß tut es nicht mehr so weh.
Der Expreßbrief war von Max. Eine kleine Übereinstimmung, die mich einen kleinen Augenblick lang verwirrte: Er mußte seinen Brief an mich etwa zur selben Zeit geschrieben haben wie ich den meinen an ihn:

Sonntag, den 16. August, in der Nacht

Liebe Betty!
Euer Telefon war immer besetzt. Ich rufe schon seit einer Stunde an. Was habe ich falsch gemacht, daß Du von mir weggelaufen bist? Betty, Du sollst wissen, daß Du mit mir über alles reden kannst. Auch am Telefon. Wenn ich gewußt hätte, daß Du gar nicht segeln willst! Aber wer läuft denn deswegen gleich weg! War mein Vorschlag mit dem Segeln so ein Fauxpas? Oder wolltest Du nur schauen, ob ich Dir nachlaufe? Entschuldige den Gedanken, ich weiß ja, daß Du nicht zu den Frauen gehörst, die das gern haben, wenn die Männer alles tun, was sie wollen. Ich bin Dir jedenfalls nicht nachgelaufen. War das richtig? Ich bin allein hinausgefahren, aber nur eine Kehre. Es war so traurig. Mein Vorschlag mit dem Boot war ja nur wegen Dir! Weißt Du, ich sehe Dich irgendwie in Beziehung zur wilden, unberührten Natur. Der See war glatt wie ein Diamant. Es wäre wie ein Gedicht von Rilke geworden: Du, der See und ich. Ich bin ein Romantiker, ob Du das glaubst oder nicht. Frag den Ferdinand, der wird Dir das bestätigen. Eines hast Du mit Deinem Weglaufen ganz sicher erreicht: Daß ich jetzt noch mehr verliebt bin in Dich. Darf ich das sagen? Betty, ich bin in keinem guten Zustand! Du liebe Kleine. Ich überlege, welche Blume zu Dir paßt. Eine wilde muß es natürlich sein. Welche Blume hast Du am liebsten? Du machst mich sentimental und so nachdenklich. Ich habe einen furchtbaren Tag hinter mir! Ich habe meine Pläne für den heutigen Abend dementsprechend abgeändert. Bei Ferdinand wäre ein Fest. Aber ich will allein sein. Ich bin nur noch morgen und dann wieder erst ab Donnerstag in einer Woche in der Wohnung. Darf ich auf zwei Zeilen von Dir hoffen?

Dein Max

Ich habe mich nicht gerührt. Es war mir auch ziemlich egal, was für eine Blume ich bin. Daß ich so eine Aufregung bei jemanden auslöse, war mir fast peinlich.
Die Tage zottelten dahin, am Morgen hatte ich das Gefühl, ich schiebe den Tag vor mir her wie einen Teig, und am Abend hatte ich das Gefühl, er ist immer noch nicht in den Topf gefallen. Die Fritz-Gehrer habe ich am liebsten gehabt, sogar ihr »Schäfchen« habe ich gemocht. Sie hat gemerkt, daß ich sie anlüge:
»Ich hab bei der Stangerl angerufen, aber es nimmt niemand ab.«
»Morgen gehst du eben hin«, sagte sie.
»Ja, morgen geh ich hin«, sagte ich.
Und am nächsten Tag:
»Ich wollte hingehen und hab sicherheitshalber vorher angerufen, aber es hat wieder niemand abgenommen.«
Und sie: »Morgen gehst du eben direkt hin.«
Und ich: »Ja, morgen gehe ich eben direkt hin.«
Es ist mir fast vorgekommen, als müßte ich erst eine Diskussion mit mir selber führen, wenn ich den Arm lupfen wollte. Ich bin ein Fall. Inzwischen bin ich ein Fall geworden. Die Fritz-Gehrer behandelt mich wie einen Fall. Ich weiß, daß sie weiß, daß ich lüge.
»Einem Fall widerspricht man nicht. Der muß vorübergehend Übereinstimmung mit sich selber finden. Und zur Überbrückung kann eine Lüge dienen ...«
In diesem Punkt ist sich die Fritz-Gehrer mit der Freya Enswangen einig. Nur, daß ein Wort wie »Fall« nie über ihre Lippen käme. Das habe ich ja alles gelernt. Der Fall hört auf, ein Fall zu sein, wenn er seinen eigenen Lügen widerspricht. Also war ich ein Fall. Denn ich war vollkommen zufrieden damit, daß mir die Fritz-Gehrer nicht widersprach. Es störte mich nicht, daß sie mir nicht glaubte. Solange sie es nicht sagte, störte es mich nicht.

Obendrein war ich unausgeschlafen. Und zwar ununterbrochen. Ich habe Angst gehabt vor dem Insbettgehen. Ich muß es so einrichten, dachte ich, daß ich umfalle und weg bin. Eine Reise nach Schweden dauert im Bett höchstens eine halbe Minute. Und dort erst einmal angekommen, ist an Schlaf nicht mehr zu denken. Charlotte war wie entworfen für mich: Sie hat eine Engelsgeduld, sie ist ein Nachtmensch, sie hat in ihrer Wohnung übriggebliebenes Geschirr aus dem *Café Rose*, und ich kannte sie kaum. Sie nahm alles, was ich erzählte, für bare Münze, sie merkte nicht, wenn ich log, sie merkte nicht, wenn ich übertrieb, wenn ich untertrieb, wenn ich Dinge ganz wegließ; wenn ich abschweifte, glaubte sie, es gehöre dazu. Sie hat mich nicht alleingelassen, und ich habe für sie gestrickt. Einen auberginefarbenen Winterpullover.
Fast jede Nacht war ich bei ihr. Selten bin ich vor vier Uhr nach Hause gekommen. Und am nächsten Morgen um neun mußte ich in der Fürsorge sein. Auf dem Weg dorthin habe ich mit mir Wetten abgeschlossen: Wie viele Minuten werden heute vergehen, bis die Fritz-Gehrer den Namen Klara Stangerl nennt. Und es war fast eine kleine Lust dabei, wenn ich mir das Lügenspiel vorstellte, das dann zwischen uns ablaufen würde.
Aber irgendwann, seit meinem Schlechtwerden vor versammelter Mannschaft waren eineinhalb Wochen vergangen, hat der Wernfried Bereuter, den das alles ja überhaupt nichts angegangen ist und der obendrein gerade einen lobenden Brief vom Bürgermeister bekommen hat, dazwischengefunkt.
»Wo hast du denn angerufen«, fragte er. »Die Stangerls haben doch gar kein Telefon!«
Ich hätte in den Boden versinken mögen. Nicht wegen dem Wernfried Bereuter, sondern wegen der Fritz-Gehrer. Ich habe kurz die Augen zugedrückt und gedacht,

einen gibt es, der kennt mich nicht, der hält mich für etwas Gutes, für den bin ich seine »liebe Kleine«, der sieht mich »in Beziehung zur unberührten Natur« . . . Das ist mir alles eingefallen, und da habe ich auch gemerkt, daß ich schon die ganze Woche darüber nachgedacht habe, was einer wohl meinen kann, wenn er mich in Beziehung zur unberührten Natur sieht, wo ich doch selber keine Ahnung habe, was das überhaupt sein könnte, die unberührte Natur; und wie der Bauer beim Jassen hat der Gedanke, daß die unberührte Natur selbst niemals wissen kann, was sie ist, alle anderen Gedanken gestochen, und ich habe die Augen wieder aufgemacht – und habe grade noch mitgekriegt, wie die Fritz-Gehrer einen schnellen strafenden Kopfschüttler zum Wernfried Bereuter hinübergeschickt hat und wie der den Mund verzogen und die Augenbrauen hochgeworfen hat, was ganz unmißverständlich heißen sollte: Entschuldigung, ich habe vergessen, was wir ausgemacht hatten.
Und schlagartig war ich kein Fall mehr.
»Ich habe gelogen«, sagte ich. »Ich habe natürlich nicht angerufen.«
»Aber das macht doch nichts«, sagte die Fritz-Gehrer.
Der Wernfried Bereuter sagte nichts, der las mit Stirnrunzeln in seiner bürgermeisterlichen Lobeshymne, so als ob er daran etwas auszusetzen hätte.
»Ich finde es beschissen«, sagte ich.
»Aber es ist doch nicht der Rede wert«, sagte sie.
»Und außerdem finde ich jeden beschissen, der das nicht beschissen findet«, rief ich noch und war schon hinaus zur Tür.

An diesem Abend machte ich mich auf den Weg zu Klara Stangerl. Ich nahm an, daß sie immer noch bei ihrem Vater wohnte. Ich fuhr mit dem Fahrrad am Festspielhaus vorbei und dann weiter am See entlang. Die Promenade war voll von Leuten, die am Geländer standen und auf den See hinausschauten. Ich habe Lust auf irgend etwas gekriegt und mir ein Eis gekauft, und das habe ich als gutes Zeichen gewertet. Aber gleich hat mein Jammer Trotz angemeldet: Es darf ja wohl nicht sein, daß ein Erdbeereis ein Zeichen dafür ist, daß es wieder aufwärtsgeht!

In den meisten Fenstern war schon Licht. Ich konnte Stangerls angebaute Küche von der Straße aus sehen. Dort war es dunkel. Ich stellte das Fahrrad ab und rannte über die Treppen hinauf.

Ein Bursche, den ich nicht kannte, öffnete mir:

»Ja bitte?« sagte er.

Er hatte das Licht im Rücken. Ich schaute an ihm vorbei in die Küche. Klara saß am Tisch, sie hatte eine Bierflasche am Mund. Die Fensterflügel waren weit geöffnet, es roch nach See. Stärker als unten auf der Straße. Genau der Geruch, der nach dem Baden am Bikini und am Handtuch hängenbleibt; ich bin ganz verrückt danach. Die Abendsonne tauchte Klara in ein rosa Licht. Sie bewegte sich nicht. Wie eine Fotografie, dachte ich. *Mädchen trinkt Bier.* Wie ein Bild aus einer Kunstzeitschrift.

Dann setzte sie die Flasche ab.

»Wer ist es denn?« fragte sie.

»Wer sind Sie denn?« fragte der Bursche.

»Die Lisbeth«, sagte ich.

Jetzt stand sie auf, machte einen Schritt auf mich zu. Ich trat ein. Er blieb hinter mir an der Tür stehen.

»Sie kommt dienstlich«, sagte Klara, aber in einem Ton, daß es wie ein Witz klang. Dann hielt sie mir die Hand hin. Ich drückte sie fest, und sie lachte verstohlen, als ob ich sie bei irgend etwas erwischt hätte. Es wird ihr unangenehm sein, mich zu sehen, dachte ich; natürlich ist es so, daß ich sie an etwas erinnere, an das sie nicht erinnert werden will.

»Sie hat mich vom Spital abgeholt, als ich die Tabletten gefressen habe«, sagte sie über meine Schulter hinweg. Ich hatte mich wohl getäuscht, es war ihr nicht unangenehm, daran zu denken. Sie ist unglaublich schön, dachte ich und wußte gleichzeitig, daß es nicht stimmte, daß sie ein recht biederes Gesichtchen hat und Augen, die zu eng beieinander liegen; daß die ganze Schönheit nur von dem Licht herrührte und von meiner kleinen guten Laune, von dem Erdbeereis und daher, daß ich mir auf einmal so fotografisch denkend vorkam und ich auch das für ein gutes Zeichen hielt... Erdbeereis und Abendsonne... bei so einer wie mir genügt das, damit rosarote Wolken aufziehen. Aber nicht einmal mein Spott half. Ob ich wollte oder nicht, es ging mir besser. Wenn mich jetzt die beiden zu einem Bier einladen, trink ich mit.
Und Klara sagte: »Trinkst du ein Bier mit?«
Mein Gedanke war zwar schnell gewesen, aber mein Mundwerk war schneller: »Nein«, sagte es automatisch.
»Sie ist im Dienst«, witzelte der hinter mir. Ich drehte mich zu ihm um. Er hob abwehrend die Hände.
Er hatte einen rasierten Kopf, das heißt, nur die eine Hälfte war rasiert, es sah so aus, als hätte das ein Arzt gemacht. Die eine Hälfte hautweiß, die andere schwarz gefärbt. Und oben drauf saß ein Haarkamm. Aus einem seltsamen Krieg muß der Mann kommen. Ein dünner, langer Kerl, vielleicht achtzehn Jahre alt, vielleicht aber auch erst sechzehn. Er trug ein Ringerleibchen. Schwarz. Alles schwarz. Er trägt nur Schwarz, wie Klara, und hat wie sie ein Hundehalsband umhängen. Sein Gürtel ist vollgeschossen mit Nieten. Sie im Lederrock, er in Lederhose. Beide in Schnürstiefeln. Wie zwei Kinder in einer Märchenvorstellung, dachte ich. Gut, sagen wir, das Licht war schuld. Selbst die Kücheneinrichtung war verzaubert. Als hinge ein getönter Schleier über allem. Ich schaute auf

seine Armbeugen. Da gab es keine Punkte und keine Flecken. Hätte gut gewirkt, keine Frage. Ich weiß, die Freya Enswangen hat viele Theorien, wie ihre Fälle stechen und wohin. Aber eines weiß ich auch, am Anfang stechen sie sich alle in die Armbeuge, und das tun sie so lange, bis sie einmal erwischt werden, und auch dann stechen sich die meisten weiterhin in die Armbeuge, aber auch wenn sie es nicht mehr tun, wenn sie den Oberschenkel nehmen oder was weiß ich, dann bleiben in der Armbeuge die Narben; und der hatte keine. Und einen Dealer in diesem Alter, der nicht selber auch fixt, habe ich noch nie gesehen.
Ich war auf diesem Bild wohl das einzige, das aus dem Rahmen fiel.
»Schön habt ihrs hier«, rutschte es mir heraus.
Sie schauten mich an, als hätte ich nicht alle.
»So schön«, sagte er, »daß es der Stangerl hier nicht mehr ausgehalten hat.«
Ich wußte, was Wernfried Bereuter in dieser Situation von mir erwartet hätte. Aber was interessierte mich der Stangerl, ich war ja selber froh, daß er nicht da war!
»Wohnst du jetzt allein hier«, fragte ich Klara.
»Vorläufig zu zweit«, sagte sie und kicherte. »Jedenfalls für die nächste Dreiviertelstunde ...«
Das wäre ein guter Grund gewesen, sofort wieder umzudrehen, man stört nicht zwei junge Leute, die gerade für eine Dreiviertelstunde in einer Küche wohnen und dabei nicht einmal das Licht anschalten. Aber Klara war meine Pflicht. Außerdem wußte ich nicht, was ich mit dem Abend sonst hätte anfangen sollen. Wenn ich jetzt gehe, kracht mein bißchen gute Laune sofort zusammen. Ich habe Klara im Krankenhaus besucht, als sie nicht mehr leben wollte, und ich habe sie herausgeholt, als sie wieder leben wollte. Dafür durfte ich verlangen, daß sie mir die Zeit eines kleinen Abends totschlug.

»Ich meine«, stammelte ich, »ich meine, man merkt, daß es euch gutgeht . . . «
»Das ist er«, sagte Klara und zeigte auf ihren Freund. »Er hat eine Aura.«
»Ich heiße Michael«, sagte er, zuckte mit dem Kopf und verbesserte sich: »Mischa.«
»Mischa Pico«, rief Klara und zog ihn zu sich. Ich stand im Weg, mußte mich wegducken, damit ich nicht zwischen die beiden geriet.
»Er hat wirklich eine Aura«, sagte sie.
Er wollte sich nicht in meiner Gegenwart von ihr abküssen lassen. Er war verlegen und sagte:
»Ich weiß gar nicht, was eine Aura ist.«
»Das ist, wenn es am Rand flimmert. Und bei dir flimmert es am Rand«, sagte Klara.
Sie neckte ihn, und er merkte es nicht. Ganz offensichtlich war er verliebt in sie. Es machte ihn noch mehr verlegen, daß es bei ihm am Rand flimmerte, aber es gefiel ihm auch. Er hält sich an jedem Wort von ihr fest, dachte ich.
»Er braucht für seine Frisur zwei Stunden und eine Dose Haarlack. Das hat Wirkung.«
»Gefällt Ihnen meine Frisur«, fragte er, und alle Nieten und alles Leder waren fort aus seinen Augen.
»Sie ist, glaub ich, einseitig«, sagte ich, «oder ist das Absicht . . . «
»Er ist ein halber Mensch ohne mich«, rief Klara dazwischen. Sie war einfach schneller als er. »Ich wollte mir grad auch eine halbe Seite abrasieren. Weil ich ein halber Mensch ohne ihn bin.« – Sie streichelte mit den Fingerspitzen über seine Wange. – »Soll ich Aura zu dir sagen? Aura, ich liebe dich. Aura hab ich noch keinen genannt.«
»Das wär eher ein Frauenname«, sagte er. »Was denken Sie?« – Er sah mich an. Er strahlte übers ganze Gesicht.
»Warum sagst du denn Sie zu ihr?«

Sie braucht mich nicht mehr. Das kam mir wie ein Betrug vor. Schließlich war ich ja wirklich eine Amtsperson. Wenigstens ein Hauch davon sollte spürbar sein.
»Und du bist wieder in Ordnung«, fragte ich Klara, und meine Stimme suchte sich dabei ganz von selbst den Fritz-Gehrer-Schäfchen-Ton aus.
»Bin ich in Ordnung?« fragte Klara.
»Du bist in Ordnung«, sagte Mischa.
»Sie meint das anders wie du.«
»Du bist auch anders in Ordnung.«
»Nein, sie meint, ob ich ...«
Ich wollte nicht, daß sie sagte, was ich meinte: »Ihr wollt mich auf den Arm nehmen«, rief ich.
Klara schüttelte den Kopf und lachte und knuffte erst mich, dann Mischa in die Seite. Und kaum kam mir der Gedanke, daß das eine saublöde Angewohnheit von mir ist, nach dem Klo zu fragen, wenn mir etwas peinlich ist, war mein Mundwerk schon wieder schneller, und es sagte prompt nichts anderes als: »Wo habt ihr das Klo?«
»Mußt du unbedingt«, fragte Klara und zog den Kopf ein.
Wenn ich wirklich gemußt hätte, hätte ich wahrscheinlich nein gesagt. Sie führte mich in den Flur und deutete mit einer Kopfbewegung auf eine schmale Tür, auf die ein Poster geklebt war. Es war zu dunkel, um das Bild zu erkennen.
»Wenn du es halten kannst, dann wär mir das lieber«, sagte sie.
Der Raum war winzig, gerade, daß man sich umdrehen und setzen konnte. Ein großes, scheibenloses Fenster, ein Loch in der Wand. Blick direkt in die untergehende Sonne. Alles total verdreckt. Ich mußte mir die Nase zuhalten, es stank wie auf einem Bahnhofsscheißhaus. Obwohl ich durchs Fenster den Abendwind spürte.

»Die Spülung funktioniert nicht«, rief Klara von draußen. »Soll ich Wasser bringen?«
Ich stand bereits im Wasser mit meinen Sandalen. Wenn ich mich bewegte, rann es über die Sohlen und machte meine Füße naß. Und das war nicht nur Wasser.
Da fiel mir Max ein. Er hatte dreimal in jener Nacht mit mir geschlafen. Das fiel mir ein. Aber wie das war, als er auf mir lag, daran erinnerte ich mich nicht. Er sitzt auf der breiten Matratze, ich bin unter der Decke und höre ihm zu. So sah ich unsere Nacht vor mir. Ausgerechnet auf einem verdreckten Scheißhaus muß mir das einfallen! Weil er von seinen Reinigungsideen gesprochen hat. Und dann fiel mir ein, daß heute Donnerstag war, daß er heute wieder in seiner Wohnung sein wollte.
In der Küche trat ich in eine Siruppfütze. So folgt eines dem anderen. Ich wollte das Licht anschalten, aber Klara hielt meine Hand fest.
»Bitte nicht«, sagte sie, »dann ist alles beim Teufel.«
»Es ist ein Saudreck, Entschuldigung«, sagte Mischa.
»Ja«, sagte Klara, »das haben wir gemacht, aber wir haben es nicht gewollt, und einen Teil hat mein Vater gemacht, und der hat es sicher auch nicht gewollt.«
»Der hat es sicher nicht gewollt«, sagte Mischa.
»Das will natürlich niemand«, sagte Klara, »das kommt so, von selber ...«
»Und Sie hat es jetzt erwischt«, sagte Mischa. »Tut mir leid, Entschuldigung ...«
»Wir haben gewußt, wo es ist und sind drumherumgegangen ...« sagte Klara. Sie meinte nur den Sirup. Ich mußte lachen, meine gute Laune war um ein Hochhaus gewachsen, dies hier, dachte ich, ist der Beweis für die Richtigkeit eines Maximilian Puch – für seine Freunde Max – der Abend war gerettet. Kräftige Hände und ein starker Wille – so werden Rummels besiegt und Böden geputzt!

»Habt ihr einen Eimer«, sagte ich.
Sie drehten sich in verschiedene Richtungen, als ob einer landeinwärts, der andere landauswärts ziehen wollte. Auf dem Herd stand ein breiter Suppentopf. Da war eine schimmlige Fleischkruste am Boden.
»Kann ich den nehmen?« fragte ich.
»Selbstverständlich ... natürlich ...«, sagten sie und hatten schon jeder eine Hand am Henkel.
Ich ließ heißes Wasser einlaufen, das funktionierte, kratzte den Dreck aus, trug den Topf ins Klo und schüttete das Wasser in die Klomuschel. Das Ganze dreimal. Klara und Mischa standen mir im Weg. Wenn es mitten ins Grausige geht, bin ich ein Stratege. Nur wenn da noch eine Chance besteht, daß ich ausweichen kann, dann wird es mir schlecht. Entweder gleich mit beiden Händen ganz in die Scheiße oder aber zehn Meter davor abbremsen! Ein Klobesen war keiner da.
Dann suchte ich einen Lumpen für den Küchenboden. Auf der Spüle lagen zwei Geschirrtücher. Ich nahm mir eines. Es war steif wie eine Skulptur. Ich hielt es unter das Wasser. Dann machte ich mich über den Sirup her. Ich konnte kaum etwas sehen. Aber es war ohnehin egal, wo ich putzte. Dreckig war es auf alle Fälle.
»Wenn noch etwas ist, gleich sagen!«
»Sonst ist nichts«, sagte Klara kleinlaut.
»Höchstens die Wäsche«, druckste Mischa heraus. Klara stieß ihn ans Schienbein.
»Was ist mit der Wäsche?« sagte ich.
»Nichts.«
»Wenn nichts ist, mach ich nichts.«
»Es ist nichts.«
»Ich frage noch einmal!«
»Die Wäsche ist schmutzig«, sagte Mischa.
»Das geht«, sagte Klara.

»Sie ist dreckig, daß es einen graust, sie anzuschauen«, beharrte er.
Und Klara schrie: »Es geht!«
»Gut, wenn es geht«, sagte ich, »dann ist es ja in Ordnung.«
Ich legte das Tuch weg, wusch mir die Hände mit Scheuermittel und setzte mich. Der Tisch klebte genauso wie der Boden. Spaghetti waren vor einiger Zeit hier gegessen worden. Sugoflecke neben Bierlachen.
»Sie hätte uns die Wäsche gewaschen«, sagte Mischa.
»Wenn ›es geht‹, dann wasche ich nichts«, sagte ich.
»Das finde ich scheußlich, wenn du am Boden herumkriechst«, sagte Klara.
Ich finde das auch scheußlich, dachte ich, aber noch viel scheußlicher finde ich, daß ich meine gute Laune offensichtlich ebenfalls mit weggeputzt habe. Vielleicht sollte ich weiterputzen – die ganze Wohnung, den Hausflur, das ganze Haus, die ganze Stadt... Meine Fröhlichkeit war in der Schule »sprichwörtlich«. Zitat eines meiner Lehrer. Tragisch, wenn ich in Zukunft nur noch beim Putzen fröhlich sein könnte!
»Habt ihr ein Bier für mich?« fragte ich.
Mischa gab mir seine Flasche. Sie war noch halb voll, ich trank sie in einem Zug aus und sagte kein Wort mehr. Das wurde nicht einmal bemerkt. Ein kleines »Wie geht es dir?« oder »Was ist mit dir los?« hätte ich schon erwartet. Sie tuschelten miteinander. Klara sagte, daß es ihr leid täte, und Mischa, daß es ihm leid täte... So zart haben es die beiden miteinander, daß das vorhin schon ein Streit für sie war. Sie setzten sich auf einen Stuhl, ich konnte nicht ausmachen, wer da wem auf dem Schoß saß, und ich wollte auch nicht hinschauen.
Inzwischen war es im Raum finster geworden. Durchs Fenster schimmerte schwach der helle Streifen am Hori-

zont über dem See. Ich hätte so sitzenbleiben wollen, bis in die Nacht hinein. Den Stuhl ans Fenster rücken und auf den See schauen! Was Lichtverhältnisse ausmachen! Diese Küche an einem kalten Novembermorgen – eine Strafe! Außer einem Konsum-Kalender nichts an den Wänden. Über meiner Stuhllehne hing eine Motorradjacke. Ich könnte Mischa fragen, was für eine Maschine er fährt. Es wäre ein Einstieg in ein abschließendes Gespräch gewesen. Um einfach aufzustehen, Ciao zu sagen und wegzugehen saß ich schon zu lange hier. Aber ewig konnte ich ja nicht wegschauen.
Ich schaute wieder hin. Klara saß Mischa auf dem Schoß.
»Soll ich gehen«, fragte ich.
»Bleib doch noch, der Papa ist nur auf einen Spaziergang und auf einen Liter, der kommt schon wieder«, sagte Klara.
»Ist sie für deinen Vater zuständig«, fragte Mischa.
»Nein«, sagte ich. »Ich bin für gar niemanden zuständig.«
»Er war nicht gut drauf heute«, sagte Klara. »Wir haben ihn genervt.«
»Ich hab nichts gegen den Stangerl«, sagte Mischa, und dann: »Stört es Sie, daß wir einfach dasitzen und kein Programm machen?«
»Sie ist nur gekommen zum Schauen, ob ich noch einmal Tabletten gefressen habe«, sagte Klara.
»Halts Maul, das ist gemein!« rief Mischa und stieß sie von seinen Knien.
»Aber das stimmt doch, oder«, fragte sie, und das war ganz normal und richtig gefragt, nicht bitter; und darum sagte ich auch ganz normal: »Ja, das stimmt.«
Ich stand auf und ging auf Fußspitzen zur Tür. Damit ich nicht noch einmal irgendwo hineintrete, und wenn, dann nur halb.
»Frage: Ist dir Frank Zappa ein Begriff?«

Mischa zog sich die Lederjacke über.
»Willst du auch weggehen«, fragte Klara.
»Nein, mich frierts«, sagte er.
»Frank Zappa?« sagte ich. »Klar! Ich hab vor ein paar Jahren in Berlin auf einem Konzert ein Foto von ihm gemacht.«
»Bringst du es das nächstemal mit«, fragte Klara. Sie glaubt mir nicht. Ich sehe wohl nicht so aus, als hätte ich von Frank Zappa eine Fotografie zu Hause, wie er mit nacktem Oberkörper auf der Bühne steht und mit einer Hand ein Höschen hochhält.
»Weil nämlich«, sagte Mischa, »in Zürich wär ein Zappa-Konzert. Morgen...«
»Geht ihr hin«, fragte ich und war schon im Flur.
»Wir haben kein Geld«, sagte Klara.
»Wieviel«, fragte ich, und Mischa sagte sachlich: »Vierzig Schweizer Franken pro Kopf und Nase.«
Ich öffnete meine Handtasche, Mischa leuchtete mit dem Feuerzeug. Ich ging zurück in die Küche und legte einen Tausender auf den Tisch. Nicht weil ich so freigiebig bin, sondern weil mir Geld in diesem Augenblick hundertprozentig egal war, und außerdem hatte ichs nicht kleiner.
Jetzt schaltete Klara das Licht an.
»Merci«, sagte Mischa.
Auf der Stiege küßten sie mich. Zuerst Mischa, dann Klara. Mischas Kopf fühlte sich komisch an zwischen meinen Händen. Auf der einen Seite glatt, auf der anderen pelzig.

Max war nicht da. Er sei in diesem Moment weggegangen, wurde mir mitgeteilt. Was für eine Blume bin ich? Eine Kuckucksnelke. Keine Ahnung, wie die aussieht. Eine Blume, die einen Vogel hat.
Am nächsten Tag: der dritte Brief von Max.

Donnerstag, den 27. August

Liebe Betty,
es ist zum Verzweifeln, einmal kommst Du ohne Verabredung, und dann bin ich ausgerechnet nicht da. Dabei hab ich gar nichts Wichtiges zu tun gehabt. Mein Nachbar, der Grafiker, hat es mir erzählt. Er hat gesagt: Deine Freundin war da. Das hat mich ganz stark berührt.
So, jetzt lade ich dich ganz offiziell ein. Wie wär es, wenn Du für uns kochen würdest? Nicht daß Du jetzt denkst, ich will, daß Du kochst, aber wir könnten doch einmal so tun, ganz gemütlich. Ich kauf die Sachen ein. Ruf mich unter der Nummer 2808 an, wenn Du einverstanden bist. Wenn ich nicht da bin, informier die Frau Kranz. Sie ist auf meiner Seite. Sag einfach zu ihr: Ja. Dann weiß ich Bescheid und kauf einen Fisch ein. Oder magst Du lieber Fleisch? Dann sag einfach: Ja. Fleisch. Dann kenn ich mich aus. Für mich würde in dem Fall Samstag feststehen. Wenn es Dir nicht geht, dann sag ihr einfach wann. Ein Beispiel: Ja. Fleisch. Donnerstag. Ich könnte herumspringen, so freue ich mich. Daß Du dich gemeldet hast!

Dein Max

P. S.: Ich hätte nie gedacht, daß Briefschreiben dermaßen erotisierend auf mich wirkt. Klingt das übertrieben?

Und dann: Maxens vierter Brief – auf Büttenpapier.

Samstag, den 29. August, in der Nacht

Meine liebe kleine Kuckucksnelke!
So gut hat mir Fisch noch nie geschmeckt! Du hast mich verhext, ich weiß nicht mehr, was vorne und hinten ist. Meine Freunde sind schon ganz neugierig. Ferdinand sagt, ich sei irgendwie anders geworden, nachdenklicher. Wenn es Dir recht ist, möchte ich Dich bald vorstellen. Ich bin mir sicher, daß man begeistert von Dir ist. Ferdi-

nand kennst Du ja bereits.
Du schüchterst mich ein. Wirklich. Ich wollte Dir gestern im Bett noch vieles erklären, was mich betrifft – eigentlich uns beide. Ich weiß, es ist feig, das brieflich zu tun. Aber andererseits hast Du mir ja erst gezeigt, wie das Briefschreiben den Charakter eines Menschen öffnen kann. Mündlich, ich weiß auch nicht wie und warum, habe ich es einfach nicht fertiggebracht, über das Folgende zu sprechen. Ich hatte auch Angst vor Deinem Gesicht. Ich hatte Angst, Dir die gute Laune zu vertreiben. Du lachst nämlich so schön.
Wie soll ich bloß anfangen? Wer sagt mir, ob es überhaupt notwendig ist, Dich zu belasten? Aber Du sollst es wissen, das bin ich Dir schuldig: Ich bin verheiratet. Noch. Ich lebe sozusagen in Scheidung. Außerdem habe ich einen Sohn. Meine Wohnung, die jetzt für mich schon eigentlich fast die unsere ist, ist sozusagen provisorisch. Ich lebe in Trennung.
Jetzt ist es heraus. Kommst du nun nie mehr?
Ich wollte Dir vorschlagen, daß Du, wann immer Du Lust hast oder wenn es Dir zu Hause zu eng wird, in diese Wohnung gehen kannst. Ich kann Dir gut nachfühlen, wie das mit Deinem Papa ist. Freilich meint er es gut. Das ist eben der Generationenkonflikt. Was für ihn richtig ist, stellt sich dann für Dich als falsch heraus. Hast Du ihm eigentlich von mir erzählt? Wenn nein, dann sag ihm, Du kennst jemanden, der jemanden kennt, der sich mit Hydrokultur befaßt – der Ferdinand. Wenn dein Papa auf Hydrokultur umstellen will, kann ich Dir die Telefonnummer vom Ferdinand geben. Er ist durchaus hilfsbereit. Und es gibt sicher nicht viele, die auf diesem Gebiet so heimisch sind wie er. Dann wäre wenigstens die Pflanzenfrage geklärt.
Allerdings glaube ich, daß Dein Papa das mit den Pflan-

zen etwas übertreibt. Weißt Du, was ich diesbezüglich denke: Daß er irgendeinen Vorwand in die Welt setzt, um sein Töchterlein im Haus zu halten. Aber hab da nur kein schlechtes Gewissen! Keine Topfpflanze ist mehr wert als ein freier Wille.
Wenn mein Geständnis Dich nicht allzusehr verwirrt hat, nimm mein Angebot an: In der Anlage findest Du den Schlüssel zu meiner – unserer? – Wohnung. Sei ein freier Mensch, verfüge über die Räumlichkeiten, wie Du willst. Hier fehlt ohnehin eine Frauenhand. Wenn Du irgendwo etwas Schönes findest, das zum Beispiel in die Küche paßt, kauf es ruhig. Es sollen Dir daraus keine Kosten entstehen. Nur um eines muß ich Dich bitten: Schau, daß Dich keiner sieht, wenn Du in die Wohnung gehst. Ich muß bis zur Scheidung vorsichtig im Umgang mit Frauen sein. Das verstehst Du sicher. Oder?
Jetzt habe ich doch Befürchtungen Deine Reaktion betreffend. Mein Hals ist wie zugeschnürt, wenn ich mir vorstelle, daß Du jetzt, wo Du alles weißt, keine Lust mehr haben könntest, mit mir zusammenzusein.
Laß von Dir hören! Oder komm doch einfach hierher! Und falls ich nicht da bin: Ich habe einen Briefblock aufs Bett gelegt, einen Filzstift daneben. Drei Zeilen?

Dein Max

Das ist eben der Unterschied. Was wird er sich gedacht haben: Ernst wird es nach dem ersten gemeinsamen Essen. Von da ab ist Ehrlichkeit angesagt. Das ist eben der Unterschied. Mit dem anderen bin ich hundertmal essen gegangen. Max ist ehrlich. Außerdem wußte ich das ja schon von seiner Frau und seinem Sohn.
Im Bett macht sich Max viel Gedanken um mich. Er kann alles perfekt. Wärs Judo, er müßte den schwarzen Gürtel kriegen. Es ist aufregend, festzustellen, daß es auch auf

diesem Gebiet so etwas wie Können gibt. Und damit alles seine Ordnung hatte, ist folgendes Telegramm an Gustav abgegangen:

Das ist mein letzter Gruß. Ich verändere mich. Nimm das wörtlich!

Bess

Dann sind eine Zeitlang keine Briefe mehr geschrieben worden. Das war auch nicht nötig. Ich bin dem Max zugewachsen. Ich habe an seiner Seife Anteil genommen. Ich bin zur Stammkundin im *Finn MacCool* geworden. Ich bin immer vorsichtig gewesen, wenn ich Maxens Wohnung betreten habe. Ich bin still gewesen, wenn die Rede auf ein Thema kam, von dem ich glaubte, mehr zu wissen als er. Ich habe eine Menge Argumente parat gehabt für den Fall, daß einer zweifelt, ob Max ein Erfinder ist oder nicht. Ich habe meinen Vater manchmal drei Tage, einmal sogar eine Woche lang nicht gesehen. Ich habe nein gesagt, als mich Max fragte, ob ich je eine Zeile von Shakespeare gelesen hätte. Ich habe der Fritz-Gehrer von langen Nachmittagen mit Klara Stangerl berichtet, an denen ich in Wahrheit Vorhänge für Maxens – unsere – Wohnung genäht habe. Ich habe Ferdinand zur Rede gestellt, als er sich über Maxens Werbeslogan lustig machte. Ich habe Max bei seiner Putzvorführung bewundert. Ich bin eifersüchtig auf eine achtzehnjährige Mutter von drei Kindern gewesen. Ich habe gelernt »Ich lieb dich« zu sagen. Zuerst war es noch so, daß ich mich zur Ordnung rufen mußte; dann war die Ordnung auf einmal von alleine da.
Die Ordnung und der Ton! Herrgottnocheinmal, ich habe Männer mit ihren Frauen reden hören, das ging die ganze Zeit: »Du bist doch noch mein Putzele« – »Und wenn dann der Schnuckenmudel müde ist, dann bringt ihn der

Schnudelbeiß ins Betti, gell« – und das waren nicht lauter Vollidioten und Gehirnamputierte, das waren, ich weiß jetzt auch nicht, was die waren, sie waren einfach, sie waren ganz normal, und sie haben so geredet mit ihren Frauen, und die Frauen haben mit ihren Männern so geredet, und ich bin daneben gesessen oder ein anderer, der mir das erzählt hat, ist daneben gesessen, das ist nämlich nicht nur mir passiert, da findet man immer einen, der etwas Ähnliches erzählen kann, der erzählen kann, daß er zwischendurch mit denselben Männern und denselben Frauen ganz normal geredet hat, und andere seien auch dagewesen, überhaupt war alles voll von Leuten, die ganz normal miteinander geredet haben, und auch die Frau und der Mann haben normal mit den anderen geredet, aber wenn dann der Mann mit der Frau oder die Frau mit dem Mann geredet hat, dann ist immer herausgekommen »Ich trink jetzt ein Bierli und das schmeckt so feini!« oder »Das Putzile tut zuviel rauchen, gell.« Und eines war total und jedem völlig klar: die meinen das todernst, wenn er jetzt noch mehr Bier trinkt und sie noch mehr raucht, dann gibt es ruckzuck einen Streit, daß die Fetzen fliegen, aber auch in dem Streit wird nicht anders geredet werden, da werden dann eben »Schnudelbeiß« und »Schnuckenmudel« nichts anderes heißen als »Du blödes Arschloch« und »Du widerlicher Putzlumpen« ... Was will ich eigentlich sagen? Dieses: Die neue Ordnung hat einen neuen Ton gehabt, und nichts läßt sich schwerer abgewöhnen als das Lauwarme und die nach unten gezogenen Lippen und die nach oben gezogenen Augenbrauen, in diese Richtung hat sich nämlich mein Gesicht allmählich verändert, wenn ich mit Max geredet habe, und das ist die erste Stufe auf der Stiege hinauf ins Schlafzimmer von Schnudelbeiß und Schnukkenmudel, und schließlich und endlich ist jedem be-

kannt, daß man am leichtesten ins Bett findet, wenn man nur ein bißchen müde ist.
Einen Brief hat es dann doch noch gegeben, eineinhalb Monate später, einen Einzelgänger. Der lag zwei Tage später immer noch auf dem Kühlschrank in Maxens – unserer Wohnung – am Schloßsteig 4. Und da habe ich es kaum für möglich gehalten. Wie Dorian Gray – ich bleibe gleich, aber die Briefe verändern sich.

Sonntag, 4. Oktober

Mein lieber Max,
Und obendrein hat Deine Kuckucksnelke auch noch verschlafen! Hab Dir doch versprochen, ein feines Frühstück zu machen! Warum hast Du mich nicht geweckt? Magst du mich noch, wie ich bin? Ich bin nämlich seit gestern furchtbar verunsichert. Deine Schwester Mizzi kann mich nicht leiden. Und bei Deinen anderen Freunden habe ich das Gefühl, daß sie mir überhaupt nichts zutrauen. Da hat mich nur der Ferdinand verteidigt. Warum Du nicht? Dem Ferdinand gefall ich. Aber dann habe ich wieder Angst, daß er von mir zuviel erwartet, was ich dann nicht erfüllen kann. Er ist wirklich sehr gebildet. Und als ihr dann um Mitternacht über den Sternenhimmel verhandelt habt, und ich gesagt habe, daß der Pluto einen Mond namens Charon hat, und den Erbsenvergleich gebracht habe, da habt Ihr Euch nur angeschaut. Du auch. Der Ferdinand hat hinterher zu mir gesagt, daß ich recht gehabt habe. So. Nur hätte er das ruhig auch laut vor allen sagen können. Ich bin überempfindlich, das weiß ich. Verzeih auch, daß ich Dir dann im Bett nicht mehr zuhören konnte. Ich war halt so müd. Deine Vorwürfe waren sicher berechtigt. Ich vertrag keinen Alkohol. Ist das wirklich so schlimm, daß ich Champagner nicht von Sekt unterscheiden kann? Ich hab ja

nicht von mir aus auf dem Tisch getanzt. Das war die Idee von Deinem Freund Ferdinand. Das ist es, was ich vorhin gemeint habe: Er kann einen in so Sachen hineintreiben. Ich habe gedacht, ihr macht das immer so. Warum hast Du da nicht eingegriffen? Ich kann Dir gar nicht sagen, wie furchtbar mir das ist, daß ich im Bad so laut brechen mußte. Das hätte ich nicht tun sollen, da hast Du schon recht. Ich hatte mir vorgenommen, mich nicht allzufest in Dich zu verlieben, und jetzt ist es doch passiert. Und jetzt habe ich mir vielleicht schon wieder alles vermasselt. So eine Scheiße. Übrigens habe ich den Ferdinand gefragt: Er hat bestätigt, daß Du ein Romantiker bist. Kannst du mir einmal ein Buch von Rilke besorgen? Bin ich wirklich der Kuckuck, der sichs im fremden Nest gemütlich macht? Das hat nämlich Deine Schwester gesagt, als Du Kuckucksnelke zu mir gesagt hast. Das war gemein.
Ich hab gehofft, Dich in der Wohnung anzutreffen. Ich kann nicht auf Dich warten, weil ich vor zwölf noch einkaufen muß. Wenn es Dir recht ist, daß ich jemals wiederkomme, dann bring ich von zu Hause ein paar Bilder mit. Ein Bekannter hat sie gemalt. Besser Originale eines Unbekannten als Reproduktionen eines Meisters. Was meinst Du? Warum sind eigentlich Sonnenuntergänge immer kitschig, außer die in der Natur? Ich laß ein Kinderfoto von mir da. Ich ziehe darauf zum Spaß eine Grimasse. Sind wir wieder gut?

Deine Betty

Woran merkt man, daß es soweit ist? Daran, daß man gerne zu Hause sitzt und gerne allein ist, daß man, wenn derjenige sagt, er fahre am Donnerstag weg, schon ab Dienstag anfängt, auf die Uhr zu schauen; und vor allem merkt man es daran, daß man das alles nicht merkt. Und darum merkt man es nicht. Man merkt es nämlich erst, wenn alles vorbei ist, und dann schüttelt man den Kopf. Zu mehr reicht es nicht. Das Lauwarme merkt man nicht. Vielleicht weil das Fleisch selber lauwarm ist. Wenns kalt wird, merkt mans gleich. Oder wenns heiß wird...

Die Herbste in unserer Gegend sind immer schön, ganz egal, ob der Sommer voll Sonne oder voll Regen war. Maxens Auto stand zu meiner Verfügung. Es gab Schwierigkeiten mit dem Starten. Das liege am Anlasser, sagte er. Eine Reparatur sei zu teuer, vorläufig jedenfalls, mit ein wenig Fingerspitzengefühl lasse sich das beherrschen. Aber auch er traute der Sache nicht, er stellte den Wagen bei der Martinskirche ab, dort ist die Straße abschüssig, und man kann den Wagen anrollen lassen. Ich habe bei Autos kein Fingerspitzengefühl. Auf ebener Straße habe ich jedesmal den Erstbesten gefragt, ob er mich anschiebt; und jeder Erstbeste hat das gemacht. Irgendwann Mitte Oktober war Max für drei Tage in der Schweiz bei einer Alternativmesse, dort hat er seine Seife ausgestellt, und weil er sich vor den anderen nicht blamieren wollte, ist er mit dem Zug hingefahren. Max meinte, ich solle diese Tage bei meinem Vater verbringen, ich hätte schon so lange nicht mehr zu Hause geschlafen. Aber ich war auch schon so lange nicht mehr allein gewesen. Ich freute mich, allein in der Wohnung am Schloßsteig zu sein, ich wollte fernsehen und lesen und nicht aus dem Haus gehen. In der Fürsorge war ich fürs Jugendzentrum eingeteilt, und weil das selbstverwaltet ist, hatte ich wenig zu tun. Und dann war ich allein in der Wohnung, und nach fünf Minuten war mir unerträglich langweilig. Ich nahm den Autoschlüssel, der mitten auf dem Küchentisch neben einem Zettel lag, auf dem Max in vier Punkten einen todsicheren Schnellkurs in Fingerspitzengefühl notiert hatte, und ver-

ließ die Wohnung. Es war ein milder Abend, ich würde mit offenem Autofenster fahren können. Ich fuhr über die Autobahn bis an ihr Ende und wieder zurück zu ihrem Anfang. Ich fuhr auf der Betonstraße in Richtung Schweiz, aß bei der Bude eine Currywurst und trank eine Coca Cola. Diesmal war der Himmel über beiden Ländern hell. Der Himmel war hell, die Straße war dunkel. Als hätte sich alles umgekehrt. Die Scheinwerfer der Autos sind Sterne, die hin und her fliegen nach den festen Regeln der Straßenverkehrsordnung. Die leere Coladose nahm ich mit. Als Gespielin für die andere, die zu Hause in meinem Jungmädchenzimmer auf dem Regal stand. Ich fuhr durchs Ried und an den Bergen entlang über die Dörfer zurück nach Bregenz, stellte den Wagen bei der Martinskirche ab und machte mich auf die Beine.
Mein Kopf dachte, meine Beine waren gehorsam. Ich mußte den Schlüssel zu Gustavs Wohnung holen.
Papa war nicht zu Hause. Auf meinem Bett lag ein dunkelgelbes Seidenkleid. Es gehörte wohl Lilli. Mein Zimmer war aufgeräumt, der Boden gesaugt, die Zeitschriften zu kantigen Stapeln geschichtet.
Einen Augenblick lang glaubte ich, es bleibt mir das Herz stehen. Eine aufräumende Lilli würde einer alten, verbeulten Coladose keine Bedeutung beimessen. Aber die Dose stand an ihrem Platz auf dem Regal, sie war abgestaubt, aber sie stand, wo ich sie hingestellt hatte.
Ich schüttelte den Schlüssel aus der Dose, da hörte ich den Kater hinter mir miauen. Er sprang auf Lillis Kleid und schaute mich an. Er ließ noch zwei kleine, schnelle Miauer ab, schnappte dabei mit dem Maul, als ob er mit Miau eigentlich Wau meinte, und ließ sich auf dem Kleid nieder.
»Was bellst du denn«, sagte ich, »ich bin kein Einbrecher!«
Ich überlegte, ob ich ihn mitnehmen sollte.
»Du gehörst mir«, sagte ich und strich ihm gegen das Fell.

Das mag er nicht. Er hüpfte vom Bett und verschwand in der Küche.
In seinem Napf war Bohneneintopf. Ich gab ihm zu trinken. Er miaute und miaute, ich hörte sein Miauen noch auf der Treppe.

Eine Viertelstunde später stand ich in Gustavs Wohnung. Der Weg ist sich von selbst gegangen. Ich kam mir vor wie in meinem eigenen Bauch. Und an diesem Oktoberabend in der Rathausstraße 5, zweiter Stock, Tür links, ist alle Ordnung in mir von einem Augenblick auf den anderen zusammengebrochen. Betty liegt auf dem blauen Bett. Ein Hokuspokus. Ein Fidibus. Betty verwandelt sich in Bess. Irgend etwas mußte ich tun. Eine Handlung. Was geschieht bei einer Handlung? Ich probierte es mit mir selbst. Aber das würde viel zu lange dauern. Hätte ich wenigstens ein Kleidungsstück, nur ein einziges, von ihm gefunden.
Es roch nicht nach Mensch hier. Überhaupt nicht. Zwei blaue Paradiesvögel, die sich anschauen. Jetzt habe ich es gemerkt. Max Puch, du hättest keine Chance! Wenn es heiß ist, merkt man es. Zwei blaue Paradiesvögel, aufgestickt auf eine anders blaue Decke. Wie von meiner Firmtante erfunden. Der Bettüberwurf hier. Kein breites Bett. Kein Platz für raumgreifende Handlungen hier.
Etwas ist in mich gefahren. Autobahn auf, Autobahn ab. Betonstraße. Coladose. Ried. Rathausstraße. Fehlte nur das *Café Rose* am Anfang. Und noch wenige Minuten vorher war ich auch nicht ein bißchen aufgeregt gewesen. Ich hatte unten an der Straße auf die Namensschilder bei den Klingeln geschaut, da war nichts verändert worden. Die Klingel der Wohnung im zweiten Stock, Tür links, war ohne Namen. Das konnte alles heißen und nichts. Gustav hatte kein Schild angebracht. Entweder war die

Wohnung leer oder sie war weitervermietet worden an jemanden, der ebenfalls keinen Wert darauf legte, daß sein Name neben der Klingel stand. Warum war ich überhaupt hierher gekommen? Wäre ich davon überzeugt gewesen, daß die Wohnung immer noch Gustav gehörte, ich hätte einen großen Bogen drum herum gemacht. Wäre ich aber überzeugt gewesen, daß sie leer steht oder an jemand anderen vermietet worden ist, was für einen Sinn hätte es gehabt, hierher zu kommen? Ich hatte die Klinke an der Haustür niedergedrückt, und die Tür hatte sich geöffnet. Normalerweise war die Tür um diese Zeit schon abgesperrt. Das wäre kein Hindernis gewesen, der Schlüssel in meiner Hand paßte für Haustür und Wohnungstür. Aber wäre die Haustür abgeschlossen gewesen, ich bin sicher, ich hätte es sein lassen, ich wäre umgedreht und zurück zum Schloßsteig gegangen, hätte mir im Bett einen Spielfilm angeschaut und nicht weiter darüber nachgedacht. Aber die Haustür war offen, und weil sie schon einmal offen war, trat ich auch ein. Und weil ich schon einmal eingetreten war, ging ich auch die vier Treppen hinauf. Und dann war ich vor der Wohnung gestanden. Wieder kein Namensschild. Aber auch das hatte nichts zu bedeuten – siehe Klingelschilder neben der Haustür. Zu klingeln hätte es eines Entschlusses bedurft. Es wäre von der Gewohnheit abgewichen. Ich wollte sehen, wie weit sich das Gewohnte abspulen ließ. Ich steckte den Schlüssel ins Schloß, drückte mein Knie gegen die Tür, wie ich es immer getan hatte, und sperrte auf. In diesem Moment erst war mir der Schreck bis in die Fußspitzen gefahren. Es war ein Funke jenes Entsetzens, das an meinem Mittwoch im August eine Nacht lang meinen Kopf verschraubt hatte. Und Panik. Wenn mich jemand vor der geöffneten Tür erwischt ... Ich schlüpfte in die Wohnung und sperrte hinter mir ab. Ich tastete mich durch den schmalen Gang,

wo Spüle, Herd und Eisschrank stehen, die Tür zum Zimmer stand offen, ein schwacher Lichtschein fiel durchs Fenster, inzwischen hatten sich meine Augen an die Dunkelheit gewöhnt. Erst zog ich die Vorhänge zu, dann knipste ich das Licht an. Und alle Ordnung in mir war verloren. Nichts war hier verändert worden. Dieses Zimmer ist ein Bett. Der Tisch und die beiden Stühle sind diskrete Fremde. Ein Bett wie ein Denkmal. Zwei blaue Paradiesvögel, die sich anschauen. Max Puch, du hättest keine Chance!
Ein Rest der Betty hätte sich ein funktionierendes Telefon und die Telefonnummer eines Züricher Hotels gewünscht. Der Anschluß hier war tot. Die Züricher Telefonnummer stand auf dem Zettel mit der todsicheren Anleitung für das Fingerspitzengefühl beim Starten eines Autos, und dieser Zettel lag auf dem Küchentisch am Schloßsteig 4.
›Ich brauche dich‹, würde der Bettyrest ins Telefon sagen.
›Wo bist du?‹ würde der Ritter sagen. Sein Mund wäre hautnah an der Muschel. ›Ich hol dich! Bleib wo du bist! Rühr dich nicht von der Stelle! Greif nichts an! Sag kein Wort! Rede mit niemandem!‹
Ausrufezeichen über Ausrufezeichen. Ich, das Denkmal, von dem niemand weiß, was es Großes geleistet hat, ich, Denkmal der unbekannten Betrogenen, lege mich auf die blaue Pfauendecke mitsamt den Kleidern und stelle mir Gustav vor, wie er an mir vorbeifließt, erst ein Fluß, dann ein versiegender Bach. Dann wie er, Fleisch und Blut, neben mir atmet. Augen hat er – zwei schwarze Löcher: Wie schauen in das Haus eines Flüchtlings . . .
›Wieso legst du dich mit den Kleidern ins Bett!‹ – Schuftäugiger Hund – ausziehen würde er mich, keine Frage . . . Aber das wäre ein anderer, nicht mein Gustav. Ein Filmplot wäre das. Spielt in den Tropen – Palmen, Moskitonetze,

Mangos und Mungos, Vulkane und Hemingway, Frauen, die lassen, Männer, die tun. In dieser Umgebung würde mein Gustav verhungern. Ich bin eingeschlafen und habe geträumt, ich füttere jemanden, bin aufgewacht, hab Kuli und Papier aus meiner Tasche geholt und geschrieben:

Lieber Gustav,
Entschuldige Dich, und es wird Dir verziehen! Ich habe mir ein zweites Gesicht gemacht. Und Du bist schuld daran. Ich bin jetzt dem Max seine. Ich kann es noch nicht ganz gut, aber bald werde ich es ganz gut können. Und Du bist schuld daran. Ich hab ihm Deinen Paß paniert und gebraten. Er hat ihn ohne Umstände aufgegessen. Und Du bist schuld. Feinde haben mein Zimmer gebaut. Es ist klein. Feinde haben Dein Zimmer gebaut. Es ist groß. Und deshalb sind Deine Feinde größer. Sieh Dich vor! Für den Aufenthalt der Toten gibt es drei Regionen, den Himmel, eine Unterwelt unter der Erdrinde und eine zweite Unterwelt, sehr tief in der Erde. Ich fürchte mich vor dem Sterben. Es ist kalt, und ich trage drei Paar Socken übereinander. Einmal am Tag ziehe ich mich um.

Bess, Deine Einzige

Ich bete für Dich.

Als ich Maxens – unsere Wohnung – betrat, war Mitternacht vorbei. Schon auf der Stiege hatte ich das Telefon klingeln hören. Es war Max.
»Herrgottnocheinmal, seit acht Uhr rufe ich ununterbrochen an, zuerst bei deinem Vater, der sagt, du bist nicht bei ihm, dann hier, da bist du auch nicht, dann im *Finn*, dort haben sie auch keine Ahnung, dann wieder bei deinem Vater, dort bist du immer noch nicht, dann wieder hier, da bist du auch nicht, Himmelherrgottnocheinmal, so geht

das nicht, ich bin in einer unheimlichen Scheiße, wo warst du denn die ganze Zeit, wenn ich ein einziges Mal auf dich angewiesen bin, und dann habe ich gedacht, vielleicht versucht sie selber die ganze Zeit mich anzurufen und kommt nicht durch, weil ich die ganze Zeit telefoniere, schließlich habe ich dir ja die Nummer von dem Hotel in gut leserlicher Schrift auf ein Blatt Papier geschrieben, wie bist du denn überhaupt mit dem Wagen herumgefahren, bist du irgendwo hängengeblieben, irgendwo hättest du mich anrufen können, da gibt es überall ein Telefon, wenn man anrufen will, und dann habe ich eine halbe Stunde lang nicht telefoniert und nur gewartet, daß du anrufst, weil ich das nämlich schon erwartet habe, daß du mich anrufst, nicht erst, wenn dir irgendwo der Wagen stehenbleibt, wo steht er denn, der Wagen, ich habe mir ganz unbescheiden eingebildet, du rufst mich an, weil du ein Bedürfnis danach hast, ich hocke in einer Scheiße und bin auf dich angewiesen, und dann habe ich bei der Vermittlung gefragt, ob da jemand versucht hat, mich anzurufen, und die haben gesagt, nein, da hat niemand versucht, Sie anzurufen, die Gespräche werden an die Vermittlung weitergeleitet, wenn der gewünschte Teilnehmer besetzt ist, und dann habe ich von vorne angefangen, bei deinem Vater, der denkt sich jetzt, ich bin nicht ganz dicht, und dann wieder im *Finn* und dann wieder hier, und die Dame treibt sich im Auto herum, hast du wenigstens durchgelesen, was ich auf das Blatt Papier geschrieben habe, ich hock hier in der Scheiße, verdammt noch einmal, die ganze zweite Lieferung mit Seife, Shampoon und Haaröl ist nicht angekommen, ich hab einen leeren Tisch auf der Messe und muß mir die blöden Sprüche anhören, ob ich Luft ausstelle, Himmelkruzifixnocheinmal, du mußt morgen und zwar Punkt sechs Uhr zur Post gehen und einen Wirbel schlagen, die haben die Lieferung versaut,

Punkt sechs und nicht vorne hinein, wo die Schalter sind, sondern hinten hinein, wo die Briefträger sind, die fangen Punkt sechs Uhr an, wenn ich schon einmal, ein einziges Mal auf dich angewiesen bin...«
Den einzigen Wecker hatte Max mit nach Zürich genommen. Wie soll ich denn um halb sechs Uhr aufwachen, wenn er mir bis um eins die Ohren vollbrüllt! Aber ich war ihm nicht böse, er hatte ja recht, er fühlte sich von mir verlassen, und damit hatte er recht. Und dann wird es wohl auch so gewesen sein, daß er in Zürich gemerkt hat, daß zumindest nicht er allein der Erfinder der Seife ist.
Unser Nachbar, der Grafiker, hatte noch Licht, von unserem Badezimmer aus konnte ich es sehen. Ich klingelte bei ihm und fragte, ob er mir einen Wecker borgen könnte. Den Schlaftrunk lehnte ich ab, den Wecker nahm ich mit.
Und am nächsten Morgen bei der Post gab es viele Entschuldigungen, man werde unverzüglichst dafür sorgen, daß die Lieferung noch am selben Tag in Zürich einlange, für eventuelle Ausfälle komme bei Vorlage von Belegen selbstverständlich die Post auf... Entschuldigungen gab es und – eine Überraschung. Die Überraschung war für mich. Seit längerer Zeit liege postlagernd ein Brief für mich bereit.
Ein Brief!
Mein Name mit Schreibmaschine getippt!

Viertes Kapitel

Liebe Elisabeth!
Postlagernd ist vielleicht feige, aber clever. Weißt Du, wer ich bin? O ja, Du weißt es!
Laß mich schreibend etwas phantasieren, über Dich! Es reizt mich an Dir nicht die ewig geheimnisvolle Frau, sondern die, die ich kenne, in realer Phantasie als Mädchen sehe, unbeschwert, neugierig, mit einem Hang zur Verderbtheit, gelangweilt, lasziv, ein Fähnchen mit allerlei Wunschkram schwingend.
Meine Gedanken an Dich, liebe Elisabeth, wachsen in einer Zeit, in der ich meine größte Nüchternheit, nicht nur medizinisch verstanden, erreicht habe. Nie zuvor war mein Kopf so gut durchgelüftet. Mag Dein Verhältnis zu Max sich verhalten, wie immer es so einem Verhältnis gefällt. Du weißt es, und ich weiß es! Eine im Wesen sprachlose, nie ausgesprochene, unaussprechbare Leidenschaft, die durch einen solchen Brief beinahe beleidigt wird, eine gefährliche Leidenschaft, weil sie im Grunde keinen Ausdruck kennt . . . Du weißt es, und ich weiß es! Laß uns unsere Minne mit Schlauheit und Ausdauer pflegen, jedes Mittel soll uns recht sein. Zügel sind nichts für uns zwei.
Ich werde wohl nie in eifersüchtiger Hektik um Dich herumtänzeln. Wir sind, wie wir sind. Max wiegt sich in Sicherheit. Das gibt uns die Freiheit, die wir brauchen. Ein Blick von Dir genügt, und ich weiß Bescheid.
Gib mir Auskunft über den Tagesablauf von Max, damit ich mich entsprechend einrichten kann. Hast Du keine Hemmung, Dich mit mir in Eurer »geheimen« Wohnung zu treffen? Nein, Du hast keine Hemmung. Ein Blick von Dir genügt, und ich weiß Bescheid. Du bist wie ich.
Die Feste von Max gaben mir genügend Gelegenheit, Dich zu beobachten. Ist Dir nie der Gedanke gekommen,

daß sie nur Deinetwegen stattfinden? Daß Max seine Freunde schlau ausgewählt hat? Keiner sollte ihn übertreffen, und Du als seine blaue Mauritius oder, wie er geschmackvollerweise sagt, seine Kuckucksnelke, hast besten Staat gemacht. Mit mir hat er nicht gerechnet, der Gute.
Erinnerst Du Dich noch an den Abend, als mich seine Schwester, diese gutfunktionierende Mizzi, mitgeschleift hat? Ich war, so sah es Max, in ihren Fängen – und deshalb keine Gefahr. Anschauen darf man Dich. Das ist erlaubt. Augen, die mich verhöhnen, Dein spöttischer Mund, die unruhigen Hände. Ich stellte mir die Aufgabe, Deine Aufmerksamkeit auf mich zu lenken. Korrekturen meinerseits standen auf dem Plan. In Deiner Gegenwart bin ich auf Vernebelung nicht aus. Ich muß nur Kaffee trinken und gelange in die höchsten Gefilde. Und vorgestern, als Du mir Deinen Pullover übergezogen hast, war das Glück bei mir. Ja, wir beide brauchen keine Worte. Was ist das schon, ein Pulloveranziehen! Aber jener winzige Augenblick, als mein Kopf in der Wolle steckte, in der Dunkelheit, und dann, als Du den Pullover mit einem Ruck heruntergezogen und dabei meinen Körper berührt hast – wäre ich nicht ein Narr, würde ich da noch Worte benötigen?
Max schöpft keinen Verdacht, davor bewahrt mich meine – oder soll ich sagen seine – Mizzi, denn als Bruder ist er ihr nicht ferner als ich, ihr Liebhaber. Außerdem ist sie so sehr mit sich selbst beschäftigt, daß sie jede Drehung gleich mit Musik in Zusammenhang bringt. Max wie Mizzi leben in Bleikammern und fühlen sich wohl dabei. Für Mizzi bin ich kurios, weil ihr das Wort gefällt. Frag sie, was es bedeutet, kratzt sie sich am Kopf. Was für eine Familie!
Uns zwei macht das Leben zu kleinen Verbrechern. Es

gibt eben solche und solche. Du weißt, zu welcher Kategorie ich Max zähle. Wir haben unsere Waffen. Sie brauchen keine. Sie sind selbst Waffe. Laß Dir sagen, Du hast ein verständiges Publikum in mir. Schön, wie Du vor ihm das Püppchen spielst!
Ich werde für Dich meinen Lebensstil nicht ändern, genausowenig wie Du Chaos gegen Ordnung eintauschen willst. Ich gehe durch die Straßen, und mit jedem Schritt bin ich näher bei Deinem Atem. Flittchen in kurzen Rökken begegnen mir. Mode macht aus jeder Frau ein Flittchen – was für eine Augenweide!
Zurückgekehrt, sitze ich an einem Tisch, schaue an eine Wand, und knipse, wie und wann ich will, Dein Bild in meinem Kopf an. Ich erwarte Dich. Seis gesagt: In demütiger Haltung erwarte ich Dich.

Dein Ferdinand

Er ist komplett verrückt! Närrisch! Wahnsinnig! Er gehört angeschmiedet! Ein Weltmeister der Einbildung! Wann habe ich ihm einen Pullover über den Kopf gezogen? Ich kann mich nicht daran erinnern! Ich habe doch diesem Ferdinand niemals einen Pullover über den Kopf gezogen! Wann war da einen winzigen Augenblick lang sein Kopf in der Wolle gesteckt? Ich habe doch um Gotteschristiwillen niemals dem Ferdinand seinen Körper berührt! Mit diesem Brief in der Hand traute ich mich nicht auf der breiten Straße nach Hause zu gehen. Ich schlug Umwege ein, drückte mich durch Seitengassen, weil ich nie sicher sein konnte, ob mich nicht in der nächsten Sekunde ein Lachkrampf überfallen würde, und die Frühschichtler dann das Blaulicht riefen.
Ich mußte erst um zehn Uhr im Jugendzentrum sein, ich hatte also gut drei Stunden Zeit. Noch einmal hinlegen wollte ich mich nicht, ich war viel zu aufgeregt. Ich

streunte durch die Stadt, der Schichtarbeiterverkehr hörte abrupt auf, die Straßen lagen leer im Dämmerlicht. Postlagernd! Ein Zufall, daß ich den Brief erhalten habe! Inzwischen war mir das Lachen vergangen. Ich überlegte, ob ich zum See spazieren sollte oder in die Oberstadt, schlenderte schließlich durch die Fußgängerzone und betrachtete die Schuhe in den Geschäften. Max hat keine Freunde, dachte ich. Die meisten Geschäfte hier sind Schuhgeschäfte. Schuhe gehen besser als Seife.
Wie lange hatte der Brief bei der Post gelegen? Wann und wohin war Ferdinand von der gutfunktionierenden Mizzi abgeschleppt worden? Ich hatte keinen Anhaltspunkt. Ich überlegte, wann ich ihn zum letzten Mal gesehen hatte. Irgendwann im *Finn MacCool*. Vor zwei Tagen, vor drei Tagen? Läuft er die ganze Zeit herum mit diesen Gedanken im Kopf? Wenn er den Mund aufmacht, kriegt man Angst. Ein Zyniker liegt mir zu Füßen. Sein Mund – ein leicht nach einer Seite geneigter Riß im Bart. Ganz am Anfang hatte ich ihn einmal gefragt, was er mache. Es hatte sich so ergeben, daß ich allein neben ihm am Tresen stand, Max, unser Redner, war aufs Klo gegangen.
»Was tust du so«, fragte ich.
Er antwortete so schnell, als hätte er gerade auf diese Frage gewartet: »Ich denke über ein Rezept nach, wie man aus Steinen Gulasch machen kann.«
Einmal, glaube ich, ist es mir gelungen, ihn aus der Fassung zu bringen. Als die Diskussion wegen Maxens Werbespruch angesagt war. »Alles aus der humanen Eigenproduktion!« Das war schon über einen Monat her. Hatte er damals den Brief geschrieben? Oder nach dem Fest, auf dem über das Weltall gesprochen worden war?
Ich ging durch den Park hinter dem Künstlerhaus, die frühen Sonnenstrahlen wurden von den Bäumen geschluckt, im Schatten war es kalt. Es roch nach Herbst.

Zum ersten Mal fiel mir auf, daß nun der Sommer vorbei war, daß er längst schon vorbei war, daß mich eine ganze Jahreszeit von meinem Mittwoch im August trennte.
Die Konditorei in der Nähe vom Gymnasium hatte geöffnet. Ich wollte frühstücken, aber mir wurde gesagt, das Café öffne erst um neun. Ich kaufte zwei Semmeln. Sie waren noch warm.
Auf der Stiege zu Maxens – unserer – Wohnung traf ich den Grafiker. Er war im Morgenmantel und trug einen Packen Zeitungen unter dem Arm.
»Wie ich sehe, hat er funktioniert«, sagte er.
Keine Ahnung, was funktioniert hat, aber ich sagte: »Ja, danke.«
Er wartete neben mir, als ich die Tür aufsperrte. Erst in der Wohnung fiel mir ein, daß er den Wecker gemeint und wohl darauf gewartet hatte, daß ich ihn zurückgebe.
Ich deckte Tasse, Untertasse und Teller auf und brühte mir Kaffee.
Das nächste Problem war: Wo sollte ich den Brief aufbewahren? Wenn ihn Max findet – eine Katastrophe! Ich vermutete, daß er meine Sachen kontrollierte. Die Seife war im Rückzug begriffen, und im selben Maße schwanden sowohl Maxens gute Manieren als auch Ferdinands Einfluß auf ihn. Obwohl beides nichts miteinander zu tun hatte. Max war jetzt Geschäftsmann. Das zeigte sich darin, daß sein Geschäft schlecht ging. Ferdinand war kein Publikum mehr für Maxens Wunder. Das Wunder war nicht passiert. Nicht einmal Ferdinand, Maxens bester Freund, war durch die Seife ein anderer geworden. Wer nichts hat, dessen Sache kann nicht schlecht stehen. Die nichts haben, passen zu denen, deren Sache gut steht. Maxens Sache hatte sich verändert – nach unten –, Ferdinands Sache war gleichgeblieben. Und ich – ich hatte Neuland erobert, ein paar Quadratmeter in der Rat-

hausstraße 5 . . . Ich schob den Gedanken gleich beiseite. Es war, wie wenn man an ein Laster denkt, das nur Freude macht im Augenblick, in dem man ihm frönt . . . Max stellte Luft aus. Alles war anders geworden.
Oder – banale Lösung: Ferdinand hatte den Brief erst geschrieben, nachdem er sah, wie die Seife den Bach hinunterging. Dann konnte dieser Brief noch nicht allzulange auf der Post gelegen haben. Vor eineinhalb Wochen war das Finanzamt dagewesen. Da war herausgekommen, daß ein Unterschied zwischen guten Umsätzen und gutbesuchten Putzveranstaltungen besteht. Ja, das war dem Ferdinand zuzutrauen: daß er sich denkt, wenns mit der Seife abwärts geht, wird die Liebe auch nicht mehr lange halten; daß er sich den Platz vorwärmen will.
Und wenn: War das ein Vorwärmbrief?
Max ist ein armer Hund. Er hat keine guten Freunde. Wüßte er das, würde er es nicht glauben. Er hätte garantiert eine Entschuldigung parat. Auf Ehre und Gewissen. Gutgläubig ist er. Das ehrt ihn. Sich selber genügt er nicht. Nein, Max hat keine Freunde. Soll er es wissen! Wenn er es wissen will, soll er es wissen! Ich steckte den Brief in den Schrank zu meinen Unterhosen. Er hat keine Freunde und keine Freundin. Die Welt ist nach einem zerstörerischen Prinzip erbaut. Soll er es wissen. Was kann es noch Schlimmeres geben, als Luft auszustellen!
Ein Seefahrer soll gesagt haben: »Nirgendwo fühlt man sich schneller zu Hause als in einem eroberten Land.« Oder so ähnlich . . . Am Abend ging ich vom Jugendzentrum direkt in die Rathausstraße. Ich wischte den Staub von den Fenstersimsen, ließ frische Luft herein, schüttelte das Bett auf und schrieb:

In der fünften Straße, von mir aus gesehen, mußte ich Ihnen gestehen, daß ich in Sie wahnsinnig verliebt bin.

Bitte lassen Sie mich ausreden. Wahnsinnig in Sie verliebt bin. Ich schaute Sie an und sagte: Wahnsinnig in Sie verliebt. Ich sagte nicht ›wahnsinnig verliebt‹, wie man es sagt, ich sagte: Ich bin verliebt in Sie. Ich hätte Sie berühren müssen. Man muß behutsam sein. Ich kann nicht einfach über Sie herfallen. Ich sagte mit innigster Überzeugung: Ich bin verliebt. Sie hätten den Schal schon vorher öffnen müssen. Ich habe Sie eingeschnürt. Sie konnten nicht antworten. Ich hatte den Schal dermaßen fest zugeschnürt, daß Sie keine Luft bekamen. Ich konnte nicht warten, bis Sie den Schal aufgemacht hatten. Ich war fest gewillt, Ihnen zu sagen: Ich liebe Sie.

Wäre Ferdinand jemand gewesen, den ich nicht kannte, ich hätte ihn begriffen. Er schreibt einen Brief postlagernd; wüßte er, daß er mich erreicht, er würde ihn nicht schreiben; wüßte er, daß er mich nicht erreicht, er würde ihn auch nicht schreiben. Es ist das dazwischen, das es eigentlich nicht gibt. Aber man macht gern etwas, das es nicht gibt. Und dann einige Tage später – Max war aus Zürich zurück, deprimiert, wütend, mit der alternativen Welt zerfallen – habe ich ihn gesehen.
In der Konditorei, die erst um neun Uhr aufmacht. Er war nicht allein, und ich war auch nicht allein. Bei mir war die Fritz-Gehrer, bei ihm Charlotte. Die beiden saßen in einer Nische, sie saßen sich nicht gegenüber, sondern nebeneinander auf der Bank. Aber weil sie sich einander zuwandten, lagen Charlottes linkes Bein und Ferdinand rechtes Bein abgewinkelt auf der Sitzfläche. Ferdinand hatte seine Hände an ihrer Hüfte, Charlotte ihre Hände an seinem Gesicht. Es war knapp nach Mittag. Die beiden waren die einzigen Gäste. Nun waren noch zwei gekommen, die Fritz-Gehrer und ich. Wir hatten den VW-Bus der Fürsorge vor der Konditorei geparkt. Den ganzen Vormittag

waren wir von einem Ende der Stadt zum anderen gefahren. Wir hatten drei Frauen beim Umziehen geholfen. Zwei Geschiedene, eine Ledige. Eine Wohngemeinschaft war gegründet worden. Als wir fertig waren, hatte mich die Fritz-Gehrer gefragt:
»Wollen wir essen gehen oder reicht Kuchen?«
Und ich hatte gesagt: »Kuchen reicht.« Ich wußte, sie wollte mich einladen. Sie ist geizig und kämpft dagegen an. Aber wenn die Fritz-Gehrer mit sich selber kämpft, dann wird sie geistesabwesend, und mit einer geistesabwesenden Fritz-Gehrer wollte ich nicht zu Mittag essen. Ich bin gleich auf den entferntesten Tisch zugegangen. Natürlich habe ich keine Chance gesehen. Aber wenigstens zwanzig Sekunden Verzögerung ...
»Zum Fenster! Ich will Licht!« schrie die Fritz-Gehrer. Für mich jedenfalls war es geschrien. Ich drehte mich um und schaute mitten in den glotzenden Kopf vom Ferdinand. Der ist brandrot geworden, hat einen Gruß genickt, und als ich die Augen wieder aufmachte, war der Mann schon bei der Tür. Es kann gar nicht sein, daß so wenig Zeit vergangen ist, dachte ich. Wie lange hatte ich denn die Augen zugelassen? Charlotte hätte sich doch zumindest wundern müssen. Aber sie wunderte sich nicht. Im Gegenteil. Sie kam mit ausgebreiteten Armen auf mich zu, drückte mich und redete, ich hörte hinter mir die Tür ins Schloß fallen, und alles war so, als wäre Ferdinand nie dagewesen. Und dann saßen wir auch schon zu dritt am Fenstertisch, und ich sorgte für das erste Gesprächsthema: »Das ist meine Chefin«, sagte ich zu Charlotte. Dazu fällt der Fritz-Gehrer eine Menge ein.
Es ist eins geworden auf der Uhr über der Garderobe und dann ist es zwei geworden und drei geworden ist es auch noch. Das hat an Charlotte gelegen. So fröhlich hatte ich sie noch nie erlebt. Es sprudelte aus ihr heraus, das meiste

in Richtung Fritz-Gehrer. Zwischendurch drückte sie mir in heimlichem Einverständnis ein Auge. Ich wußte nicht, was das bedeuten sollte, aber ich drückte zurück. Ohne Übertreibung gesagt, Charlotte erzählte ihr Leben. Und sie tat es mit einer solchen Inbrunst, daß klar war, wir waren gerade rechtzeitig zum Höhepunkt gekommen. Über Ferdinand sprach sie allerdings kein Wort.

Die Fritz-Gehrer war begeistert. Von derart geöffneten Menschen am hellichten Mittag kann eine Leiterin einer Fürsorgeabteilung nur träumen. Mich hat das beelendet. Kann es möglich sein, dachte ich, daß all die Andeutungen damals – »Ich kann dich verstehen!« – »Nur zu gut kann ich dich verstehen!« – »Liebe ist, wenn es einem gutgeht!« – »Das Gefühl der Liebe kann einem niemand nehmen, nicht einmal der, den man liebt!« – und so weiter und so weiter – kann es sein, daß Charlotte die ganze Kraft ihres Trostes, in den sie mich nach meinem Mittwoch gebettet hatte – »Nichts ist unwichtig, wenn man verliebt ist!« – »Erinnere dich an jede Einzelheit!« –, daß sie diesen Mut, diese Glut aus diesem Ferdinand geschöpft hat? Aus diesem Ferdinand? Aus diesem Ferdinand, der sich anmaßte zu behaupten, uns beide, ihn und mich, hätte das Leben zu kleinen Verbrechern gemacht! Das ist doch der beschissenste Satz, den ich je über mich habe sagen hören! Das ist doch derart peinlich! Alles möchte ich sein, nur nicht zusammen mit Ferdinand ein kleiner Verbrecher!

So sieht also der Höhepunkt in Charlottes Leben aus – Schmusen in einer Konditorei! Das schleift ihr Mundwerk! Sie hat mir so leid getan! So sehr leid getan! Zwischen meinen Unterhosen liegt deine Hoffnung begraben, Charlotte!

Die Fritz-Gehrer ist die beste Zuhörerin der Welt. Setz dich mit der Fritz-Gehrer in eine Wiese und sie hört dir zu, bis dort Bäume wachsen. Aber geh nicht ins Kaffeehaus

mit ihr. Vor allem dann nicht, wenn sie dich eingeladen hat. Charlotte hat nicht aufgehört mit dem Kuchenbestellen und Schnapsbestellen und Kaffeebestellen, und in der Fritz-Gehrer hat der Kampf begonnen. Sie ist geistesabwesend geworden. Auf unserem Tisch haben sich die Teller und Tassen und Gläser gestapelt. Da wäre schon fast ein Mittagessen im *Gasthaus Zoll* billiger gekommen. Und von einer halben Stunde auf die andere war die Fritz-Gehrer die schlechteste Zuhörerin der Welt. Und Charlotte hat es gemerkt. Die gute Laune hat ihr das nicht verdorben. Sie hat ihre Erzählung mittendrin abgebrochen und mit ihren roten Fingernägeln der Fritz-Gehrer über die Wange gestreichelt und gesagt:
»Bist du die Chefin von der Lisbeth oder nicht?«
Die Fritz-Gehrer ist aus ihren Rechnungen erwacht, eine Weile mußte sie nachdenken, weil dieses Thema ja schon zwei Stunden zurücklag.
»Ich habs doch schon erklärt«, sagte sie. »Ich schlag dieSachen vor, aber ob es dann gemacht wird und wie es dann gemacht wird, das liegt in der autonomen Eigenverantwortung eines jeden.«
So hatte sie es vor zwei Stunden nicht erklärt. Vor lauter innerem Kampf war sie in die Redeweise verfallen, die sie anschlägt, wenn der Bürgermeister oder einer seiner Referenten in die Fürsorge kommt.
»Das gefällt mir nicht«, schnurrte Charlotte. Ihre Fingernägel strichen weiter über die Wange der Fritz-Gehrer. »Das ist ja schlimmer als ein Chef. Da kriegen deine Angestellten ja ein schlechtes Gewissen.«
»Ich habe keine Angestellten«, sagte die Fritz-Gehrer. Sie lehnte sich zurück und sah mich an. Jetzt war ihre Wange für Charlottes Fingernägel zu weit weg. »Fühlst du dich als meine Angestellte, Lisbeth?«
Charlotte ließ mir keine Zeit. »Ganz egal, was die Lisbeth

jetzt antwortet«, sagte sie, »für mich kommst du dabei immer schlecht weg.«
»Aber warum denn? Denkst du, ich schikanier meine Leute?«
»Jetzt hast du ›meine‹ Leute gesagt...«
Das ging so eine Weile weiter. Charlotte hat die Fritz-Gehrer ganz schön in Verlegenheit gebracht. Ich habe mich herausgehalten. Der ganze Zinnober hatte nur einen Zweck: Charlotte wollte erreichen, daß ich den Nachmittag frei kriege, sie wollte mit mir reden.
»Das hättest du dir sparen können«, sagte ich, als uns die Fritz-Gehrer bei Charlottes Wohnung abgesetzt hatte. »Eine einfache Frage hätte genügt: Sie ist wirklich in Ordnung. Jetzt hast du ihr einen Nachmittag lang unnötig ein schlechtes Gewissen gemacht.«
»Ach was!« rief Charlotte. »Einem Chef ein schlechtes Gewissen zu machen, ist niemals unnötig!«
Sagst du, dachte ich. Wer hat denn brav im Lexikon nachgeschaut, was Finn MacCool heißt? So ein Aufmupf bist du ja auch nicht!
Sie sperrte die Tür zu ihrer Wohnung auf. »Hereinspaziert ins *Café Rose*!«
Die Wohnung war picobello wie immer. Durch die weißen Vorhänge an den Fenstern schimmerte die Nachmittagssonne. Auf dem runden Tischchen beim Sofa stand eine Vase mit einer dunkelroten Rose. Im Bücherschrank sah ich lediglich zwei Bände stehen – A und B vom *Großen Brockhaus*.
»Also doch abonniert«, sagte ich. »Hast du das Rauchen aufgehört?«
Sie zog eine Schachtel Marlboro aus der Tasche, grinste und steckte sie wieder zurück.
»Und wo hast du die andern Bücher?«
»Hab ich auf den Sperrmüll geschmissen, den ganzen

Unterhaltungsschund. Die Klassiker hab ich behalten, die stehen im Schlafzimmer, muß ich noch einordnen, ich weiß noch nicht, wo, hier wird kein Platz sein, wenn in zwei Jahren das ganze Lexikon dasteht, ich glaub, ich laß mir ein Regal ins Schlafzimmer machen, und dann fang ich mit den Büchern ganz neu an.«

Der Teppich jedenfalls war schon ganz neu. Ein kreisrunder, weißer, zotteliger Fleck unter dem Tischchen. Hoffentlich gibt es keinen Kuchen im *Café Rose*, dachte ich, bei so einem Teppich sinken die Brösel, wenn sie fallen, hinab in unsaugbare Tiefen.

»Kaffee, nehm ich an«, sagte Charlotte und schwirrte in die Küche. Ich folgte ihr. Zwischen Küche und Bad war ein mannshoher Spiegel eingepaßt. Der war auch neu. Ich warf mir einen Blick zu und ich muß sagen, ich gefiel mir ausnehmend gut.

»Der Spiegel ist einen Hauch getönt und einen Hauch verzerrt«, sagte Charlotte. »Das macht schlank und braun.«

Ich gefiel mir trotzdem. Ich spreizte leicht die Beine, stemmte die Hände in die Hüften.

»Du hast so einen Spiegel nicht nötig«, sagte sie und stellte sich hinter mich.

Ich weiß nicht, wann ich mich zum letzten Mal ganz in einem Spiegel gesehen habe. Meine Schenkel in den engen Jeans sahen wunderbar aus. Von oben betrachtet merkt man das gar nicht.

»Am besten gefallen mir deine Schultern«, sagte Charlotte. »Sie sind so waagrecht, sie gehören zu sich selber, meine gehören zum Hals.«

»Deine müssen eben schwerer tragen«, sagte ich, weil ich merkte, daß sie mich mit ihrem Busen am Rücken berührte.

In der Küche setzte ich mich auf den weißen Barhocker

und schaute ihr zu, wie sie den Kaffee bereitete. Mein Spiegelbild hatte mich ordentlich aufgemöbelt. Nach so einem Anblick kann man sich nicht mehr naiv auf einen Barhocker setzen. Ich achtete auf die Winkel meiner Knie. Das Kreuz drückte ich durch. Allzulange würde das Kaffeezubereiten ja nicht dauern, dachte ich. Allzulange hätte ich es in dieser Stellung nämlich nicht ausgehalten. Ferdinand ist entweder ein Schwindler oder er liebt das Konträre oder es ist ihm wurscht, wie eine Frau aussieht. Gegensätzlicher wie Charlotte und ich können zwei Frauen nicht aussehen.
»Ich hab Hunger, ich eß jetzt was«, sagte sie. Sie nahm eine Scheibe Schwarzbrot aus dem Korb, beträufelte sie mit Tabascosoße, legte drei Stengel Petersilie drauf, eine Pepperoni, ein Wurstrad und über das Ganze wieder eine Schwarzbrotscheibe.
»Beiß ab!« sagte sie, »das bringt dich!«
Mir kamen sofort die Tränen, so scharf war das Zeug. Charlotte lachte und stopfte sich das ganze Brot in den Mund. Ihr kamen die Tränen nicht.
Der Kaffee war fertig, ich trug die Kanne ins Wohnzimmer, Charlotte deckte das Geschirr vom *Café Rose* auf, stellte eine Flasche Kirschschnaps in die Mitte, und wir setzten uns.
»Geht es dir so gut wie mir«, fragte sie. Pro forma gefragt. Sie wollte keine Antwort; sie wollte loslegen. Und das schon seit gut drei Stunden. Nur der richtige Rahmen hat ihr gefehlt. Jetzt war alles perfekt. Noch einen Schuß Schnaps in die Kaffeetassen. Jetzt war wirklich alles perfekt. Es ist mir schon oft aufgefallen, daß Leute, ausgerechnet dann, wenn sie auf gar keinen Fall von einer Antwort unterbrochen werden wollen, mit einer Frage beginnen:
»Der Ferdinand, wie findest du ihn? Sag nichts, sag kein

Wort! Du findest, er trinkt zuviel und hat eine, und das bin nicht ich. Ich weiß alles über ihn, deshalb brauchst du auch gar nichts zu sagen.«
Ich hatte auch nicht vor, irgend etwas zu sagen.
»Jeder denkt, er ist mit der Mizzi zusammen, stimmt auch, oder besser, sie ist mit ihm zusammen. Sie schmückt sich mit ihm. Das kann man. Er eignet sich dafür. Der Ferdinand ist ein durch und durch gefühlsbetonter Mensch. Schau mich nicht so an! Trink aus! Wir haben genug da.«
Ich weiß nicht, wie flüssige Scheiße schmeckt, aber ich vermute, sie schmeckt ähnlich wie Charlottes Kaffee mit Kirschschnaps. Ich habe das nur gedacht, Ferdinand hätte das gesagt. Er ist ein gefühlsbetonter Mensch. Ich kam mir im Augenblick gar nicht als ein solcher vor.
»Und heute hast du uns in unserem Café entdeckt«, sagte sie. »Wir haben auch ein Café. Es ist nicht so schön wie das *Café Rose* war, aber Ferdinand ist ja auch nicht so schön, wie dein Gustav war, und ich bin nicht so schön, wie du bist. Das ist keine Affäre. Wenn du denkst, das ist so eine Affäre – die Charlotte und der Ferdinand – dann irrst du dich. Weißt du, wie furchtbar das ist! Jeder, der uns beide sieht, da wette ich, jeder denkt sich nur, ist ja klar, daß der nur auf der ihren Busen abgefahren ist. Nein, meine Liebe, die Dinge liegen anders. ich bestehe ja nicht nur aus diesem großen Busen ... Das sitzt sehr tief in mir, die Ehrfurcht vor dem Ferdinand. Mein Gott, sind das wieder Worte! Ich habe ja jahrelang gedacht, mir bleibt nichts anderes übrig, als die Leute – ich mein jetzt die Männer – über meinen Busen zu meiner Persönlichkeit hinzuführen. Ich war nämlich schon überzeugt, daß ich eine Persönlichkeit habe. Ich hab schon gewußt, daß ich Persönlichkeit habe. Aber ich habe gemerkt, da kannst du Persönlichkeit haben so viel du willst, so ein Busen lenkt davon ab, gegen

einen solchen Busen kommt die nicht auf, jedenfalls nicht gleich von allem Anfang an. Das kannst du dir nicht vorstellen, du hast so einen schönen kleinen, der wird grad als Pluspunk zu deiner Persönlichkeit dazugezählt. Bei meinem ist das anders. Da wird die Persönlichkeit vom Busen abgerechnet. Und irgendwann resigniert man. Da denkt man, gut, mit der Persönlichkeit kriegst du keinen Einstieg, die schadet da höchstens. Busen und Persönlichkeit schließen sich irgendwie aus. Das ist eine ganz einfache Rechnung. Großer Busen vermindert die Persönlichkeit, kleiner Busen vermehrt sie. Also hab ich gedacht, deine Persönlichkeit ist eher langfristig. Die merkt man erst später. Damit dich aber überhaupt jemand wahrnimmt, mußt du deinen Busen einsetzen, der ist dein Kapital. Damit bin ich bei den Typen immer gut gefahren. Sie haben sich zwar auch später nur für meinen Busen interessiert und nicht für meine Persönlichkeit, aber für meinen Busen haben sie sich immerhin interessiert, und zwar vom ersten Augenblick an. Wenn ich meinen Busen einsetze, ziehen mich von zehn Männern neun jeder anderen Frau vor. Aber was hab ich davon! Und beim Ferdinand war es nicht so.Der hat einen guten Blick. Ihn hat nur meine Persönlichkeit interessiert. Aber woher hätte ich das wissen sollen? Ich habe einen verheerenden Fehler gemacht. Als er zum ersten Mal mit mir hierhergekommen ist, hat er sich auf einen Stuhl gesetzt und geredet, nicht einmal seinen Mantel hat er ausgezogen. Er hat einfach geredet. Kluge Dinge hat er gesagt, aber ich hab kaum zugehört. Ich habe mir nur gedacht, den schüchtert mein Busen ein. Der will meinen Busen, aber weil er so groß ist, traut er sich nicht, und darum redet er. Und weil ich vom ersten Augenblick an in ihn verliebt war und so wahnsinnig gern zärtlich zu ihm sein wollte, hab ich mir gedacht, ich muß ihm ganz schnell die Angst vor meinem

Busen nehmen. Und darum habe ich einfach, während er geredet hat, meine Bluse aufgeknöpft und bin aufgestanden und habe seinen Kopf an mich gedrückt. Und er hat mich weggestoßen und gesagt: Das sei wohl das Billigste, was er je erlebt hat. Und er hat ja recht gehabt. Aber woher sollte ich denn wissen, daß ihn meine Persönlichkeit interessiert? Er ist gegangen. Und ich habe geheult und geheult. Und dann hat er mir geschrieben, einen komplizierten Brief, voll von Enttäuschung. Wie jemand wie ich seine ganze Persönlichkeit, die ja etwas Eigenes, selbst Erworbenes sei, an etwas Fremdes, fremd Erworbenes – damit meinte er meinen Busen – verkaufen könnte! Er hat mir so aus der Seele gesprochen, aber ich habe ihm das ja nicht sagen können. Das hätte er nie geglaubt, dann hätte er nur gedacht, ich halte meine Fahne in den Wind. Das ist bis heute das Belastende in unserer Beziehung. Daß er immer noch denkt, ich sei so, wie ich mich beim ersten Mal aufgeführt habe. Vielleicht denkt er es nicht mehr so sehr. Aber ein bißchen denkt er es immer noch. Ein bißchen steht immer noch mein Busen zwischen uns. Wer kennt den Ferdinand denn schon, wie er wirklich ist. Allen macht er es recht und spielt, was von ihm erwartet wird. – ›Ich gehöre zu den Leuten, die nichts mit sich herumtragen und ein Geheimnis daraus machen.‹ – ›Was gäb ich drum, wenn ich geheimnisvoll wär, mich macht die Sonne heiß und der Regen naß.‹ – Du kennst ja seine Sprüche, wenn er betrunken ist. Da ist viel dahinter. Spott und Leid. Da ist Spott und Leid dahinter. Ich kenne ihn. Und eigentlich kenne ich ihn überhaupt nicht, er ist nämlich wirklich rätselhaft – red ich dir zuviel? Komm, ich geb dir ein Kissen in den Rücken, dann sitzt zu bequemer.«

»Ich habs bequem genug«, sagte ich.

»Geh ich dir auf die Nerven?«

»Natürlich nicht...«
»Ich hab dir auch zugehört, als es dir schlechtgegangen ist. Und, mein Gott, ich habe fast ein schlechtes Gewissen, daß ich dir zugehört habe, als es dir schlechtgegangen ist, und du mir jetzt zuhörst, wo es mir so gutgeht. Heute habe ich nämlich wieder einen Fehler gemacht. Aber dann hat sich herausgestellt, daß es keiner war. Ich hab ihn nämlich gefragt, ob er mich gern hat. Das ist mir rausgerutscht! Das ist mir rausgerutscht! Das war vielleicht grad eine halbe Minute, bevor du mit deiner Chefin hereingekommen bist in das Café. Und er hat ja gesagt.«
Sie war so aufgekratzt, rauchte eine an der anderen, die Asche fiel auf den Teppich, das störte sie gar nicht, und ich dachte, entweder fängt sie gleich an zu schreien oder sie fängt an zu heulen, nur daß sie anfängt zu lachen, wie man es tut, wenn man sich freut, das dachte ich nicht. Der Teufel hat mich gejuckt, daß ich von dem Brief reden sollte, von den kleinen Verbrechern, von der Muse und davon, daß in dem Brief eine Charlotte nicht vorkommt, nicht einmal existiert, nie auf die Welt gekommen ist. Der Teufel hat mich gejuckt. Ich weiß nicht, wie ich mich beherrscht habe! Ich bin eifersüchtig geworden wie ein Mann. Meine Schenkel in meinen Jeans sind mir gegen Charlottes Frauenkleidbeine vorgekommen wie Männerschenkel. Wär ich ein Mann, ich würde nicht zehn Frauen vorbeigehen lassen, ich würde tausend Frauen vorbeigehen lassen, nur Charlotte würde ich wollen. Der Teufel hat mich gejuckt.
»Habt ihr von mir geredet«, hab ich gefragt.
»Wieso von dir«, sagte sie und schaute mich dabei an, als hätte ich ihr vorhin nicht zugehört. »Wieso sollten wir denn von dir reden?«
Ich habe dem Teufel einen Tritt gegeben und mir dabei

das Schienbein an der Tischkante angeschlagen, so hoch ist mir der Fuß gehüpft.

»Ich dachte nur«, sagte ich, »weil es doch oft vorkommt, daß man von jemandem redet und dann kommt er in der nächsten Sekunde zur Tür herein ...«

»Ach so«, sagte sie, »nein, wir haben nicht von dir geredet.« – Dann lächelte sie mich an, legte den Kopf etwas zur Seite. »Ich seh schon«, sagte sie, »ich muß dir etwas wünschen. Es ist noch nicht das Optimale mit deinem Max, stimmts? Aber ich habe da ein gutes Gefühl. Wenn der Max seine Schwierigkeiten mit der Seife und mit seiner Frau gemeistert hat, dann kommt ihr auf die Autobahn, du wirst schon sehen. Du mußt nur warten. Und weißt du was, Lisbeth, ich kann warten. Kommt der Ferdinand in der Früh noch zu mir und wir reden und legen uns zusammen ins Bett und schlafen bis zum nächsten Mittag, dann ist es jedesmal, als wär ich seine Frau. Gestern haben wir eine wunderschöne Nacht gehabt. Es läutet, ich mach auf, weil ich mir denke, etwas mit meiner Mutter, so spät in der Nacht, vier Uhr oder so, und daß er es sein könnte, auf die Idee bin ich gar nicht gekommen, er war nicht im *Finn*. Du mußt wissen, meine Mutter hat kein gutes Herz mehr, und manchmal ist sie so unruhig und setzt sich ans Steuer und fährt zu mir, das ist schon vorgekommen, mitten in der Nacht. Da steht der Ferdinand vor mir in seinem schwarzen Anzug, und ich in Lockenwicklern. So geschämt hab ich mich, daß ich mir gewünscht habe, der Boden sollte aufgehen und ich würde hinunterfallen zu den Fusseneggers in den zweiten Stock. Die haben ihr Schlafzimmer genau unter dem meinen. Aber weißt du, was er gesagt hat? Nichts. Er hat nichts gesagt. Und betrunken war er auch nicht. Nicht die Spur. Nicht ein Lüftchen. Er hat mich in seine Arme genommen und mich aufs Bett getragen. Weißt du, wieviel ich wiege?

Er ist ja kein Riese. So lieb hat er mich hingebettet, hat sich selber ausgezogen, uns beide zugedeckt, und wir sind einfach so dagelegen. Und als ich dann heimlich an meinen Lockenwicklern herumgewurstelt habe, hat er nur herzlich gelacht, und da war alles gerettet. Wir haben keine Genierer, er übrigens auch nicht. Er kann sich bei mir gehenlassen. Das braucht er. Ich lasse ihn. Er ist so, und ich bin so. Nur inzwischen weiß ich: Ich hab zuviel versäumt. Ich bin der Hase, der rennt, und der Igel gewinnt im Sitzen. Selbstvertrauen Null, ich sag dir, ich hatte überhaupt keines, und am Anfang mit Ferdinand: Selbstvertrauen Minus. Ich bin ja heilfroh, daß er nie erfahren hat, wieviel ich gebüffelt habe. Das habe ich getan, schon lange bevor es mich bei ihm erwischt hat. Ich habe immer das Gefühl gehabt, daß ich lernen muß. Und ich habe immer gelernt. Immer hinterher. Immer hinterher. Warum lerne ich soviel und weiß sowenig? Vielleicht mach ich das falsch. Gibt es welche, die ein Lexikon bei A anfangen und sich dann durchlesen? Das habe ich mich gefragt. So einen Blödsinn habe ich mich gefragt. Da lerne ich und lerne und frage mich dann trotzdem noch so einen Blödsinn! Ich habs ja nie gebraucht. Da komm ich von der Arbeit heim, nehm mir einen Philosophen, Kierkegaard wars in meinem Fall – *Entweder-Oder* –, das Wörterbuch dazu, und fang an zu ackern. *Versuch einer sozialen Klugheitslehre* – als ob der gescheite Mann da an mich gedacht hätte! Ich hab gelesen, nichts verstanden und mich dabei amüsiert. Wie das geschrieben ist. Wunderbar. Das lebt von der Sprache. Da lebt etwas von der Sprache und ich versteh es nicht. Wunderbar. Und stur wie ich bin: Da muß ich durch, und wenns noch so kompliziert ist. Da bleibt kein Auge trocken. Weißt du, was komisch war? Manchmal hat mir das Lesen richtig Spaß gemacht. Das ist doch komisch, daß einem etwas Spaß macht, das man

nicht versteht. Ich meine, dann muß etwas schon sehr gut sein, wenn es sogar dann Spaß macht, wenn man es nicht versteht. Den Kierkegaard hat Ferdinand irgendwann bei mir vergessen, und ich liebe dieses Buch. Das kommt mir niemals in ein Regal, niemals. Das will ich immer irgendwo liegen haben. Wenn ein Buch einmal in einem Regal einen Platz hat, dann bekomme ich meinen Ordnungsfimmel, dann tut es mir weh, wenn ich es herausnehme. Der Ferdinand gebraucht die Bücher nur, ich mag sie, und dieses liebe ich. Ich bin bald davon weggekommen, daß es mir etwas nützen könnte, wenn ich lerne, nicht nur den Kierkegaard, sondern überhaupt lerne, ich meine in bezug auf den Ferdinand, daß es mir etwas nützen könnte. Zuerst habe ich das noch für möglich gehalten. Es hat sich aber nichts geändert. Er hat geredet, ich habe zugehört. Es hat schon Minuten gegeben, wo ich hätte mitreden können.«
Sie stand auf und verschwand in ihrem Schlafzimmer. Gleich darauf kam sie mit einem Buch zurück. Es war in einen gestickten Einband gelegt. Jetzt ging sie im Zimmer auf und ab und redete dabei weiter.
»Aber wie hab ich gewirkt: Meistens war ich still. Ich hab mein Eigenleben, und was ich denke, denke ich. Und Zuhören ist auch eine Art von Denken, habe ich mir gedacht. Aber ich würde mich nicht trauen, das dem Ferdinand zu sagen. Ich muß nicht über meinen Schatten springen und beweisen wie ein Mannsbild. Schau, Lisbeth, du kommst zu mir, wenn du Kummer hast, jetzt hast du ja Gott sei Dank keinen mehr, aber damals hast du gern mit mir geredet. Und im Prinzip ist es mit ihm genauso. Ich weiß, Ferdinand wird sein ganzes Leben lang nicht aus seinem Schlamassel herauskommen. Er hat nichts. Das wär noch kein Schlamassel. Aber er will nichts. Und das ist ein Schlamassel. Drum bleibt er mir.

Weißt du, auf was er abfährt? Auf Seidenunterwäsche, das Feinste vom Feinen. Ein Tick von ihm. Ich kann mir eigentlich so ein Zeug nicht leisten, würds mir normalerweise auch nicht kaufen. Warte!«
Wieder verschwand sie im Schlafzimmer, kam zurück – ohne das Buch – und hielt wie im Triumph zwei Fäuste in die Höhe. Sie öffnete sie, und herunter fielen aus der einen Hand ein Höschen, aus der anderen ein Büstenhalter. Ich hob sie auf, schöne Dinge sind das, Farbe wie eine Eierschale und leicht wie nichts.
»Das Hemdchen ist mir zu klein«, sagte sie, »das hol ich nachher und schenk es dir. Die da werden dir zu groß sein. Ich habs noch nie angehabt. Der BH hat zu wenig Halt für meinen. Ich gäb viel drum, wenn ich so ausschauen tät wie du. Mir käms außerdem blöd vor, wenn ich das Zeug anziehe, nur weil er das gesagt hat mit der Seidenunterwäsche. Hältst du es für möglich, Lisbeth, daß er das nur gesagt hat, um zu schauen, ob ich daraufhereinfalle und mir wirklich welche anschaffe? So ein Mensch ist doch unberechenbar! Rätselhaft! Ich denke mir, der Ferdinand hat nur Dinge im Kopf, die man nicht angreifen kann, und dann bleibt er einmal bei einem Spaziergang vor einer *Palmers*-Werbung stehen und fängt an zu schwärmen. Ich dachte mir, er meint die Frau auf dem Plakat. Wie deine Mizzi, hab ich da zu ihm gesagt, weil mich das gekränkt hat und ich spitz sein wollte. Komm mir nicht mit der Mizzi, sagt er, das ist für mich der Entwurf der Langeweile. Entwurf der Langeweile, das hat er gesagt. So etwas behalt ich im Kopf. Er meinte nämlich nicht die Frau, er meinte die Unterwäsche. Wegen der Unterwäsche hat er so geschwärmt. Er hält mir einen Vortrag über Unterwäsche. Kultur ist das, brüllt er. Eine echte Frau, wie du, brüllt er – wie ich, wo ich mir unmöglich vorkomme damit –, müßte so was tragen. Sag einmal, Lisbeth, schläfst du?«

Ich saß träge da, und anstatt ihr eine Antwort zu geben, ließ ich mich gehen wie ein Teig.
»Hast du schon mit der Matura angefangen«, fragte ich.
»Mit der Matura?«
»Du wolltest doch die Matura machen.«
»Wieso soll ich denn die Matura machen?«
»Das weiß ich doch nicht. Das hast du gesagt.«
»Ich habe doch nicht gesagt, daß ich die Matura machen möchte.«
Ich warf ihr einen Blick zu. Ich hatte damit gerechnet, daß sie verlegen wird, wenn ich von der Matura anfange. Aber sie schaute mich nur erstaunt an, und einen Moment lang zweifelte ich an mir selber.
»Hast du nicht im Sommer gesagt, du willst die Matura nachmachen?«
»Ich kann mich nicht erinnern. Vielleicht wäre das eine gute Idee. Ferdinand würde sicher nichts davon halten. Wenn das Thema auf die Schule kommt, kann der sich wahnsinnig ereifern. Aber ich hätte ja auch keine Zeit ...«
»Aber ich weiß doch, daß du das gesagt hast im Sommer«, beharrte ich. »Du hast gesagt: ›Auf Umwegen und über Nacht habe ich mich entschlossen, die Matura zu machen.‹«
Sie lachte laut auf: »Also, daß ich so etwas sage, das kann ich mir nicht vorstellen. Und habe ich auch gesagt, warum ich das will?«
»Ja, das hast du. Du hast gesagt, du willst doch nicht immer das Tschoperl sein.«
Jetzt lachte sie noch mehr: »Das Tschoperl! Was ist denn das, ein Tschoperl?«
»Vergiß es«, sagte ich.
Ich rutschte tiefer in die Polster. Meinetwegen, hat sie es eben vergessen. So gut kannte ich Charlotte – wenn sie es nicht vergessen hätte, wenn sie es nur abstreiten wollte,

dann wäre sie furchtbar in Aufregung geraten. Ich gab mich wieder meiner Trägheit hin. Die Polster und das viele Weiß und der zottelige Teppich am Boden und die Sauberkeit rings herum, das wirkte alles wie eine Wolke auf mich.

Irgendwann hatte Charlotte das Licht angemacht. Ich hatte es gar nicht mitgekriegt. Ich meinte, es sei immer noch hell draußen. Und weil auf einmal ein Wolkenbruch losging und ich es trommeln hörte, habe ich zum Fenster geschaut. Charlotte riß den Fernsehstecker aus der Steckdose und auch das Antennenkabel.

»Was tust du denn da«, sagte ich.

»Ich habe Angst vor Gewitter«, sagte sie.

»Das ist doch kein Gewitter«, sagte ich.

»Das kann schnell gehen.«

»Aber doch nicht im Oktober.«

»Was hat denn das mit dem Oktober zu tun?«

Ich wußte nicht, was ich darauf antworten sollte. Wieviel Hefe hat der liebe Gott denn gebraucht für unsereinen? Ich war ein Teig. Ich war noch lange nicht aufgegangen, und bis zum *Schieb mich in den Ofen!* dauerte es noch. Soll es doch einschlagen, dachte ich; es schlägt ein, und alle meine schönen Spielsachen verbrennen, und dann bin ich arm wie das Mädchen mit den Schwefelhölzchen.

»Jetzt kann nichts passieren«, sagte Charlotte. »Kritisch ist nur der Fernseher. Der Ferdinand hat keinen Fernseher. Und wenn er bei mir ist, dann schauen wir auch nicht. Ich schäme mich direkt, wenn ich daran denke, wie ich einmal in sein Zimmer gekommen bin. Unangemeldet. Ein Loch, sag ich dir, du würdest es nicht für möglich halten. Nicht einmal ein Waschbecken hat er im Zimmer. Und düster ist es da. Das geht auf einen Hinterhof hinaus; wenn er zum Fenster hinausschaut, sieht er eine Mauer, sonst nichts. Eine Mauer, in der ein Fenster ist, und hinter dem

Fenster wohnt ein uralter Mann, man riecht, wenn er sich in die Hose gemacht hat, sagt Ferdinand, und dann hat er gesagt, schau ihn dir an, weil der alte Mann gerade aus dem Fenster geschaut hat, schau ihn dir an, das bin ich in vierzig Jahren. Ist das nicht traurig? Der Ferdinand hat nichts, sag ich dir, rein gar nichts. Und daß ich das gesehen hatte . . .! Das bißchen Hydrokultur, Aushilfsgärtner ist er auf deutsch, die paar Kritiken für Zeitungen, von dem kann er kaum leben. Er läßt sich nichts anmerken. Keiner weiß, wie es ihm wirklich geht. Die Mizzi meint, er ist ein Snob. Sie meint, er hat etwas und tut nur so, als ob er nichts braucht. Er hat nichts und er braucht nichts. Das ist die Wahrheit.! Der Ferdinand braucht nicht so zu tun als ob. Er hat nichts, aber manchmal braucht er doch etwas. Später hat er sich dann aushelfen lassen von mir, viel später, ab und zu, kleine Beträge, lächerlich, er hat es nicht ausgenützt, denk nicht, daß er mich ausgenützt hat.«
Da hat der Teufel wieder gejuckt.
»Ich glaube, er nützt dich aus«, sagte ich müde.
»Das tut er nicht«, sagte sie. Und augenblicklich war es ein Kampf.
»Woher willst du das so genau wissen«, sagte ich.
»Weil ich es eben weiß.«
»Wenn er dich – angenommen – doch ausnützen würde, würdest du es dann merken?«
»Ja.«
»Woran?«
»Gefühlsmäßig.«
»Und ich denke mir gefühlsmäßig, er nützt dich aus.«
»Ich habe ihm nie viel Geld gegeben. Das wäre lächerlich bei den paar Scheinen. Die würde ich jedem geben.«
»Und wenn es mehr wird?«
»Wenn er etwas braucht, kriegt er es von mir.«

»Sagt er das, wenn er etwas braucht?«
»Nein.«
»Woher weißt du dann, wenn er etwas braucht?«
»Ich weiß es eben.«
»Gefühlsmäßig?«
»Er hat mich gefragt, ob ich ihm etwas borgen kann.«
»Und wieviel war das?«
»Das geht dich nichts an.«
«War es viel?«
»Nein. Nie.«
»Und wie oft?«
»Das geht dich auch nichts an.«
»Von welcher Summe aufwärts würdest du dir denken, daß er dich ausnützt?«
»Das würde ich mir überhaupt nie denken. Und weißt du warum? Weil er das nicht tut.«
»Fünftausend Schilling?«
»Was sind fünftausend Schilling, wenn es jemandem bitter geht?«
»Zehntausend Schilling?«
»Was willst du eigentlich! So viel würde er nie annehmen!«
»Und wenn er es doch tut?«
»Dann würde ich es ihm geben. Weil ich dann sicher wäre, er ist in einer Notsituation.«
»Und bei – zwanzigtausend Schilling?«
Charlotte preßte ihre Lippen zusammen, ihre Augen waren kleine Monde.
»So viel würde ich ihm nicht geben. Und wenn sich herausstellt, daß er mich ausnützt, dann hätte er nichts zu lachen. Niemand!«
Mir zwickten die Jeans zwischen den Beinen, ich hätte Charlotte gerne gefragt, ob sie mir eine von ihren warmen, weichen Unterhosen leiht. Das war jetzt verspielt.

»Ich muß gehen«, sagte sie. »Es ist gleich acht.«

So sind wir auseinandergegangen. Haben uns auf der Straße nicht einmal die Hand gegeben. Und ich war schuld.
Ich bin durch die Stadt gekreuzt, habe mich kalt regnen lassen und bin schließlich zur Rathausstraße geschlichen. Ich habe mich unter Gustavs Dusche gestellt und habe mich zugedeckt mit Gustavs Pfauendecke.

Lieber Gustav,
eine Frau hat mir ihren Hochzeitsfilm auf Video gezeigt. Stell dir vor, einmal geht die Frau vom Mann weg, und der Mann schaut sich allein das Video an. Stürzt da nicht eine Welt ein? Ich liebe dich. Ich kann noch auf zehn zählen. Eins, zwei, drei, vier, fünf, sechs, sieben, acht, neun, zehn. Wir dürfen den Anschluß nicht verpassen. Während der Fahrt im Zug schlafe ich auf Deinem Schoß. Wie aufregend! Ich kann es nicht erwarten. Das Schönste an mir sind meine Schenkel. Ich überlege die ganze Zeit, wie und wann ich sie dir zeigen könnte. Jetzt habe ich ordentlich gelacht. Dabei ist mir Spucke auf den Brief gekommen. Schade, daß Du sie nicht gleich abschlecken kannst. Jetzt habe ich schon wieder gelacht. Du fängst an, mir Spaß zu machen.

Nachts um vier bin ich aufgewacht und gegangen.
Max hat auf mich gewartet: »Wo kommst du her?«
Da steht Max und knallt mir eine, mitten ins Gesicht. Hat eh nicht weh getan, ist ja eh von dir gewesen. Wäre sie von Charlotte gewesen, hätte ich gedankt.

Wir sind im Bett nebeneinander aufgewacht. Ich habe nichts gesagt. Max zuerst auch nichts. Aber schon beim

Zähneputzen hat er es nicht mehr ausgehalten. Er hatte ein schlechtes Gewissen, und weil ich ein gutes hatte, wollte er mich daran erinnern, daß ich auch schuld war – nicht an der Watsche, aber an dem, was dazu geführt hat.
»Von jetzt an keine Flausen mehr«, sagte er. »Wir sind in einer schwierigen Situation, und es kommt darauf an, ob du dich zur Ordnung rufen kannst!«

Wen habe ich gehabt? Wen habe ich jetzt noch gehabt? Wer mit Charlotte übers Kreuz kommt, den will eine halbe Welt nicht mehr. Blieb mir nur noch die andere Hälfte. Die war dürftig.
Das Seifenkapital hat Max in die Zange genommen. Es hat gedroht, nicht auszuschlüpfen. So hat sich auch Max zur Ordnung gerufen. Das hat geheißen, er mußte ins Nest gehen und das Kapital ausbrüten. Auf deutsch zu seiner Frau. Ein zweites Schweden ist für mich nicht daraus geworden. Mäxchens Frau ist nicht durch meine Träume gegeistert.
»Es wird sich lediglich für ein, zwei Monate etwas ändern«, hat Max gesagt.
Und ich habe gefragt: »Warum?«
Und er hat gesagt: »Immer ändert sich etwas.«
Und ich habe gefragt: »Was wird sich ändern?«
Und er hat gesagt: »Eigentlich nichts, aber im Augenblick viel. Ich muß mich um meine Frau kümmern, ohne ihr Kapital wird es Scheiße mit meiner Seife.«
Und ich habe gesagt: »Mäxchen, du redest so, wie du nicht magst, daß ich rede.«
Und er hat gesagt: »Es ändert sich eben alles. Wenn wir ein bißchen organisieren, werden wir uns nicht seltener sehen als bisher.«
Und das »Mäxchen« hat ihm gefallen.

So habe ich mich also zur Ordnung gerufen. Habe mir also wieder einmal eine Ordnung gemacht. Aber diesmal eine andere. Diesmal war es eher so, daß ich Ordnung gespielt habe. Das ist besser als wirkliche Ordnung. »Schön, wie Du vor ihm das Püppchen spielst!« Es ist unverschämt vom Ferdinand, so etwas in einem postlagernden Brief zu behaupten. Guten Morgen, kleiner Verbrecher! Guten Abend, kleiner Verbrecher!

Das *Finn MacCool* habe ich gemieden. Den Ferdinand habe ich einmal auf der Kaiserstraße mit den großen Figuren Schach spielen sehen. Es hat geregnet und war kalt. Er trug Handschuhe. Seine Gegner waren zu dritt. Und ein andermal ist er mir auf der Römerstraße entgegengekommen. Er hat, wie es seine Art ist, den Kopf gehoben und ihn oben gelassen. Es ist seine Art, den Kopf zu heben, wenn er jemanden auf der Straße sieht, und ihn so lange oben zu lassen, bis er seinen Gruß angebracht hat. Ich kam gerade am Fenster der KPÖ vorbei und blickte schnell hinein. Eine orangerote Fahne, ausgebleicht wahrscheinlich; ein Schaukasten mit der *Volksstimme*; und zwei von diesen russischen Puppen, die man ineinanderstecken kann – die eine war männlich, die andere weiblich, neben der einen sechs Männlein, jedes etwas kleiner als das vorhergehende, neben der anderen die entsprechende Reihe mit Weiblein. Bevor Ferdinand mich erreichte, schlüpfte ich durch die Tür neben dem Schaufenster.

Es war das Büro der hiesigen Kommunisten. Ein junger Mann saß am Schreibtisch. Er war modisch gekleidet und rauchte eine Zigarette mit Spitze.

»Ja, bitte«, sagte er und schupfte dabei ein Wölkchen Rasierwasser zu mir herüber.

»Was kostet so eine Puppe im Schaufenster?« fragte ich. Etwas anderes fiel mir nicht ein.

»Tut mir leid«, sagte er und hielt mir die Zigaretten-

schachtel über den Schreibtisch hin. Ich schüttelte den Kopf. – »Tut mir leid«, wiederholte er, »die Puppen, die sind unverkäuflich, jedenfalls diese beiden, das sind Ausstellungsstücke.«
»Und sonst ... ich meine, auf Lager ... sonst haben Sie keine? Ich meine, sind das die einzigen«, fragte ich. Ich trat ans Fenster und versuchte auf die Straße zu blicken. Man sah von hier aus die Passanten nur bis zu den Knien. Das Fenster war mit Plakaten verklebt.
»Die einzigen nicht ... aber so etwas wie ein Lager haben wir nicht«, sagte er. »Wir sind eigentlich kein Geschäft ... Man kann bei uns nichts kaufen ...«
Vor dem Fenster stand jemand, ein Mann; ein paar Hosen und Schuhe mit Reißverschluß über dem Rist. Ich hatte nicht auf Ferdinands Hosen und Schuhe geachtet. Ich mußte Zeit schinden.
»Aber es sind nicht die einzigen, haben Sie gesagt ...«
»Wir hatten eine Lieferung da, die waren als Geschenke für Genossen gedacht ... Aber das waren hauptsächlich kleinere Puppen, so groß waren nur die beiden da draußen ... Und diese beiden sind eigentlich nicht richtig ... das heißt, die Männchen sind nicht richtig ... Eigentlich gibt es diese Puppen nur als Weibchen ... Die anderen waren alles Weibchen ... Und kleiner ... Alle so in dieser Größe.« Er deutete mit seinen Händen. Etwa zwanzig Zentimeter.
»Schade«, sagte ich.
Er lächelte. »Wir sind hier eben nur ein Parteibüro ...«
Ich beugte mich noch einmal über das Schaufenster. Die Hosen und die Reißverschlußschuhe waren immer noch da. Entweder es las da einer die ganze *Volksstimme*, oder aber es war Ferdinand, der auf mich wartete. Wenn es Ferdinand war, hatte ich keine Chance. Der ist stur. Der würde stehenbleiben. Der hat nichts anderes vor.

»Und die Puppen für die Genossen... sind alle schon weg«, fragte ich.
»Nein, eigentlich nicht«, sagte er. »Die Genossen kommen selten hierher... die meisten Puppen warten noch...«
»Vielleicht kommt irgendein Genosse überhaupt nicht mehr«, sagte ich.
Er überlegte. »Wenn Sie Mitglied der Österreichisch-Sowjetischen Gesellschaft wären...«
»Nein, bin ich aber nicht.«
»Parteimitglied natürlich auch nicht...?«
»Nein.«
»Rein theoretisch gäbe es nur die Möglichkeit...«
»Welche Möglichkeit denn?« drängte ich.
»Es ist ein Unsinn... Ich würde Ihnen ja meine Puppe schenken, aber ich habe sie schon verschenkt... Vergessen Sie es...«
»Welche Möglichkeit denn?«
»Rein theoretisch... Wenn Sie Mitglied würden... Jetzt... Oder morgen... Morgen sind die Puppen sicher noch da... Aber das ist Quatsch. Das wär auch für uns kein Gewinn... Nur wegen einer Puppe... Aber wenn Sie Mitglied würden, dann wären Sie Mitglied... ist ja logisch... dann könnte niemand etwas sagen...«
Nach einer kurzen Pause, in der er mich musterte, sagte er: »Man kann die Puppen natürlich auch in jedem Spielwarengeschäft bestellen... Aber sie sind eben teuer...«
»Schade«, sagte ich noch mal. Die Hosenbeine und die Reißverschlußschuhe vor dem Schaufenster waren verschwunden. »Aber die *Volksstimme* verkaufen Sie mir doch?«
»Die schenk ich Ihnen«, sagte er.

Der Ferdinand hat in meine neue Ordnung nicht hineingepaßt. Trotz Püppchen und trotz kleinem Verbrecher. Es war nämlich keine stabile Ordnung. Die hat gewackelt wie eine Waage. Zwei Waagschalen, und auf meinem Kopf ist der Waagbalken aufgelegen. Auf meinen Kopf ist alles angekommen, und der hat kaum die Füße gekannt. Ich habe nirgendwo gewohnt und habe doch zwei Wohnungen besessen. Eine rechts, eine links. Eine in der Rathausstraße, eine am Schloßsteig. Einmal hat die Waage nach rechts ausgeschlagen, einmal hat sie nach links ausgeschlagen. Einmal in die Wohnung am Schloßsteig, einmal in die Wohnung in der Rathausstraße. Die Eigentümer sind mir vom Leib geblieben. In den Waagschalen lagen keine Gewichte.

Ich habe korrespondiert. Schließlich war es ja Max, der mit dem Briefschreiben angefangen hat. Und seine Worte waren: »Ich habe nicht gewußt, wie erotisierend Briefschreiben sein kann.«

Zehn Tage habe ich nach der Watsche verstreichen lassen. Max und ich sahen uns selten. Schlechte Organisation. Im Finanzamt sind wir einmal beinahe zusammengestoßen. Dabei war ich in Maxens eigenem Auftrag dort. Er hatte es vergessen. Er trug drei Aktenordner unter dem Arm und sprach leise.

»Ich ruf dich an ...«

»Was?«

»Ich ruf dich an.«

Natürlich hatte ich ihn verstanden. Aber dreimal hält besser, dachte ich: »Was?«

»Ich! Ruf! Dich! An!«

Telefonisch war er dann noch leiser. Seine Seifenküche hat keinen Anschluß. So war er auf ein freies halbes Minütchen in der Wohnung seiner Frau – der ehelichen Wohnung – angewiesen.

Dann mein erster Brief aus der Serie. Ich nenne das *Die Serie.* Viel Fernsehen geschaut habe ich in dieser Zeit. Das Datum für den ersten Brief schien mir günstig.

Allerheiligen, Sonntag, 1. November

Mein Liebster, mein Max!
Auf Umwegen und über Nacht habe ich mich entschlossen, die Matura zu machen. Ich will nicht immer das Tschoperl sein. Vielleicht spür ich dann auch, wenn etwas von der Sprache lebt. Weißt Du, fleißig bin ich gern und gut war ich in der Schule immer. Bin nur nicht so selbstbewußt. Manchmal komme ich mir richtig komisch vor. Sag das aber niemand, und auch das mit der Matura nicht, das soll ein Geheimnis bleiben, und dann zum Schluß eine Überraschung sein. Für Dich und Deine Freunde. Aber nur, wenn Dir das recht ist. Dein Freund Ferdinand ist der gescheiteste Mensch, den ich je kennengelernt habe. Das ist sicher richtig. Aber Dich finde ich allgemeiner. Er hat mir gesagt, er will mir eine Einführung in sein Fach geben. Er will das schriftlich machen, weil er persönlich so selten Zeit hat. Er will die Briefe postlagernd schicken, weil er dem menschlichen Faktor nicht vertraut. Findest Du nicht, daß er irgendwie zu clever ist? Wenn ich ihm einen Pullover leihe, weil er friert, meint er, ich will ihn wärmen. Wegen ihm würde ich mir nie einen Fuß ausreißen. Nur für Dich, Max, würde ich das machen.

Deine Kuckucksnelke

Ich legte den Brief auf den Kühlschrank und verließ die Wohnung. Als ich in der Nacht zurückkam, war mein Brief zusammengefaltet und ein anderer lag daneben:

Betty, meine Blume,
Du weißt ganz genau, wie lieb mir die Aussicht in die Zukunft mit Dir ist. Aber das Leben besteht nun einmal nicht nur aus Tingeltangel. Ich bin zur Zeit so wahnsinnig beschäftigt und muß achtgeben, daß die Umsätze stimmen. Aber bitte, wenn wir uns schon in unserer Wohnung verabreden, dann sei bitte auch da! Oder glaubst Du, daß es sich für meine Scheidung günstig auswirkt, wenn Du mir in der Öffentlichkeit um den Hals fällst? Nicht daß ich das nicht mag, aber am liebsten hier in unserem geheimen Nest. Um so schlimmer, wenn Du gerade dann unpünktlich bist, wenn ich einmal Zeit hätte. Sag entweder, Du bist da, oder sag, Du bist nicht da. Vielleicht ist es zur Zeit überhaupt günstiger, wenn Du eine Weile bei Deinem Vater bleibst. Meine Frau ist im Augenblick nämlich besonders neugierig. Schlaf eine Woche in Deinem Jungmädchenzimmer, lies meine geschenkten Bücher, hör unsere Musik. Und dann, wenn ich wieder mehr Zeit habe, lieben wir uns und sprechen darüber. Wo warst Du zum Beispiel gestern? Das Ausgehen jeden Abend tut Deinem Gesicht auch nicht gut. Ich wollte Dich überraschen, habe zufällig einen freien Abend gehabt, bin sofort hierher gehetzt. Wer nicht da war, das warst Du. Ich will doch nur Dein Bestes. Schlaf schön, träum schön, ich freu mich.

Dein Max

P.S.: Was die Matura betrifft: Ehrlich, ich finde es rührend, aber ein Blödsinn ist das. Und um ganz ehrlich zu sein, ich glaube nicht, daß die Idee von Dir kommt. Laß Dir doch vom Ferdinand nichts einreden. Das mit der Einführung in sein Fach wird er mir erklären müssen! Außerdem überschätzt man ihn leicht. Und was heißt, ich bin allgemeiner? Wenn ihm nicht paßt, wie Du bist, brauchen wir ihn nicht mehr. Nicht jeder ist ein Einstein, und Du bist schön und lieb, mein Schlaftraum. Denk, daß wir bald Schlittschuh laufen. Wann hast Du dem Ferdinand denn einen Pullover geliehen?

Am nächsten Tag, Allerseelen, wechselte ich das Territorium.

Lieber Gustav,
ich habe schon fast den Mann geheiratet, von dem Du behauptet hast, daß er wie ein Hitzkopf aussieht. Erinnerst Du Dich? Am Schiffshafen? Am Abend dann hast Du mich angerufen und das mit dem Hitzkopf gesagt. Dann bist Du davon. Das ist schweinisch gewesen! Er heißt Max – hab ich das schon erzählt? – und war verheiratet. Für mich hat er seine Frau verlassen. Jetzt ist er geschieden und immer noch unerfahren. Ich möchte gar nicht wissen, was die alles nicht miteinander im Bett gemacht haben. Wir haben eine gemeinsame Wohnung – hab ich das schon erzählt? – für die er aufkommt. Er sagt Nest dazu. Ich bin seine Kuckucksnelke, das wird Dich stören. Aber er mag das. Du weißt, daß ich Dich liebe. Ich verbrenne. Ich erfriere. Was wirklich ist, setzt sich durch. Ist das die Wahrheit? Warte, mein Engel, hast Du gesagt. Mein Vater sagt, die Sprache der Engel ist das Licht, aber gleichzeitig macht er sich lustig über die Engel. Die Engel haben eine Kugelform und kreisen wie Planeten um die Sonne, wie Charon um Pluto. Ich kann nur darüber lachen. Wenn ich kreise, kommt nur Scheiße heraus. Du bist in Schweden bei Deiner Frau oder einer Frau. Jede Frau wird zu Deiner Frau. Du Schwein.

Bess

Und so ging es dann weiter.

Montag, den 9. November

Liebe Betty!
Wo bist Du eigentlich! Kann man denn nicht reden mit Dir! Bitte regle die Sache mit dem Bausparvertrag. Du weißt, wir brauchen das Geld dringend. Das Buch ist für Dich. Ich hab den ersten Schritt getan! Lies es aber auch!

Max

Mittwoch, 11. November

Mein Max!
Wie habe ich mich gefreut über Dein Buch »Erste Liebe«! Aber Du hättest es nicht ohne Widmung einfach auf den Tisch legen sollen. Es tut mir leid, daß ich wieder zu spät bin. Anständig wäre es von Dir, länger als eine Minute zu warten. Ich bin eine Minute zu spät gekommen. Außerdem geht die Uhr in der Küche sieben Minuten vor. Du kannst sie ja mit der Bahnhofsuhr vergleichen. Aber weil ich ein schlechtes Gewissen habe, streiche ich dafür die Balkonstühle. Ich habe ein süßes Blau gefunden. Ich gehe dann zu dem Graphiker hinüber und höre die Sechste Sinfonie. Ich habe sie ihm geliehen, weil er mir leid getan hat.
Ich habe von meinem Geld ein weißes Kleid gekauft, weil Du Weiß magst. Ich habe mir gedacht, daß ich mir dann noch weiße Schuhe kaufen muß, damit es stimmt. Und Dir muß ich ja nicht erzählen, wie das ist: Dann braucht man auch noch Wäsche dazu und Strümpfe, und dann paßt zuletzt die Tasche nicht mehr. Mein Vater hat gefragt, was ich mit dem Geld von dem Bausparvertrag eigentlich baue. In der Schweiz habe ich einen so schönen Mantel für Dich gesehen, den würde ich Dir gern kaufen. Er ist zweireihig und hat einen großen Kragen, 100 % Schurwolle.

Deine Kuckucksnelke

Lieber Gustav,
daß Du mir mein Herz aufgerissen hast, weißt Du. Wenn ich verblute, wirst Du einen grausamen Tod erleiden. Der Gedanke gefällt mir. Der Gedanke an Deinen Tod stellt mich regelrecht auf. Die Todesart wechselt mit meiner Laune. Noch habe ich den einen Brief nicht abgeschickt, schon schreibe ich den nächsten. Momentan streiche ich mit blauer Farbe einen grünen Gartenstuhl. Kennst Du die Geschichte vom süßen Brei? Die zähe Farbe füllt Dein Schlafzimmer, steigt bis zu Deinem Bett hoch, und Du ertrinkst und mit Dir die Hure. Wie Du mich gekost hast, kost Du sie. Du wiederholst Dich. Ich habe eine schnelle Zunge. Ich liebe Dich bis zum Wahnsinn. Max treibt es gut mit mir, wir sind ununterbrochen zusammen in unserer gemeinsamen Wohnung. Alles, was Du mir gezeigt hast, zeig ich ihm. Er ist mir ergeben. Er ist mein Mann und mein Kind. Mir bricht das Herz wegen Dir. Komm zurück!

Bess

Mittwoch, den 18. November

Betty, meine Blume,
frag bitte Deinen Papa, ob er mir sein Auto leihen kann. Das steht ja doch nur in der Garage herum. Ein Wahnsinniger hat mir Zucker in den Tank geleert. Sieht nach Racheakt aus. Sag ihm, wir beide wollen verreisen. Du bist sein Augapfel, er wird es Dir nicht abschlagen. Aber das mit Deinem Bausparvertrag geht ihn wirklich nichts an! Du darfst Dich zur Zeit vor der Wohnung nicht auf der Straße blicken lassen. Du kannst in aller Ruhe die Vorhänge nähen. Nur mach die Läden zu, wenn du sie aufhängst, daß man Dich nicht von unten sieht. Ich komme, wenn ich kann. Die Kämpfe mit meiner Frau laugen mich völlig aus. Man hat Dich und mich zusammen gesehen. Wer, sagt sie nicht. Ich wüßte auch nicht

wo. Vielleicht als Du im Finanzamt warst. Aber da hab ich ja draußen gewartet. Stell den Wagen, wenn Du ihn schon unbedingt brauchst, nicht mehr bei der Martinskirche, sondern beim Theater ab. Wenn Du ohne Wagen weg bist, leg den Schlüssel auf den Toaster. Aber zieh vorher den Stecker heraus. Wir müssen das durchstehen.

Dein Max

P.S.: Sollten wir uns nicht treffen, und es fällt Dir ein, wo sie uns gesehen haben könnte, schreib mir in Gottesnamen eine Notiz! Die Schreiberei geht mir allmählich auf die Nerven!!

Beim Zahnarzt ist mir ein wunderschöner Brief für Gustav durch den Kopf gegangen. Ich hatte irgend etwas im Mund und mußte darauf beißen. Der Doktor war inzwischen bei einer anderen Patientin. Meine Handtasche lag auf meinem Schoß, ich kramte nach Notizblock und Kuli. Der Raum war durch Plastikvorhänge in einzelne Kabinen unterteilt, in denen die Behandlungsstühle standen. Neben mir hörte ich die Patientin mit dem Doktor reden. Der Stimme nach dürfte es eine alte Frau gewesen sein. Anstatt den Brief an Gustav aufzusetzen, schrieb ich, so gut es ging, das Gespräch mit.
Sie: »Ihr Vater hatte ähnliche Hände wie Sie.«
Er: »Das ehrt mich, Frau Osirnigg.«
Sie: »Er hat sicher andere Gerätschaften gehabt, aber die gleichen Hände.«
Er: »Sehen Sie, Frau Osirnigg, die modernsten Gerätschaften sind nur in guten Händen etwas wert.«
Sie: »Nicht ein einziges Mal hat mir Ihr Vater weh getan. Und als er gestorben ist, dachte ich, was wird jetzt, und habe mich zwei Jahre lang nicht hierher getraut. Und jetzt ist hier alles neu. Nur die Hände von Ihrem Vater leben weiter.«

Er: »Das ehrt mich wirklich, Frau Osirnigg.«
Sie: »Nicht einmal hab ich au gesagt. Bei ihrem Vater nicht und bei Ihnen auch nicht.«
Er: »Sehen Sie, Frau Osirnigg, mein Vater hat immer gesagt, ein guter Zahnarzt schließt die Nerven der Patienten an die eigenen Nerven an. Dann weiß er, wenn etwas weh tut. Wenn Sie, meine liebe Frau Osirnigg, sich zwikken, wissen Sie ja auch, wo es weh tut...«
Dann bin ich nicht mehr mit dem Schreiben mitgekommen. Mich hat das Gespräch an Maxens Seifenvorführung erinnert. Vielleicht auch nur deshalb, weil ich im Mund einen Seifengeschmack hatte. Von den Händen des Doktors.

Freitag, 20. November

Lieber Max,
gestern hat mich der Grafiker zum Kaffee eingeladen und gesagt, daß ich bezaubernd aussehe. Ich hab gesagt, daß ich keine Zeit habe. Ich habe noch die Stempelmarken für Dich besorgt und Deine Anzüge aus der Reinigung geholt. Dann war ich in der Wohnung und habe mit weißer Farbe, wie Du es magst, die Wohnungstür gestrichen. Ich hab natürlich die Glaskanten mit Klebstreifen abgedeckt. Ein Azeton zum Saubermachen steht in der Küche. Wir müssen uns unbedingt einen neuen Eisschrank kaufen. Denk an den Sommer, da wird doch alles sauer. Ich hab von Papas Freundin eine Bratpfanne mitgebracht und ein Pommes-frites-Sieb. Sie braucht es nicht mehr.

Deine Kuckucksnelke

Samstag, den 21. November

Liebe Betty,
ich hab mich geärgert, weil ich mit dem Azeton nach dem Heimkommen erst den Boden saubermachen

mußte. Mußt Du denn immer irgend etwas anstreichen! Alles war verspritzt. Den Pinsel taucht man ein und läßt ihn erst abtropfen. Du hättest den Boden wirklich mit Papier auslegen müssen. Zeitungen liegen doch massenhaft herum. Und häng nicht überall Fotografien auf. Ich will die Bilderauswahl selber treffen. Zum Beispiel in der Küche hängt ein Pferd. Was soll das. Dort werden Spiegeleier gebraten.

Max

Sonntag, 22. November

Mäxchen,
Papas Freundin hat das lieb gefunden, daß Du letztesmal zu ihr gesagt hast, ihr Pullover habe eine schöne Farbe und die Qualität sei auch gut.

Bette

Montag, 23. November

Liebe Betty,
warum unterschreibst Du mit Bette? Hast Du Ambitionen oder was?

Max

P.S.: Ich kann nicht verstehen, daß das Geld noch nicht angewiesen ist. Schau, daß sich das rasch erledigt! Es hindert uns in unseren Plänen. Denk an unseren einmaligen Reitausflug im Ried!
P.P.S.: Sei ein Schatz und flick mir das Seidenhemd. Letztesmal hat so eine Emanze eine Zigarette an mir ausgedrückt.

Dienstag, 24. November

Lieber Max,
die Plätze, wo Deine Frau uns gesehen haben könnte:
Beim Schiffshafen (im August)

Vor dem Forsterkino (im September, aber Du hast eh gleich weggeschaut)
Vor dem Finanzamt (im Oktober, bevor ich hineingegangen bin und nachdem ich herausgekommen bin)
Und dann natürlich im *Finn* (oder gilt das nicht?)

Betty

Und dann der Rekord – alles auf einem Zettel, alles untereinander, alles an einem Tag:

Mittwoch, den 25. November

Liebe Betty!
Warum sehen wir uns eigentlich nie mehr?

Dein Max

Lieber Max,
weil Du nie da bist.

Deine Betty

Liebe Betty!
Ich bin da. Zum Beispiel jetzt. Wo bist Du?

Max

Lieber Max,
jetzt bin ich da, und Du nicht.

Betty

Liebe Betty,
hältst Du mich für blöd?

Max

Lieber Max!
Nein.

Dein Kuckuck

Dieser zackige Wechsel hat mir noch einigermaßen Spaß gemacht. Ansonsten ist mir das Briefschreiben und Brieflesen um Max herum auch allmählich auf die Nerven gegangen. Der Grund: Ich habe ihn immer wieder gesehen. Nicht oft, nicht lang. Aber ich habe ihn gesehen. Sogar Max hat angefangen, meine Ordnung zu stören.

Dann hat mir Max Schlittschuhe gekauft, und das von seinem letzten Geld, und wir sind »tollkühnerweise« – ein Wort von ihm – zu einem Eislaufplatz gefahren, irgendwo in der Schweiz, fünfzig Kilometer von Mäxchens Frau entfernt.
»Ihre Spione lauern überall«, hat er gesagt und damit sein eigen Fleisch und Blut gemeint, seinen Sohn.
»Mein Sohn hält zu ihr«, hat er gesagt, als ob der keinen Namen hätte. Das war mir alles zu auffällig. Sein Sohn heißt Armin. Es hat lange genug gedauert, bis ich mir den Namen merken konnte. Noch im September habe ich manchmal Albert gesagt. Da hat mich Max zusammengeschnauzt:
»Das machst du absichtlich!« hat er mich angebrüllt.
Ich habe es nicht absichtlich gemacht. Und als ich dann den Armin voll im Kopf hatte, hat er von ihm als »mein Sohn« geredet. Das war mir alles zu auffällig. Ich glaube, daß ihm das Kapitalausbrüten allmählich angefangen hat zu gefallen.
Aber das Schlittschuhlaufen war sehr schön. Ich habe mir einen Wollrock angezogen, einen knöchellangen dunklen, der tiefe Falten geworfen hat. Im Auto hat Max gemekkert, aber dann auf dem Eis war er hingerissen. Ich kann nicht Schlittschuh laufen. Max wollte es mir beibringen. Ich bin als Kind Rollschuh gefahren. Das sei eine gute Voraussetzung fürs Eis. Und tatsächlich bin ich ihm davongefahren, wackelig, mit Rücklage und Vorlage, aber

schnell. Er hat es nämlich auch nicht gekonnt, und als Kind hatte er keine Rollschuhe gehabt.
Außerdem war ich im Vorteil. Zwei Burschen haben mich in die Mitte genommen und haben Runden mit mir gedreht. Zuerst hat Max versucht, uns hinterherzufahren. Er hat keine gute Figur gemacht. Die Burschen haben nicht gewußt, daß ich zu Max gehöre. Und sicher wäre es ihnen auch ganz egal gewesen. Jeder hat mich an einer Hand gehalten, und ich mußte nichts anderes tun, als auf meinen Füßen zu bleiben. Der Platz war voll von Kindern. Die haben in der Mitte Kreise gedreht. Und wir sind am Rand entlanggefahren. Zuerst habe ich Max ganz aus den Augen verloren. Dann sah ich ihn. Er lehnte mit dem Rücken an einer Reklametafel und winkte mir zu. Ich machte mich von den beiden los und ließ mich zu ihm hingleiten.
Er lachte dasselbe verlegene Lachen wie an jenem Sonntag beim Schiffshafen.
»Hast du gewußt, daß der Rock beim Eislaufen so gut wirkt«, fragte er.
»Ja«, sagte ich.
»Ich bin ein Idiot«, sagte er, griff mit der rechten Hand in die Hosentasche, holte den Autoschlüssel heraus, warf ihn sich in die linke Hand und steckte ihn in die andere Hosentasche. »Ich bin ein Idiot«, wiederholte er.
»Warum denn«, sagte ich.
Er zuckte nur mit der Schulter. Und schämte sich – ironisch. Ich stellte mich auf die Zacken von den Schlittschuhen, damit ich einen festen Halt hatte, und umarmte ihn.
Meine Handtasche lag unter dem Beifahrersitz in Maxens Auto. Ein aufgeblähtes Ding aus schwarzem Leder. Aufgebläht durch Briefe – von Max an mich, von mir an Max. Er glaubte wohl, ich schmeiße die Briefe weg. Aber ich habe sie gesammelt. Und als mich Max fest an sich gedrückt hat, habe ich mir vorgenommen, dieses Brief-

schreibtheater zu beenden, die Briefe nun wirklich wegzuschmeißen oder sie wenigstens aus meiner Handtasche zu entfernen, sie irgendwo zu deponieren – bei den anderen Briefen in der Rathausstraße zum Beispiel...

Zu Hause haben wir miteinander geschlafen, und Max blieb über Nacht. Das hatte er schon einen halben Monat lang nicht mehr getan. Er hat zwar vorher mit seiner Frau telefoniert und ihr irgend etwas vorgelogen, ich bin absichtlich leise in die Küche gegangen, aber als ich die Tür hinter mir zumachen wollte, stellte er seinen Fuß dazwischen. Dabei hat er die Augen geschlossen und genickt. Aber er ist nicht die ganze Nacht geblieben. Er hat mir da nichts vorgemacht.

»Es würde alles kaputtgehen, und das wäre blöd, so knapp am Ziel«, sagte er.

Er stand um fünf Uhr auf, und auch mich hielt es nicht mehr im Bett. An der Tür küßten wir uns, das hatte es auch schon lange nicht mehr gegeben.

Ich bekam Putzlust, drehte das Radio an, hörte den Ö3-Wecker und schrubbte die Böden, wischte den Staub, putzte die Fenster. Die Dächer draußen lagen im Nebel, und die Luft roch nach See. Ich hängte die Bilder an den Wänden in eine neue Ordnung, schüttelte das Bett auf und verließ fünf Minuten vor acht die Wohnung. Ich war der erste Kunde in der Gärtnerei in der Anton-Schneider-Straße. Ich suchte mir einen riesigen Farn aus und eine dunkelrote, sauteure Rose und war fünf Minuten später wieder in der Wohnung. Die restliche Zeit bis neun verbrachte ich mit Umtopfen und Arrangieren. Ich fischte Ferdinands Brief aus meinen Unterhosen und steckte ihn in die Handtasche zu den Briefen um Max herum. Dann machte ich mich auf den Weg in die Fürsorge. Der Nebel hatte sich verzogen, der Himmel zwischen den Häusern

wirkte unheimlich hoch und blau, das ist der blaueste Himmel des Jahres, dachte ich, und ›Danke für die gute Laune‹.
Ich hatte in diesen Tagen Bürodienst, das heißt, ich war entweder allein mit mir oder allein mit der Fritz-Gehrer. Wir mußten den Rechenschaftsbericht für den Bürgermeister zusammenstellen, die Belege für die Ausgaben sortieren und schöne Formulierungen über irgendwelche Zielsetzungen unserer Abteilung niederschreiben, die dann der Bürgermeister der Opposition an den Kopf werfen wollte. Unsere Abteilung war ins Gerede gekommen, und die Fritz-Gehrer hatte Panik, daß keine Mittel mehr lockergemacht würden.
Mittags ging ich in die Rathausstraße. Die Briefe an und von Max hatte ich in der Fürsorge in ein großes Kuvert gesteckt, Ferdinands Brief dazugelegt und dann das Kuvert mit Tesafilm verklebt – zum Zeichen, daß keine weiteren Briefe mehr folgen würden.
Ich hatte es mir in letzter Zeit zur Gewohnheit werden lassen, in den Mittagspausen in Gustavs Wohnung zu gehen. Anfangs war ich noch übervorsichtig gewesen, hatte immer darauf geachtet, daß mich keiner sieht, hatte immer damit gerechnet, daß jemand da ist, daß jemand kommt, daß inzwischen jemand da war. Aber es blieb immer alles gleich. Ich wußte nicht, was Gustav mit der Wohnung vorhatte, und mit der Zeit hat es mich auch gar nicht mehr interessiert. Einmal hat mich eine alte Dame im Stiegenhaus gefragt, ob ich die neue Mieterin sei. Ich habe »ja« gesagt und ihr eine Nylontasche mit Lebensmitteln in den ersten Stock getragen. Sie wohnte direkt unter Gustavs Wohnung. Ein anderes Mal stand vor Gustavs Tür auf dem Fußabstreifer ein Glasteller mit einem Stück Streuselkuchen. Ich kochte mir einen Kaffee, aß den Kuchen dazu, und als ich wieder ging, stellte ich den Glastel-

ler einen Stock tiefer vor die Tür. Ohne Kommentar. Das war sicher unhöflich. Aber hätte ich geklingelt oder einen Zettel dazugelegt, hätte sich etwas angesponnen. Und das wäre doch zu riskant gewesen. Zuerst wollte ich den Kuchen gar nicht essen, aber dann hatte ich eben doch so einen Hunger. Manchmal überfiel mich noch die alte Ängstlichkeit. Dann streckte ich vor dem Verlassen der Wohnung erst den Kopf aus der Tür und horchte; dann schaute ich im Stiegenhaus durch das Fenster hinunter auf die Straße. Aber mit der Zeit ließ ich das ganz bleiben. Ich benahm mich tatsächlich wie eine Mieterin. Im Stiegenhaus grüßte ich und wurde zurückgegrüßt. Der alten Dame begegnete ich noch einmal. Sie war offensichtlich nicht böse, daß ich ihr den Teller ohne Dankeschön vor die Tür gestellt hatte. Sie fragte mich nach meinem Namen, und ich sagte »Edith Stein«. Warum, weiß ich nicht. Ausgerechnet der Name einer heiligen Ordensfrau war mir eingefallen.

An diesem Tag hielt ich Abrechnung. Am Morgen Abrechnung am Schloßsteig, am Vormittag Abrechnung in der Fürsorge, am Mittag Abrechnung in der Rathausstraße. Ich hatte mir eine Dose Ravioli mitgebracht, machte sie heiß, goß mir eine Tasse Nescafé auf, setzte mich auf den Boden und breitete, während ich aß und trank, die Briefe an Gustav vor mir aus. Als ich in der Hauptschule war, hat es eine Zeitlang eine Mode in unserer Klasse gegeben, eine hat ein Buch gehabt, in dem Handschriften von berühmten Persönlichkeiten gedeutet wurden – Goethes Unterlängen wie Schöpflöffel und so weiter, sonst fällt mir kein Beispiel mehr ein. Ich weiß nur noch, daß da stand, lange Oberlängen zeugen von Geistigkeit und fette Unterlängen von Sinnlichkeit. Und in den Briefen an Gustav habe ich darauf geachtet. Jedenfalls in

den letzten beiden Briefen, deutlich in den letzten beiden Briefen. Lange Oberlängen, fette Unterlängen. Das hat alles nichts mit dir zu tun, sagte ich zu mir, aber gerade deshalb machte es mir Spaß, die Briefe zu ordnen und zu lesen. Ich riß das Kuvert mit den Maxbriefen auf, in ihnen hatte ich geschrieben, wie ich eben schreibe – Oberlängen normal, Unterlängen normal – das fand ich schade, aber es war nicht mehr zu ändern. Immerhin hatte ich die Briefe um Max herum mit Datum versehen, so konnte ich mir auf dem Fußboden eine Geschichte zusammenlegen. Einmal Max, einmal Gustav, zweimal Max, einmal Gustav. Nur für den Brief von Ferdinand fand ich keinen Platz. Ich überlegte, ob ich ihn gleich hier zerknüllen und im Aschenbecher abbrennen sollte, aber ich hatte keine Streichhölzer dabei und war froh darüber. Entweder alle zusammen oder gar keiner.
Es war eine Sache von drei Handgriffen – Bettmachen, Mülleimerausleeren, Lüften. Schließlich packte ich alle Briefe in das aufgerissene Kuvert, sperrte die Wohnungstür hinter mir ab und steckte den Schlüssel zu den Briefen. Es war höchste Zeit, um halb zwei wollte ich wieder in der Fürsorge sein. Das hatte ich der Fritz-Gehrer versprochen. Außerdem mußte ich mich noch nach einem geeigneten Gulli umsehen. Ein Gulli schien mir richtig, nicht zu theatralisch, aber auch nicht ganz ohne Bedeutung. Ab in die Unterwelt! Briefe und Schlüssel, ab in die Unterwelt! Ich hätte nicht für möglich gehalten, wie einfach es war, einen Punkt zu setzen.
Ja, an diesem Tag war ich übermütig. Ich rannte die Treppen hinunter, knallte die Haustür hinter mir zu, kann sein, daß ich gepfiffen habe. Und stand auf der Straße – direkt vor Ferdinand. So nahe, daß ich ihn hätte umarmen können. Er wurde käseweiß, und mit dem Blut in meinem Gesicht tat sich auch etwas. Erwischt der mich doch direkt

vor der Tür! Ich bin gleich zum Angriff übergegangen und habe den größten Trumpf herausgelassen – sollte er meinen, er hätte mich bei irgend etwas erwischt, dann ...
»Ich hab deinen Brief bekommen.«
Das war völlig unnötig. Und übereifrig dazu! Das ist aus mir herausgeschossen. Wenn er jetzt seinen Rißgrinser in den Bart zieht und sagt – was weiß ich was sagt – oder gar nichts sagt, sondern nur grinst, dann bin ich die Blamierte, er kann es ja so hindrehen, als ob dieser Brief ein Reinfaller für mich sein sollte, dann bin ich die Reingefallene.
»Und?« fragte er. Sonst nichts. Ohne Grinser. Leise und ausgetrocknet.
Ich muß ja nichts antworten! Jetzt, Lisbeth, hast du einmal die Chance, vielsagend zu grinsen! Aber das würde ja heißen, auf einem Panzer, der einen Spatz abgeschossen hat, die Siegesfahne zu hissen. Ich wollte ja nicht Ferdinand eins auswischen, ich habe in einem Kurzschluß auf einen Angriff reagiert, der gar nicht gemacht worden war, der gar nicht gemacht hätte werden können. Ich muß mich ja nicht verteidigen, wenn ich in der Rathausstraße aus einer Tür komme, es könnte ja sein, daß hier meine Tante wohnt oder was weiß ich wer. Das würde dem Ferdinand doch auffallen, wenn ich jetzt auf ihn eindresche, der muß sich doch denken, das ist total grundlos, daß sie jetzt und hier auf mich eindrischt und grinst, daß sie auf mich eindrischt, indem sie grinst, das wäre nämlich das schlimmste Eindreschen, einfach nur zu grinsen, und wenn ich das jetzt tue, dann denkt sich der gescheite Ferdinand, womöglich hat sie einen Grund, vor einer harmlos aussehenden Tür in der Rathausstraße so total auf mich einzudreschen, und der nächste Gedanke wäre dann, aha, womöglich ist diese Tür in der Rathausstraße gar nicht so harmlos, womöglich hat die Lisbeth etwas zu

verbergen, immer hat man etwas zu verbergen, wenn man scheinbar grundlos auf jemanden eindrischt; und deshalb habe ich schnell den Retourgang eingelegt, und nachdem er »Und?« gefragt hat, gleich mit »Merkwürdig« geantwortet.

Und er hat gesagt: »Merkwürdig?«

Hätte ich bloß ein anderes Wort verwendet! Jetzt denkt er sich also, in meinem Gesicht hat sich vorhin farbenmäßig etwas getan – ich weiß ja nicht, was sich in meinem Gesicht getan hat –, weil ich plötzlich dem Verfasser eines merkwürdigen Briefes gegenüberstand. Die Tür in der Rathausstraße ist zwar glücklich verteidigt worden, aber dafür habe ich den Brief jetzt am Hals. Merkwürdig heißt, es ist würdig, daß man es sich merkt. Und ich merkte, wie sich sein Gesicht aufhellte. Er nahm die Hände aus den Manteltaschen und machte zwei Halbschritte, einen vor, einen zurück, ein Schaukeln wie ein Stehaufmännchen.

»Also merkwürdig findest du meinen Brief?«

»Soll ich ein anderes Wort nehmen?«

Himmel, ich habe gegrinst! Und dieser Grinser kam zu spät! Jetzt mußte er zweideutig wirken! – »Soll ich ein anderes Wort nehmen?« – Was für ein Wort denn? Wenn jemand grinst und dabei sagt, soll ich ein anderes Wort nehmen, dann muß man ja annehmen, daß er bereits ein anderes Wort in petto hat, daß er von vornherein dieses andere Wort gemeint hat, daß er »merkwürdig« nur gesagt hat, weil ihm das andere Wort zu direkt, zu zweideutig, eigentlich zu eindeutig vorgekommen ist.

Prompt hat Ferdinand ebenfalls gegrinst. Da standen wir also, wir zwei kleinen Verbrecher. Wie hat er doch so schön in seinem Brief geschrieben: »Es gibt eben solche und solche.« – »Wär ich nicht ein Narr, würde ich da noch Worte benötigen?«

Und jetzt sagte er aus schrägem Riß im Bart: »Also gut ... dann eben merkwürdig.«
Robert Mitchum, der Detektiv. Warum denke ich das? Ich habe nie einen Film mit Robert Mitchum gesehen, in dem er einen Bart hat. Da ist sein Kinngrübchen davor.
Ich stand da, und mein Wortschatz war ausgeschöpft. Und Ferdinand stand auch da, und sein Wortschatz war auch ausgeschöpft. Unter seinem schwarzen Mantel trug er garantiert die einzige Hose, die er besaß. Charlotte sagt, er besitze zwei. Aber weil sie eh gleich aussehen, sind sie wie eine.
Dann hat er kehrtgemacht und ist davon. Und ich auch. Ich bin schnurstracks in gerader Richtung gegangen, die Rathausstraße hinunter, über die Kreuzung beim Theater, an der Tabak-Trafik-Zentrale vorbei, beim Milchpilz über die Bahnschranke bis zum Geländer an der Seepromenade. Das Wasser schaukelte in großen Flächen, das waren keine Wellen und keine Brecher, das war ein flaches Auf und Nieder. Das Wasser stand niedrig, an der Kaimauer entlang zog sich ein Streifen von ausgetrocknetem Seeboden, Steine, überzogen mit verkrustetem Schlamm. Die Kastanienbäume auf der Promenade waren gestutzt worden, sie sahen aus wie gichtig verkrüppelte Finger, unvorstellbar, daß sie im Sommer je Schatten werfen würden. Ich war durcheinander, eine Minute länger mit Ferdinand vor der Tür, und mir wär etwas im Kopf durchgebrannt. Das war ein Schachspiel, und ich kann kaum Schach spielen, jeder Gedanke ein Zug – wenn ich das mache, wenn ich das sage, dann folgt jenes, und ich muß so reagieren oder auch anders reagieren ...
Ich war ohnehin schon zu spät dran, da kam es auf eine Viertelstunde nicht mehr an. Ich brauchte etwas ganz Wortloses. Und Denkloses. Nicht alle Kastanienbäume waren gestutzt worden. Unter einem Nichtgestutzten

war ein Teppich aus braunen Blättern gebreitet. Ich stellte mich mitten hinein.
Beim Bootshafen war ein Mann, oben neben der Laterne beim Molo war ein anderer. Oder eine Frau in Hosen. Die dünne Landzunge war zu weit weg, um das mit Sicherheit sagen zu können.
Ich stieg die Gulaschbrücke hinauf, die beim Bahnhof über die Schienen führt (und so heißt, weil früher auf der anderen Seite ein Gasthaus gewesen ist, in dem es gutes Gulasch gegeben hatte). Auf der Bahnhofsuhr konnte ich sehen, daß es bereits Viertel nach zwei war. Ich beeilte mich. Aber dann kam mir eine Idee. Ich betrat eine der Telefonzellen und schlug das Telefonbuch auf. Max Puch gab es nur einen. Altreutheweg 7. In Klammern stand Hildegard dabei. Diese Nummer wählte ich.
Max war am Apparat.
»Ich bins«, sagte ich.
»Mein Gott«, sagte er.
»Ich wollte dich hören.«
Er flüsterte: »Mein Gott, Betty, mein Gott, stell dir vor, meine Frau wär am Apparat gewesen ...«
»Dann hätte ich ›Falsch verbunden‹ gesagt ...«
»Das wär ja noch schlimmer gewesen ... Auf so etwas wartet sie doch! Was gibt es denn? Ist etwas passiert? ...
»Nein, was soll denn passiert sein? Ich wollte dich hören.«
»Das ist ja schön«, sagte er. Klang sehr eilig.
»Ich möchte dich zum Essen einladen«, sagte ich und machte mich ganz heiter, sogar mit den Händen habe ich gewedelt. »Das ist mir auf einmal so eingefallen. Ich bin geizig, weißt du, und wenn mir so etwas einfällt und ich nicht sofort anrufe, dann überlege ich es mir zuletzt noch ...«
»Das ist schön«, sagte er. »Ja, das machen wir. Da reden

wir noch drüber. Ich kann jetzt nicht ... Da freu ich mich drauf ...«

»Ich will dich heute abend zum Essen einladen. Ins *Zoll* ...«

»Ouh, das geht nicht, Betty. Das geht nicht. Das geht wirklich nicht. Das ist die verdammte Sache zur Zeit ... Heute abend habe ich einen Termin mit dem Steuerberater. Der kommt hierher ...«

»Dann morgen«, sagte ich.

»Mooorgen«, sagte er und es klang so, als hätte ich gestern gesagt.

»Geht es morgen auch nicht?« – Jetzt wars mit meiner Heiterkeit vorbei. Ich hielt den Hörer mit beiden Händen fest.

»Morgen, Betty!« rief er.

»Ja, was ist denn morgen?«

»Morgen! Hast du das denn vergessen?«

»Ich weiß doch gar nicht, was morgen ist ... Was ist denn morgen?«

»Bei Mizzi ...«

»Bitte, ich weiß nicht, was morgen bei Mizzi ist!«

»Das Match! Ist doch seit einer Woche geplant!«

»Max«, rief ich, »bitte, ich versteh dich nicht?«

»Da haben wir uns doch schon seit einer Woche darauf gefreut! Bei Mizzis Riesengrundig ... mit Videoaufzeichnung ... die ganze Clique! Da sind wir doch eingeladen! Hast du das vergessen?«

»Ach, das habe ich vergessen«, sagte ich.

Ich hätte meine Beine gewettet, daß zwischen mir und Max niemals die Rede von einem Match war! Und es war dreist, anzunehmen, ich hätte mich mit ihm auf ein Match gefreut. Ich wußte nicht einmal was für ein Match. Ich habe mich noch nie in meinem Leben auf ein Match gefreut.

»Was ist denn jetzt?« fragte er.

»Nichts«, sagte ich.

»Bist du jetzt beleidigt?«
»Nein.«
»Ich merk doch, daß du beleidigt bist.«
»Ach was«, sagte ich, »das *Zoll* ist eh viel zu teuer!«
»Das machen wir schon noch«, sagte er. »Und dann lade ich dich ein, ja?«
»Ja.«
»Und jetzt bist du immer noch beleidigt?«
»Nein.«
»Oder weißt du was«, sagte er. Er sprach sehr schnell und sehr leise. »Laß doch den Nachmittag einfach fahren, du kannst ja mit der Ding reden, die ist doch nett, oder wenn sie grad neben dir sitzt, dann gib sie mir einmal, dann rede ich mit ihr...«
»Sie sitzt nicht neben mir.«
»Bist du allein?«
»Ja.«
»Um so besser. Dann mach doch einfach blau. Ich muß um vier sowieso in die Wohnung, da kann ich mich eine Stunde freimachen. Dann machen wir uns eine Stunde ganz allein. Ja?«
»Ich will sehen.«
»Komm, versprich es!«
»Ich will sehen.«
Ich legte auf. Wenigstens das.

Ich überquerte die Straße und stellte mich zum Gassenschank bei den *Altdeutschen Stuben*. Mitten unter die Männer, die Bier tranken. Weil ich Hunger hatte und Pommes frites kaufen wollte. Aber als der Fettgeruch in meiner Nase war, sah ich fettige Würste vor mir und den Koch mit schwarzen Fingernägeln, und der Hunger war weg und ich wollte wieder gehen.
Einer mit einer Zipfelkappe hielt mich am Ärmel fest.

»Will die Lady ein Bier von mir bezahlt kriegen?«
Ich sagte: »Nein, danke, nicht um diese Zeit.«
»Nein danke!« rief er in die Runde. »Nein danke, nicht um diese Zeit, sagt die Lady!« Er hielt mir sein Gesicht vor die Nase und flatterte mit den Augenbrauen. »Am Abend vielleicht?«
Ich sagte: »Gut, am Abend.« – Fürsorgeflausen, die Fritz-Gehrer hätte ihre helle Freude mit mir gehabt.
Er hielt meinen Ärmel immer noch fest in seinen roten Händen.
»Der Abend ist lang«, sagte er. »Wann?«
Und ich: »Am Abend.«
Und er: »Also dann am ganzen Abend. Ehrenwort?«
Und ich: »Ehrenwort.«
Ich darf das, meine Ehre ist bei den Briefen in meiner Tasche und ist tatsächlich nur mehr ein Wort und hat deshalb keine Bedeutung.
Er ließ mich los. »Ich bin, wie ich bin. Stört dich das?«
»Nein.«
»Ich habe einen Porsche 911 gefahren. Jetzt ist er im Winterurlaub. Das stört dich sicher auch nicht.«
»Nein.«
»Das stört die Lady auch nicht«, übersetzte er den anderen. Die lachten. Klar, lachten die.
Ein geschmücktes Hochzeitsauto, in dem vier Männer in dunklen Anzügen sitzen. *Wir können den Mann nicht ändern, ändern wir das Thema.* Der Satz fiel mir ein wie eine Melodie. Ich wußte nicht, wo ich ihn aufgelesen hatte. Aber einer der Männer in dem geschmückten Hochzeitsauto war mein Vater.
Die Ampel wurde rot, das Auto hielt. Mein Vater streckte die Hand nach mir aus.
»Lisbeth!« rief er. »Wann haben wir uns das letzte Mal gesehen! Dir muß es gutgehen.«

»Wer hat denn geheiratet«, fragte ich. Die anderen drei im Wagen nickten mir zu.
»Walter Bösch heißt er, glaub ich«, sagte mein Vater. »Ein junger Kollege . . .«
»Wo ist Lilli?« fragte ich.
»Nicht eingeladen, er hat nur seine engsten Bekannten dabeihaben wollen.«
Die Ampel wurde grün, und er ließ meine Hand los: »Komm vorbei!«
Der Wagen fuhr an.
»Komm am Abend vorbei, wenn du Zeit hast! Ich mach nicht lange!«
Er winkte mir.
Ich sah das Auto von hinten und seine herausgestreckte Hand. Er winkte, übertrieben lange winkte er. Mir wurde elend wie bei einem Abschied. In all meine Kleidungsstücke hatte er ein X gemalt. Das gleiche Gefühl hatte ich mit elf, als er mich in ein Ferienlager gesteckt hatte. Wir besaßen damals einen Opel Rekord. Alle meine Kleidungsstücke hat er mit einem X versehen, damit ich sie wieder zurückbringe. – »Das X ist dein Zeichen.« – Mit Kuli hat er das gemacht. Bei den anderen Mädchen im Lager waren die Anfangsbuchstaben ihrer Namen aufgestickt worden. Ich war die mit dem Kuli-X. Das war auch die Zeit mit dem Lebertran. Damit ich zäh würde. Hat gewirkt.

Ich ließ diesen Nachmittag die Fürsorge sausen. Die Fritz-Gehrer kommt eh in den Himmel für ihr gutes Herz.
Der Puck meines Vaters, ich, ist nicht viel herumgehüpft. Hast mir den *Sommernachtstraum* beigebracht zum Angeben und Gedichte, und wie man sie aufsagen muß, daß es nicht leiert. Für jede Gelegenheit ein Gedicht. »Zum Glück gibt es nur wenig Gelegenheit für Gedichte«, hat er

gesagt. »Aber jeder Lyriker strickt irgendwann einen Herbstsatz in ein Verslein.« –

»Sonne, herbstlich dünn und zag,
Und das Obst fällt von den Bäumen.
Stille wohnt in blauen Räumen
Einen langen Nachmittag.

Sterbeklänge von Metall;
Und ein weißes Tier bricht nieder.
Brauner Mädchen rauhe Lieder
Sind verweht im Blätterfall.«

Die Ingrid Mungenast hätte sich an mich erinnern müssen! »Die, die über Trakl soviel wußte.«
Ich machte einen langen Spaziergang. Alles stimmte. Der Nebel hing von Lindau her über das Seeufer. Bei den Ulmen nahe der Kaserne machte er halt, als sei dort ein guter Rastplatz. Unsere Sonne hatte keine Mühe. Ging ich als Kind über die Gulaschbrücke, dann war das ein Wagnis. »Kommst du auch nur mit dem kleinen Finger an das Geländer, dann bist du augenblicklich tot«, hatte Teresa, meine Schulfreundin, gesagt. Denn das Geländer sei voll Strom. Und jedesmal hatte ich mir gedacht: Berühr ich es? Berühr ich es? Später einmal bin ich mit meinem ersten Freund über die Gulaschbrücke gegangen, kräftig aufgetakelt, angemalt und mit Stöckelschuhen. Schwierig ist mit solchem Gehwerk eine Überquerung. Bei jeder Stufe habe ich auf meine Schuhe schauen müssen. Und er, ein barfüßiger Späthippie, hat sich gebückt und mich erlöst. Er hat mir einfach die Schuhe ausgezogen. Da wußte ich, der steht drüber. Und in einem Übermut habe ich ihm die Schuhe aus der Hand gerissen und sie von der Brücke auf den Waggon eines einfahrenden Güterzuges geworfen.

Wir sahen sie auf einem Stapel geschälter Baumstämme liegen. Rot waren sie. Da hat er mich gedrückt, wie die Hippies halt so drücken. Drücken mit eingebauter Frage, ob man darf. Und ich, obwohl kleiner als er, war ihm geradewegs davongewachsen.
Also wieder zurück über die Gulaschbrücke, durch den Rasen der Promenade zum Konzertpavillon. Ich hatte keine Mutter, die mir den Mund abschleckt, wenn Eis daran klebt, und deshalb hätte ich heulen müssen, jetzt sofort, hier auf der Stelle, wo im Sommer die Leute ihr Kurkonzert pflegen. »Stille wohnt in blauen Räumen einen langen Nachmittag . . .« Da hat er sich bemüht und bemüht mit seinen Farben, der Trakl, aber ich stellte mir nur ein blautapeziertes Wohnzimmer vor in einem Haus außerhalb der Stadt, wo es keine Nachbarn gibt, die draußen im Hof Mopeds reparieren. Ich setzte mich auf einen Stuhl vor dem Pavillon. Ich hab meine Knie vor mir gesehen. Sie sind spitz. Spitz das Knie, spitz das Herz, oder wie der Spruch geht. Meine Knie sind zwei Keulen und sie stehen ab, als wollten sie aus dem Bein springen. Wind von Lindau her kam auf und ich bildete mir ein, daß es nach Schnee roch. Der Wind ist ein Berufsmusiker. Fegt er um die Ecken und wirbelt er die Blätter auf, so sind das seine traurigsten Lieder. Er wehklagt und wird nicht erlöst. Gebremst wird er von der Landesregierung und dem Bürgermeister. Da steht ein riesengroßer Betonblock und schneidet ein Stück Welt auseinander. Hätten sie dem Hundertwasser doch erlaubt, unser aller Festspielhaus zu irritieren! Wär es von Efeu und Bäumen und Johannisbeer- und Brombeersträuchern überwachsen, könnte man wünschen, es sollte sich dahinter ein Garten befinden, noch wundersamer. (Dort, wo früher das Schwimmbad war. Ich und Teresa sind über den Zaun geklettert, damit wir nichts zahlen mußten. Der See gehörte immer allen,

aber im Schwimmbad war man etwas, weil es Eintritt gekostet hat. Teresa in ihrem Blumenbikini zieht den Bauch ein und schaut nach einem, der das wert ist. Im Witz tun das immer die Männer.)
Am Yachthafen kam ich vorbei. Die Boote standen wie Schüler beim Turnfest. Gerade und erwartungsvoll. Jedes mit einem Namen versehen. Besäße Max ein Boot, er würde es *Betty* taufen. Dann, wenn das Kapital ausgebrütet ist . . .
Betty, du bist in keinem guten Zustand.
Einem Fischer begegnete ich, der stand wie angewurzelt. Vielleicht sollte man ihn antippen. Muß der echt sein? Auf einer Bank saßen zwei türkische Männer im Sonntagsgewand. Die Arme über die Lehne gebreitet. Zwei Männer, zwei Arme. Die beiden Arme in der Mitte waren von den Rücken verdeckt. Schwan kleb an. Thront auf dem Wasser wie angewurzelt. Ich warf einen Stein, da fuhr er seinen Hals aus und drehte sich. Nicht schön, so ein Schwanenhals.
Als ich der Puck war, hatte mein Vater mit mir *Lindau schauen* gespielt. Er nahm meinen Kopf zwischen seine Hände und zog mich vom Boden weg. Drehte den Kopf hin und her und hin und her und stellte mich wieder ab. Ich war mir dabei nie sicher, war das eine Strafe oder war das eine Liebkosung.
Ich setze einen Fuß vor den andern, als wäre der Weg ein Seil. Ich möchte mir wieder einmal auf die Schenkel schlagen und schreien: »Genau, ich habs! Das ist die Idee!« Dabei war gerade heute morgen so etwas Ähnliches gewesen. Zwei türkische Frauen kamen mir entgegen, beide hochschwanger. Oder ist es höchste Zeit, daß ich es einmal mit verschissenen Windeln zu tun kriege? Die Türkinnen trugen Kopftücher, lange Röcke mit batzigen Mustern, jede schob einen Kinderwagen vor sich her, in dem einen saß

ein Schwarzgelocktes mit einem Netz Zwiebeln im Schoß; im anderen wurde ein Nachtkästchen transportiert.
Wenn ein Kind müde wird, treibt es nach Hause. Die Mutter legt es aufs Bett, zieht erst die Schuhe aus, dann das Kleidchen, Unterhemdchen und Unterhose bleiben für die Nacht an. Holt einen Waschlumpen, putzt den Mund, die Nase und die schwarzen Fußsohlen ab, gibt einen Schluck Wasser zum Trinken, fragt, »Mußt du aufs Klo?«, dicker Kuß und dann ab in den Traum...
Die Serie Gustav Gans ist vergriffen.
Wie meine Mutter jetzt wohl aussieht. Ich hätte gern gewußt, ob mein Vater Nachforschungen betrieben hat. Ob er weiß, wie ihr Familienname jetzt ist? Ich weiß nicht einmal, ob sie wieder geheiratet hat. Wenn er wirklich der König mit dem kostbaren Beutel war – der Liebhaber meiner Mutter – dann hat sie einen guten Riß gemacht. König Gustav von Schweden mit Frau – sie, ehemalige Hosteß mit Fremdsprachenkenntnis von den Olympischen Spielen her... Aber das ist eine andere, und er ist ein anderer, ein echter. Unechte Könige haben Standesbewußtsein. Er – Elektrotechniker (glaub ich); sie – Schuhverkäuferin. Sie war viel berühmter für mich, die Mama, die sich jeden Tag eingeseift hat und dann den Grasgeruch an sich hatte. In welchem Land lebt meine Mutter. Inzwischen müßte ein Schiffsunglück geklärt sein. So lange schwimmt niemand im Salzwasser. Die Suche kann abgebrochen werden. Getrost.
Eine Geliebte, die zur Ehefrau wird, ist das eine nicht mehr und wird das andere nie sein. Eine kaputte Schale vergißt man, kaum daß die Splitter aus dem Aug sind. Abtrünnig.
Keine einzige Bodematte auf der Welt hatte den Geruch von Mamas himmelblauer. Das Schilf am Ufer im Vor-

kloster bog sich vor Ehrfurcht, als die Mama das Nest bereitete. Ihren Badeanzug trug sie unter dem Sommerkleid. Eine Sekunde dauerte das Abstreifen. Ihre Beine waren glatt und braun. Rasierte sie sich zu Hause mit Vaters Schaum und Klinge die feinen Härchen von den Beinen, wollte ich zusehen. Sie setzte mich auf die Badematte und es gab eine Mulde. Sie legte sich neben mich, gerade auf den Bauch. Ich hatte Creme auf den Fingerkuppen und strich ihr damit Schultern, Rücken, Beine, alles ein. Die Sonne machte am Rücken ein braunes, ausgefülltes U. Ein Mann, der nicht mein Vater war, setzte sich neben uns auf die Badematte. Auch er hatte Creme auf den Fingerkuppen und strich sie auf Mamas Bauch. Ich erinnere mich an den Klosterbruder, der eine Ziege aus dem Schilf treiben wollte. Unser Badeplatz war in der Nähe des Klosters. Das Baden war hier verboten. Uns hat nie einer weggeschickt. Als die Ziege ganz nahe an Mutters Badematte war, hielt der Mann, der nicht mein Vater war, im Baucheincremen inne, und machte »Ksch!« Ich nahm die Ziege am Halsband und brachte sie dem Klosterbruder.
Der sagte:
»Mein liebes Kind, ich sehe, daß du mit mir sprichst. Und weil du dabei ein braves Gesicht machst, will ich darauf hinweisen, daß ich dich nicht verstehe. Ich höre nämlich nichts.«
Ich sagte:
»Ratte, beiß ihn!«
Er sagte:
»Es ist aber reizend von dir, daß du trotzdem mit mir sprichst.«
Ratte, beiß sie! war ein Spiel. Die Mama sagte: »Ratte, beiß sie!« und zwickte meine Haut mit Zeigefinger und Daumen. Ich lag in einer Mulde. Die Anziehungskraft der

Erde wirkt am stärksten in Erdnähe. Sie nimmt mit der Entfernung ab und hört dann rasch auf.
Ich ging am Kloster vorbei und durchs Schilf bis ans Ufer. Nichts hatte sich verändert. Meine Füße in Stiefeln, aus feinstem Kalbsleder – bitte sehr! – stehen dort, wo ich mir einbilde, daß Mutters Badematte lag. Wer bietet mir ein Abenteuer! Ich bin bereit. Ich habe soviel Kraft in mir, daß ich alle in die Luft sprengen könnte. Durch die Wüste bin ich gegangen und nicht verdorrt. Kommt doch her, zeigt, was ihr zu bieten habt.

Mein Vater war von der Hochzeit noch nicht zurück.
»Er wird jeden Augenblick kommen«, sagte Lilli. Sie trug seinen Bademantel und Hausschuhe, die mir gehörten. – »Trink etwas mit mir!« – Keine Katze und kein Napf. Entweder ist die Namenlose verschenkt worden oder erwürgt worden oder von selber in den Frieden gegangen. – »Ich hab mir einen Glühwein gemacht, muß ihn nur noch einmal aufwärmen... Kommst du mit in die Küche? Mir war so kalt von innen heraus, und da ist so ein Glühwein gerade richtig. Kommst du von der Arbeit?« – Alle Türen geöffnet bis zum Anschlag, eine wallende Wohnlandschaft und hell. – »Wie gehts dir mit der Liebe? Ein netter Mensch, dein Max. Wieso weißt du eigentlich, daß der Felix auf einer Hochzeit ist? Also wenn ich ehrlich bin, war ich beleidigt, daß man mich nicht eingeladen hat. Schließlich weiß jeder im Amt, wie wir zwei zueinander stehen. Das tun sie nur, um mich zu ärgern.«
»Quatsch«, sagte ich. »Das ist doch Quatsch, Lilli.«
Sie saß auf meinem Stuhl. Ich hatte den Platz auf der Sitzbank. Als mein Vater und ich hier allein gehaust haben, hatten wir eine fixe Sitzordnung, und dort, wo Lillis Arsch in fünfundvierziggrädiger Breite zur Ruhe kam,

dort bin immer ich gesessen. In diesem Haushalt wurde inzwischen der Glühwein im Milchtopf gewärmt. Es roch nach Nelken und Zimt. Von allem zuviel. Bei den guten Sachen nimmt Lilli die doppelten Mengen, sie meint, die Rezepte sind geizig. Aber getrunken wurde aus Kaffeetassen, das schon.
»Jetzt, wo du da bist, du bist schon so lang nicht mehr bei uns gewesen, und dein Vater fragt sich ...«
Komplizierte Überlegungen breitete sie aus – dreihundertsechziggrädig. Also: Meinen Vater kränke es nicht wirklich, wenn ich nicht komme, er denke nur, ich könnte denken, daß er sich kränkt, und dabei in einen Streß geraten, immer den Gedanken im Kopf: Zum Papa muß ich wieder einmal hin. Er, Felix, mein Papa, denke sich, und das sei auch ihre, Lillis, Meinung, ich, Lisbeth, traue mich nicht zu sagen: Hört her, ich und Max, das ist es, wir beide ziehen zusammen. Und warum denke ich, Lisbeth, so? Mein Vater denke, und das sei auch ihre, Lillis, Meinung, ich, Lisbeth, denke so, weil ich befürchte, das könnte meinen Vater kränken, das würde dann so klingen wie: Unser gemeinsames Leben ist beendet. Sie, Lilli, wisse ja ganz genau, welch innige Beziehung mein Vater zu mir, seiner Lisbeth, habe, und auch welch innige Beziehung ich, Lisbeth, zu meinem Papa habe, und da sei sie, Lilli, mit ihrem gesunden Hausverstand einmarschiert und habe gesagt: Felix, deine Tochter will ihr eigenes Leben leben, und du willst auch dein eigenes Leben leben, also wollt ihr beide das gleiche ...
»Das ist alles nicht notwendig, wir wollen uns doch nicht närrisch machen! Wenn ihr beide es schon nicht könnt, dann spreche eben ich aus, was ihr beide doch eigentlich wollt.«
Dann kam der Hammer:
»Also, meine Liebe. Weil du jetzt ja eh fix bei Max

wohnst, würde ich gern bei deinem Vater einziehen. Ich würd gern dein Zimmer haben, für meine Sachen. Ich bin in dem Alter, wo ich meine eigenen vier Wände brauche, das wird dir doch nichts ausmachen. Der Felix braucht auch sein Zeug. Sag um Gottes willen nein, wenn du nicht willst!«

»Du, klar«, sagte ich.

»Wirklich?« fragte sie. »Würdest du es auch wirklich sagen?«

»Ja«, sagte ich.

»Überlegs dir, ja?«

»Mhm«, machte ich. »Mhm.« – Als wär mein gebrauchtes Zimmer ein gebrauchtes Fahrrad.

Ich bin noch eine Weile gesessen und dann aufgestanden und gegangen. Wieso hätte ich auf meinen Vater warten sollen, wenn das alles nur ein kompliziertes Theater ist. Warum hatte ich nicht gesagt: Lilli, geh hin, wo der Pfeffer wächst, und wenn du nicht weißt, wo das ist, mein Vater weiß es bestimmt.

Große Gedanken, kleine Schritte. Wohin? Zum Schloßsteig, wohin sonst. Den habe ich heute morgen ja herausgeputzt. Muß schön sein für einen Mann, in seine herausgeputzte Wohnung zu kommen:

Betty, sag einmal, bist Du vollkommen übergeschnappt, den Helm von meinem Vater als Blumentopf zu verwenden! Das ist ein Andenken, verdammtnocheinmal! Jetzt ist das ganze Klo verstopft von dem Kraut und von der Erde. Du hast ja schöne Sachen besorgt, aber eine Klobürste wäre grundlegender gewesen!

Max

Was blieb mir anderes übrig, als den Brief einzuordnen in

meine Handtasche, einen leeren Bogen vom Block zu reißen, mich aufs Bett zu setzen und zu schreiben:

Lieber Gustav!
Die Welt ist eine Welt Gottes. Das hab ich von meinem Vater. Wo ist die höchste Lust? Ist sie im Herzen wie in der gesunden Natur, dann ist sie gut. Heute ist Dir aus Versehen der Kopf auseinandergeschlagen worden. Du fragst, warum gerade heute. Das kann ich Dir sagen. Heute habe ich geheiratet. Ich war eine Braut in Dunkelblau. Es ist dasselbe Kleid, bei dem ich einmal auf der Innenseite Dein Zeug draufgeschmiert habe. Es ist typisch für Deinen verdorbenen Charakter, daß Du das vergessen hast. Nur die höchste Lust gewährt ungetrübte und dauernde Befriedigung. Und diese ist geistiger Art und hinterläßt keine Flecken. Mein Vater hat mich gut erzogen. Er kennt Dich nicht. Er hat mir zugesehen, wie ich auf Dich gewartet habe. Am Fenster bei den Topfpflanzen bin ich gestanden und habe auf jedes Autogeräusch gehört. Ich hätte Dich sofort erkannt. Ich habe gewartet, bis eine Minute davor. Um der höheren Lust willen ist jede niedere zu opfern. Ich opfere Dir Max. Und ich opfere Dir meinen Vater. Obwohl sie es nicht verdienen. Max ist gut zu mir. Er kann machen, was ich will. Mein Hab und Gut ist immer noch in Nylontaschen verstaut. Bis auf meinen Nähkorb. Für die Hochzeit habe ich mein Theaterkleid um eine Handbreit gekürzt. Jetzt ist es wieder jungfräulich. Mein Schwiegervater ist ein toter Soldat. Meine Schwiegermutter schmeckt meine Suppe ab. Weißt Du, wie man ohne Fleisch eine Soße zubereiten kann, die eindeutig nach Fleischsoße schmeckt? Den Kriegshelm meines Schwiegervaters verwendet Max als Spielzeug. Er treibt mich vor sich her. Er will mich mit Haut und Haar. Du kannst ja nicht wissen,

wie es mir geht. Hält Deine Mutter zu Dir? Wenn ich einmal einen Sohn habe, werde ich zu ihm halten, und wenn er die ganze Welt leerschlachtet. Aber mir wär lieber, ich hätte ein Kind von Dir. An dem würde ich dann meine Wut auslassen. Gerade habe ich Dich gesundgepflegt. Salbe auf die Naht an Deinem Kopf. Hast Du immer noch den kratzigen Wollpullover. Ich liebe Deinen kratzigen Wollpullover. Ich küsse Dich. Ich brenne darauf, Dich zu küssen. Mein Gatte und ich haben vor, ein Detektivbüro zu eröffnen. Wir finden heraus, wo und wann sich die verschiedensten Leute aufgehalten haben. Wenn ich Dich erwische, hast Du ausgeschissen.

Bess

Das genügte völlig für eine mittlere Laune. Für eine solche, in der die weite Welt in der Waagrechten und Himmel und Hölle in der Senkrechten sichtbar werden. Ich bin die Spinne und sitze in der Mitte meines Reiches. Seine Enden sind Glück und Unglück, Leid und Freud. Ich bin in der Mitte und mir vis à vis ein Fernseher, kein Riesengrundig, eher etwas Mittleres.

Und:
Bin ich eine Hellseherin? *Die Nacht des Jägers* mit Robert Mitchum als falschem Prediger. Ich drückte auf den Knopf am Fernseher und war mitten in diesem Film. Robert Mitchum sitzt an der Theke und klagt einem alten, dicken Ehepaar sein Leid. Seine Frau habe ihn verlassen. Ich wußte, daß er lügt. Ich kannte den Film. Robert Mitchum will nur Geld. Nicht Robert Mitchum, der Detektiv. Robert Mitchum, der Prediger. Es klingelte. Es war Ferdinand. Bevor ich überhaupt nur ein Wort sagen konnte, stand er schon in der Wohnung und drückte mit seinem Rücken die Tür ins Schloß.

»Ich will mit dir ins Bett.«
Fast als hätte ich es erwartet. Und doch: Als wären seit heute mittag nicht erst zehn Stunden, sondern zehn Tage vergangen. Hinter mir lief der Fernseher. Das fand ich komisch. Aber diesmal kommt mir kein Grinser in den Mund. Ich sage nichts. Also war noch einmal er dran:
»Jetzt sofort!«
Jetzt sofort, das war: jetzt hier auf dem schmalen Gang.
»Nein«, sagte ich. Seine stramme Haltung weichte sich auf.
»Wieso nicht?«
Komischer Ferdinand! Ich hatte gedacht, das ist eher einer, der es mit Handlesen anstellt. Das hat mir einmal jemand erzählt, ich weiß nicht mehr, ob es ein Mann oder eine Frau war, die oder der mir das erzählt hat. Es sei einer wahnsinnig auf eine gestanden, habe immer gegrüßt und Gespräche angefangen, die sich, ohne daß er es beabsichtigt habe, immer um irgendwelche Sachgebiete gedreht hätten, obwohl man ihm schon hundertmal gesagt hatte, daß irgendein Wissen auf irgendeinem Sachgebiet nicht zum geringsten Aufriß führe, aber ihm sei eben sonst absolut nichts eingefallen, und dann habe ihm schließlich ein Freund geraten, wenn er schon unbedingt von einem Sachgebiet reden müsse, dann solle er sich doch wenigstens eines aussuchen, bei dem sich irgendwie ein Bogen herstellen lasse, der in irgendeiner Körperberührung ende, ganz egal, in was für einer Körperberührung der ende; es sei nämlich so, daß ein Aufriß letztendlich immer mit einer Körperberührung anfange, alles andere sei Quatsch. Und so sei derjenige aufs Handlesen gekommen. Er habe sich Bücher besorgt, und das sei von nun an sein Trick gewesen: »Ich finde, daß du irrsinnig interessante Hände hast, wenn du willst, dann lese ich dir aus der Hand, aber nicht jetzt, ich brauche dazu Ruhe, am

besten, wir machen etwas aus ...« – Das hätte ich mir beim Ferdinand vorstellen können. »Du bist eine Frau mit einem Hang zur Verderbtheit, gelangweilt, lasziv, ein Fähnchen mit allerlei Wunschkram schwingend.« – »Du hast keine Hemmung ...« – »Ein Blick von Dir genügt, und ich weiß Bescheid ...« – »Du wirst nie das Chaos gegen die Ordnung eintauschen ...« – Ich hätte mir vorstellen können, daß er stundenlang an meiner Hand herumdeutet, daß er meine Hand in alle Richtungen knetet, daß er, wenn er allen seinen Mut zusammennimmt, meine Hand vielleicht gerade noch bis zum Ellbogen hinauf massiert; ich hätte mir vorstellen können, daß er viel redet, jede Handlinie eine Abhandlung, aber ich hätte mir nicht vorstellen können, daß er irgendwann zum entscheidenden Satz kommt ... Ein zweites Mal spiele ich nicht Schach mit dir, dachte ich, ich will keinen Satz vorausdenken, und ich will bei keinem Satz von dir denken, was hat er zu bedeuten.

»Warum traust du dich das«, sagte ich.

Er nahm Tabak und Papier aus der Manteltasche und drehte sich eine Zigarette. Das dauerte viel zu lange. Für solche Situationen sind fertige Zigaretten günstiger.

»Braucht es da Mut dazu?« fragte er.

Ich würde mich das nicht trauen, dachte ich und konnte mir gerade noch verbeißen, es zu sagen. Das hätte er ja nicht anders verstehen können, als: Ich will auch, aber ich hätte es mich nie getraut zu sagen. Ich war schon mitten im Schachspiel.

»Du kommst in die Wohnung von Max ...«

Er unterbrach mich: »Ich wußte, daß er nicht da ist, und ich weiß, daß er heute nicht mehr kommt.«

Er lehnte noch immer an der Tür. Ich sah es ihm an, das hatte er sich alles vorher ausgedacht. Die Rolle behagte ihm selber nicht.

»Und wenn ich noch einmal nein sage, gehst du dann?« fragte ich.
Er schüttelte den Kopf: »Woher weiß ich denn, daß du auch ein drittes Mal nein sagst.«
»Nein – ein drittes Mal. Nein – ein viertes Mal. Gehst du jetzt?«
»Wenn du mich rausschmeißt ...«
»Wie soll ich denn das machen?«
»Mich rausschmeißen?«
»Soll ich dich lupfen und hinaustragen?«
»Sag: Hau ab! Dann geh ich.«
Jetzt hat sich ein lang zurückgehaltener Schlucker durch seinen Hals gewürgt. Herrgott, wenn mir Charlotte nicht erzählt hätte, daß du in einem Loch wohnst und nur zwei Paar Hosen hast, die beide gleich aussehen!
»Ich kann dich ja nicht aus einer Wohnung schmeißen, die mir nicht gehört.«
»Man kann ja reden«, sagte er. Und jetzt hat er auch seinen Grinser wieder gefunden. Sein Mund, der bekannte schräge Riß. Und was dieser Grinser hieß, das wußte ich: ›Ich weiß es, daß du es weißt, und du weißt, daß ich weiß, daß du es weißt. Darum ist alles, was wir reden, eigentlich überflüssig, ein Blick von dir genügt, und ich weiß Bescheid, du bist wie ich, wäre ich nicht ein Narr, würde ich da noch Worte benötigen ...‹ – Kennen wir alles. Ich war neugierig, ob er von seinem Brief reden würde. Und wenn, wie er das anstellte.
»Daß ich dich nicht hinausschmeiße, hat gar nichts zu bedeuten«, sagte ich. »Warum grinst du so!«
»Bei mir meint man immer, ich grinse«, sagte er. »Das liegt am Bart.«
Ich weiß es, du weißt es, beide wissen wir es, aber wenn man es ausspricht, dann fällt dir das Gesicht zusammen.
Er zwängte sich an mir vorbei – ohne mich zu berühren –

durch den schmalen Gang, trat ins Zimmer, ich hinter ihm her, im Fernseher trieb ein Boot über den Fluß, darin schliefen die beiden Kinder, auf die es Robert Mitchum abgesehen hatte. Ferdinand betrachtete kurz die Szene und sagte:
»Charles Laughton, 1955.«
»Robert Mitchum«, sagte ich.
»Auch«, sagte er.
»Wieso auch?«
»Mitchum spielt, Laughton hat Regie geführt, Drehbuch James Agee, sein letztes übrigens...«
Ich schaltete den Fernseher aus.
»Gehen wir in die Küche, hier kann man sich nirgends hinsetzen«, sagte ich und ging voraus.
Aufs Bett hätte man sich setzen können. Und dann – wir beide nebeneinander wie aufgefädelt auf dem breiten Bett und eine Diskussion darüber, warum wir nicht einfach unsere Oberkörper nach hinten klappen!
Ferdinand nahm sich einen Stuhl. Den Mantel behielt er an. Es entstand eine Pause. Keine lange, aber eine stille.
Schließlich runzelte er die Stirn, kringelte den Mund zu einer erklärenden Volkshochschulhöhle und sagte in seinem wissenschaftlichen *Finn-MacCool*-Plauderton:
»Noch vor dreißig Jahren hat man mit Bart älter ausgesehen. Heute sieht man mit Bart jünger aus. Das hat gar nichts mit dem Bart oder dem Mann zu tun. Das ist ein historisches Phänomen. Die Hippies in den Sechzigern haben den Bart jünger gemacht. Da hat auf einmal jeder Pinscher einen Bart gehabt. Die Jungen haben einen Bart gehabt, die alten keinen...«
Wenn schon nicht Handlesen bei anderen, dann eben Bartlesen bei sich selbst. Seinen Einstiegsatz hatte ich ihm verdorben.

»Zieh doch deinen Mantel aus«, sagte ich. »Hier ist geheizt.«
Er reichte ihn mir und ich hängte ihn an den Haken für Handtücher und Topflappen. Dann setzte ich mich auf den anderen Stuhl, verkehrt herum, so daß ich die Arme auf die Lehne legen konnte.
»Also, worüber willst du reden?«
»Hast du Wein«, fragte er.
Ich schüttelte den Kopf.
»Bier auch nicht?«
»Leider.«
»Ein bißchen blöd, so trocken. Aber wenn ich selber etwas mitgebracht hätte, hätte es noch schlimmer ausgeschaut.«
Denke ja nicht, daß ich irgend etwas verstehe, was du nicht klipp und klar aussprichst, dachte ich.
»Was hätte noch schlimmer ausgeschaut«, fragte ich.
»Ich habe dir ja gesagt, was ich will.«
Du meinst, dachte ich, wenn du einmal den Mut aufgebracht hast, die Sache beim Namen zu nennen, dann hast du deinen Teil geleistet.
»Du meinst«, sagte ich, »wenn du mit einer Flasche Wein gekommen wärst und gesagt hättest, du willst mit mir ins Bett, dann hätte es noch schlimmer ausgeschaut.«
Er leckte das Papier für eine neue Zigarette ab und sagte, ohne mich anzusehen:
»Aber nicht, daß es wegen ... Max ist.«
»Wieso wegen Max«, sagte ich und wußte im selben Augenblick, daß er das absichtlich oder unabsichtlich mißverstehen würde.
Er blies eine Wolke zwischen unsere Gesichter: »Ja wirklich ... wieso wegen Max.«
»Möchtest du ein Glas Wasser«, fragte ich. Die Zigarette war ihm am Mund klebengeblieben.

»Wasser mit was?«
»Mit nichts«, sagte ich. »Einfach Wasser.«
»Hast du Joghurt?«
»Ich krieg den Eisschrank nicht auf«, sagte ich. »Da ist alles mögliche drin, aber alles schon ziemlich alt, ich krieg ihn schon seit zwei Wochen nicht auf.«
Er brauchte sich nur umzudrehen, der Eisschrank stand direkt hinter ihm. Er zog an der Tür, aber es rührte sich nichts. So weit war ich auch schon einmal.
»Soll ich ihn aufbrechen«, fragte er.
»Wenn du das kannst...«
»Wenn da drinnen Joghurt ist...«
»Ich weiß aber nicht, ob man es noch essen kann.«
Er stand auf, sah sich im Zimmer um, nahm das Brotmesser von der Abspüle, hämmerte es mit der Faust in den Türschlitz des Eisschranks, riß einmal kräftig, das Messer brach ab, die Tür blieb zu.
»Scheiße«, sagte er, »Joghurt mit Wasser ist ein gutes Getränk. Türkisch.«
Dann setzte er sich wieder. »Ich bin irgendwie eine lächerliche Figur, stimmt's?«
Die Serie Gustav Gans ist vergriffen. Mäxchen brütet Kapital aus. Dazu braucht er den Kriegshelm seines Vaters. Und mein eigener Vater braucht ein zusätzliches Zimmer, in dem er seine krautdicke Lilli ausrollen kann. Ich habe noch nie jemanden getötet. Geschweige die halbe Welt leergeschlachtet. Zum Verbrecher fehlt mir ein Messer. Das Messer ist abgebrochen. Vielleicht ist das auch ein Andenken, verdammt noch mal! Ich werde es vor Mäxchen zu verantworten haben. Oder läßt sich das Brotmesser eines Seifensieders von der Steuer absetzen? Warum nicht mit dem Ferdinand! Charlotte würde sich eh nichts draus machen. Die hat genug mit ihrem Gefühl des Verliebtseins. Das will ich ihr gar nicht nehmen. Sein Haar

langt mir. Ich habe dieses Haar mit dem Stich ins Rote von Anfang an gemocht. Langt das nicht? Solche Haare bleiben im Gedächtnis hängen. Ist es Fett oder Öl, was da so glänzt. Auch wenn er auf Strumpfbänder steht, Haaröl traut dem Ferdinand keiner zu. Gut, ist es eben Fett. Alles aus der humanen Eigenproduktion. Vielleicht verläßt sich Charlotte darauf, daß niemand Haaröl und Ferdinand zusammenbringt. Vielleicht verläßt sie sich darauf, daß neun von zehn Frauen mehr auf Haaröl als auf Kierkegaard stehen. Daß man trotz Kierkegaard das Fett im Haar nicht übersieht. Es wäre ein kleines Verbrechen, aber nur ein kleines ...

»Was schaust du mich denn so an«, sagte Ferdinand.

Ich hatte gedacht und gestarrt. Ich wollte nun doch wissen, wie klein oder wie groß der Verbrecher ist, der mir gegenübersitzt.

»Ich wußte gar nicht, daß du ein Verhältnis mit Charlotte hast«, sagte ich.

Ein winziges Aufrucken in seinem Hals. Das hätte nichts zu bedeuten gehabt, Ferdinand hat einen Halswackeltick, manchmal reißt es ihm den Kopf, daß man es knacksen hört, manchmal ist es nur ein kleines Zittern. Trotzdem, dieses winzige Aufrucken sollte etwas bedeuten. Ich wünschte es mir. Wenigstens irgend etwas sollte irgend etwas bedeuten.

»Und jetzt«, sagte er, »und jetzt weißt du es?«

»Ja.«

»Dann brauchen wir ja nicht darüber zu reden. Deshalb bin ich auch nicht hier.« – Er stand auf und stellte sich direkt vor mich hin. – »Also. Gehst du mit mir ins Bett oder nicht?«

Soll er doch seinen Pullover ausziehen und sein Hemd aufknöpfen und mir seine rothaarige Brust ins Gesicht strecken! Vielleicht passen sie wirklich ideal zusammen,

Charlotte und Ferdinand; sie trägt an der Last ihres Busens, er an seinen roten Haaren, die ihm überall herauswachsen.
»Wann habe ich dir je einen Pullover über den Kopf gezogen«, fragte ich.
Bei allem, was gesagt worden ist an diesem Abend, das hat ihn wirklich durcheinandergebracht.
»Was hast du?«
»Das stand in deinem Brief.«
Er suchte in seinen Taschen nach Tabak und Papier. Sie lagen hinter ihm auf dem Eisschrank. Er ließ sich Zeit mit dem Drehen, wandte mir dabei den Rücken zu.
»Hast du den Brief noch?« fragte er schließlich.
»Ja.«
»Gibst du ihn mir?«
»Nein.«
»Hast du mit Charlotte darüber geredet?«
»Und wenn?«
»Und wenn! Das wär schweinisch.«
»Du willst mit mir ins Bett gehen, aber wenn ich Charlotte sage, daß du mir einen Brief geschrieben hast, dann ist das schweinisch.«
Jetzt erst drehte er sich um.
»Bin ich lächerlich? Das ist eine Standardfrage von mir. Antwort gibt es darauf keine. Weil die Antwort auf der Hand liegt. Entweder ein klares Nein oder ein klares Ja. Anders ist es nicht zu erklären, warum ich nie eine Antwort darauf kriege. Jeder denkt, ich weiß die Antwort selber. Aber du kannst mir den Kopf abschlagen, ich weiß nicht, wie die Antwort heißt. Ich weiß nur, daß sie entweder ein klares Nein oder ein klares Ja ist. Ich stelle eine Frage, weiß nicht, wie die Antwort ist, weiß nur, daß sie unheimlich eindeutig ist. Ich habe dir einen Brief geschrieben. Ich habe ihn geschrieben und hinterher nicht durch-

gelesen. Ich habe mich bei der Post erkundigt. Ein postlagernder Brief bleibt drei, maximal vier Wochen liegen. Ob ich einverstanden sei, daß man ihn wegschmeißt, wenn er in dieser Zeit nicht abgeholt wird. Ich war einverstanden. Ich mache solche Sachen, weil ich mir denke, dann kommt es heraus. Ob ja oder nein. Solange der Brief bei der Post liegt, bin ich in einem schwebenden Zustand. Wenn der Brief abgeholt wird, stellt sich zwingend die Notwendigkeit einer Antwort. Ich weiß mehr, als das ganze *Finn-MacCool* zusammen. Ich habe schon mehr vergessen, als die alle miteinander wissen. Und das ist unglaublich lächerlich. Aber wer ist da lächerlich. Ich oder die anderen? Der Brief, das kannst du dir merken, der hat überhaupt nichts mit dir zu tun gehabt. Aber daß du mich auf der Straße anredest wegen diesem Brief und dabei einen Schnutenmund ziehst, wie es die Huren machen, wenn sie einen auf der Straße anreden, das hat dann mit dir zu tun. Es gibt zwei Arten von Frauen. Huren und Mütter. Das kommt nicht von mir. Das ist nicht neu. Von mir kommt überhaupt nichts. Dein Max hat immerhin die Seife erfunden. Das glaubt ihm zwar keiner. Was Wunder bei diesen Idioten. Von mir kommt nichts. Ich bin nicht einmal ein Kauz. Was die Idioten im *Finn* an mir für kauzig halten, das habe ich mir ausgedacht. Ich will nicht gerade sagen, daß ich das einstudiert habe, aber daß es mir so passiert, das stimmt nicht. Original Ferdinand gibt es nicht. Alles abgeschaut und zusammengelesen. Dazu brauch ich ein blödes Publikum. Meine Quellen sind nämlich nicht besonders exklusiv. Es ist das, was bei uns noch nicht im Fernsehen kommt. Aber wie ich sehe, holt das Fernsehen auf. Inzwischen setzt man *Die Nacht des Jägers* sogar dem Pöbel vor. Damit ist abzusehen, daß bald jeder Pimpf dorthin schauen kann, woher ich mir die Brocken für mein Image hole. Da ist die einzige Rettung die Deutlichkeit. Das habe ich mir gedacht heute mittag. Dein grinsender Schnutenmund war eine Antwort. Eine klare Antwort. Aber ich weiß nicht welche. Ja oder nein. Heute mittag habe ich gewußt, es nützt nur die Deutlichkeit. Die Offenbarung. Nicht die Offenbarung vor dem Finanzamt. Das wäre eine Wonne dagegen. Wer die Seife verliert, der hat wenigstens etwas zu verlieren gehabt, das man angreifen kann. Was ich bei einer Offenbarung verliere, das kann man nicht angreifen. Eines kannst du mir glauben: Der Geist ist ein Furz. Im Todesfurz verabschiedet er sich. Da haben sie den Sterbenden offene Glaskugeln an den Mund gehalten. Um ihnen die Seele abzufangen. Irrtum. Die Seele schleicht sich durchs Arschloch davon. Und wieder Irrtum: Die Seele bedient sich nicht des Furzes als Transportmittel. Die Seele *ist* der Furz. Das ist das letzte Geheimnis. Wenn das bekannt wird, fliegen massenhaft die Kugeln in die Köpfe. Daher kommt der Streß, daß jeder aus sich etwas machen will. Weil es von einer galaktischen Lächerlichkeit ist, daß unser Bestes identisch ist mit einem stinkenden Furz. Ich vermute, die Frauen wissen das. Aber es stört sie nicht. Vielleicht kommt das tatsächlich daher, daß euere Ehre nur zwei Zentimeter vom Arschloch entfernt liegt. Das ist natürlich auch nicht von mir. Nichts ist von mir. Bilde dir nicht ein, dieser Vortrag sei eine Einmaligkeit. Mach dich nicht lächerlich und erzähl im *Finn* den Idioten, ›ich habe den Ferdinand in großer Form erlebt, die Seele sei ein Furz, hat er gesagt‹. Da rollen die bestenfalls die Augen. Du bleibst nie bis zum Schluß sitzen. Dein Max schleppt dich immer schon vorher ab. Diejenigen, die bis zum Schluß bleiben, die kennen das alles. Auch dein Max kennt das. Aus Zeiten, als er noch bis zum Schluß geblieben ist. Ich krieg ein Bier hingestellt und dann heißt es: ›Ferdinand, das Schlußwort!‹ Und wenn ich nicht gleich den Anfang

finde, heißt es: ›Ferdinand, die Seele ist ein Furz!‹ Es sind nicht immer dieselben, die bis zum Schluß bleiben. Es sind immer zwei oder drei dabei, die noch nicht wissen, daß die Seele ein Furz ist. Ich bin die Attraktion, und eine Attraktion führt man nicht vor, wenn sie alle schon kennen. Man will ja mindestens einen dabeihaben, zu dem man hinterher sagen kann: ›Na, habe ich dir zuviel versprochen?‹ Und jetzt zu Charlotte: Sie ist nämlich immer bis zum Schluß da. Du kannst es halten, wie du willst. Ich kann mich jetzt umdrehen und zu ihr gehen. Und ihr sagen, ich bin mit der Elisabeth im Bett gewesen. Aber – und das ist mein letzter Rest von Stolz, wenn du so willst – das werde ich ihr selber sagen, verstehst du. Wenn du ihr das mit dem Brief erzählt hast, dann werde ich zu ihr hingehen und sagen, daß du ein verlogenes Stück bist, daß du verrückt bist, daß du einen Fürsorgevogel hast, eine Art Berufskrankheit, wie Feuerwehrmänner, die Häuser anzünden ... Hast du ihr das von dem Brief erzählt oder nicht?«
»Natürlich nicht.«
»Was ist daran natürlich?«
»Ich bin kein kleiner Verbrecher ...«
»Was?«
»Das stand auch in dem Brief.«
Sein Mund riß sich quer durch den Bart nach unten. Kein Grinser. Ein Lächeln. Nur im Bart sah es wie ein Grinser aus.
»Hat dir der Brief wenigstens gefallen?« fragte er.
»Ich hab schon gesagt, ich hab ihn merkwürdig gefunden.«
»Ist das etwas Gutes oder etwas Schlechtes?«
Ich lachte auch. Absichtlich. Es sollte freundlich gelächelt sein. Bei mir funktioniert das, wenn ich die Zähne zeige. Die Zähne oben und die Zähne unten.

»Etwas Gutes«, sagte ich.
Er streckte seine Hand vor und legte sie mir auf den Kopf. Dort ließ er sie liegen. Sonst nichts. Einfach die Hand auf den Kopf. Fertig.
»Also«, sagte er.
»Was ›also‹«, sagte ich.
»Du weißt doch, was ›also‹ heißt«, sagte er.
»Im allgemeinen weiß ich, was ›also‹ heißt«, sagte ich.
Seine Hand lag immer noch auf meinem Kopf. Vielleicht nahm er eine Schädelvermessung vor. Vielleicht war er eine Art Kopfleser. Immerhin, die erste Körperberührung hatte er geschafft.
»Die Frage, ob wir jetzt ins Bett gehen.«
»Nein.«
»Warum nicht.«
»So nicht.«
»Grausts dich vor mir?«
»Nein.«
»Fehlt es an Stimmung rundherum?«
»Nein.«
»Was denn?«
»Nichts.«
»Dann sag die Bedingungen.«
»Was für Bedingungen denn?«
»Ich frage, unter welchen Bedingungen du mit mir ins Bett gehst.«
»Ich weiß immer noch nicht, was du meinst.«
»Ich frage, was verlangst du dafür, daß du mit mir ins Bett gehst.«
»Was ich verlange?«
»Was du verlangst.«
»Was meinst du denn damit?«
»Einfach: Was du verlangst.«
»Geld?«

»Das habe ich nicht gemeint, aber wenn du Geld verlangst, dann frage ich: Wieviel.«
»Kannst du nicht endlich deine Hand von meinem Kopf herunternehmen?«
Er zog sie blitzschnell zurück. Ich kam mir vor wie gesegnet. Urbi et orbi. Ostern und Weihnachten zusammen. Ich stand auf und ging hinaus in den Gang. Er hinter mir her.
»Ich betrachte alles als Wette«, sagte er, während er in seinen Mantel schlüpfte. »Gewinne ich, verliere ich, steige ich aus, wie gehabt. In unserem Fall hat das Ganze überhaupt nicht stattgefunden. Bei dir verlier ich mit Würde. Die Masse an Würde wird entscheiden, ob ich ein Künstler oder ein Pfuscher bin. Ich kann mich an jeden Zustand gewöhnen. Glaub nur nicht, daß es irgend etwas gibt, das mich hat. Ich kann dir auch sagen, was mich an dir fertigmacht. Deine Gleichgültigkeit. Hast du dich schon einmal in irgend etwas hineingelebt? Ich mich nämlich auch nicht. Nur bei mir ist das Arbeit, und bei dir ist es angeboren. Du bist mir um einiges voraus. Zum Beispiel kommst du nicht ins Schwitzen beim Denken. Wenn ich denke, schwitze ich. Das fällt bei dir weg. Und noch eines: Im Bett schwitze ich nicht.«
»Ich bin müde«, sagte ich. »Jetzt schmeiß ich dich raus. Und wenn du nicht gehst, dann lupf ich dich.«
Ich öffnete die Tür und trat vor ihm ins Stiegenhaus. Er stellte sich knapp vor mich hin und strich mir mit der Hand über die Wange.
»Und sonst nichts?« fragte er.
»Was denn noch?«
»Was ist, wenn du es dir anders überlegst?«
»Dann schreib ich dir postlagernd.«
Ich schlüpfte an ihm vorbei zur Tür.
»Schade«, sagte er.

Ich nickte.
Er hob den Zeigefinger zum Gruß und ging über die Stiege hinunter. Robert Mitchum, der Detektiv.

Ich setzte mich aufs Bett. Unter dem Kopfkissen lag der letzte Brief an Gustav. Es waren drei Blätter Papier. Auf dem letzten Blatt war noch Platz frei.

Lieber Gustav!
Die Welt ist nach einem zerstörenden Prinzip entstanden. Ich bin ein kaputter Mensch. Ich bin voller Jammerfalten. Bei Tagesansicht ist es dunkel. Hilf mir, ich fühle mich so matt. Ich kann nie mehr aufstehen. An der Zimmerwand bedroht mich eine Gewitterwolke. Raben verfolgen mich. Ich werde Dich nie mehr töten. Hol mich!

Bess

Ich suchte unter Maxens Sachen nach einer Büroklammer, fand eine und heftete die drei Seiten zusammen. Ich holte die anderen Briefe aus meiner Handtasche und fügte den letzten hinzu. Ein stattliches Album. Nur schade, daß die Seiten nicht alle gleich groß waren. Ein bißchen vielleicht war ich traurig.

Fünftes Kapitel

»Die Klara Stangerl ist weg«, sagte die Fritz-Gehrer.
An ihrem Schreibtisch waren alle Schubladen herausgezogen, auf der Arbeitsplatte lagen die Ordner mit den Belegen, die wir in den letzten Tagen durchgesehen hatten.
»Wir sind schon seit sieben da. Der Bürgermeister hat den Termin vorverlegt. Auf jetzt um elf. Warum bist du denn gestern nachmittag nicht gekommen?«
Es war Punkt neun Uhr, als ich das Büro betrat. Alle waren da, alle außer Ulf Moosmann und Freya Enswangen. Ich merkte, daß man mich heute nicht mochte hier.
»Was ist denn mit Klara«, fragte ich.
»Weg ist sie«, sagte Wernfried Bereuter, ohne mich anzusehen. Er schichtete die Ordner aufeinander und schob sie in eine Nylontasche mit der Aufschrift *Interspar.* Die Heide Moosmann hielt ihm die Tasche auf.
»Es ist eine Scheiße«, sagte sie – ebenfalls ohne mich anzusehen. »Hast du die Zeitung nicht gelesen?«
Die Ingrid Mungenast las sie gerade. Im Stehen, Oberkörper vorgebeugt, als könnte sie nicht fassen, was da stand.
»Presseaussendung von den Schwarzen«, sagte Wernfried Bereuter, zog die Backen ein und verrollte die Augen.
»Haben sich wieder einmal gemeldet, die. Damit niemand vergißt, wer die Arschlöcher in der Stadt sind.« – Er zwinkerte mir zu. Das sollte heißen: So, genug gestraft für dein Schwänzen gestern. – »Als ob jemand in der Stadt vergessen könnte, daß die Schwarzen Arschlöcher sind!«
»Wir sind die Arschlöcher«, brüllte die Fritz-Gehrer.
Immer wenn in unserer Abteilung so etwas wie ein Heldenfeeling aufkommt, werden von den Wörtern die derben gewählt. Ingrid Mungenast beschäftigt sich dann immer mit irgend etwas und stellt sich taub. Nicht nur, daß sie bei der Arbeit ein Kostüm trug, sie ist wirklich die Vornehmste von uns allen.
Jetzt las sie aus der Zeitung vor:

»... wurde vorgerechnet, daß die Auffangwohnung, die vorübergehend Unterkunft für obdachlose Jugendliche bieten soll, im letzten Jahr von 365 Tagen lediglich 124 Tage belegt war, die Wohnung aber 6423 Schilling monatlich kostet, die die Stadt bezahlt...«
»Überschrift: *Fixer wohnen gratis!*« ergänzte die Fritz-Gehrer.
»Wir sollten die Monatsgehälter von diesen Arschlöchern veröffentlichen«, sagte Wernfried Bereuter. »Überschrift: Wixer kriegen noch was dazu!«
»Sie wollen die Ferdinand-von-Saar-Straße schließen«, sagte Heide Moosmann. Katastrophentrocken.
»Gespart wird beim Sozialen«, sagte die Fritz-Gehrer.
»Und in der Kultur«, ergänzte Ingrid Mungenast.
»Sie wollen, daß sie geschlossen wird«, sagte Wernfried Bereuter. »Sie werden sich aber anschauen! Der Bürgermeister hat mir versprochen, sie können ihn kreuzweise...«
»Aber den Termin hat er trotzdem vorgezogen«, rief die Fritz-Gehrer dazwischen. Nur die Zähne ihres Unterkiefers ließ sie sehen. »Ich würde mich nicht auf einen Sozi verlassen, wenn er Bürgermeister ist...«
»Bitte, was ist mit Klara«, fragte ich noch einmal.
»Sie ist von daheim abgehauen«, sagte Wernfried Bereuter.
»Woher weißt du das?«
»Ich weiß es eben.«
»Wir müssen gehen«, sagte die Fritz-Gehrer. Sie knallte die Schubladen ihres Schreibtisches zu und schritt zur Tür.
»Also! Hopp!«
Die anderen machten sich hinter ihr her. Sie, mindestens einen Kopf kleiner als die anderen, biß sich in die Höhe. Ein zarter General.

»Lisbeth, kümmere dich um Klara. Der Bereuter, die Mungenast und ich sind beim Bürgermeister...«
»Warum jetzt schon«, fragte ich.
»Vorbesprechung, bevor die anderen kommen.«
»Und wo ist die Freya?«
»Ja, die«, zischte sie und wischte es weg. Die Zähne ihres Unterkiefers wetzten an der Oberlippe. – »Du mußt den ganzen Tag im Büro bleiben, Lisbeth. Bitte, den ganzen Tag! Über Mittag auch. Sonst kommen die noch auf die Idee, daß das Büro auch nicht besetzt ist. Das Ganze wird bis fünf dauern, schätze ich. Ich such ein Blatt mit Belegen. Schon den ganzen Morgen. März letzten Jahres. Wenn du es findest, ruf beim Bürgermeister seiner Sekretärin an. Sie weiß Bescheid. Irgendeiner kommt dann.«
»Und wenn Ulf anruft, richte ihm aus, er soll mich am Abend zu Hause anrufen«, sagte Heide Moosmann.
Auch bei ihr sah man mehr Zähne des Unterkiefers als Zähne des Oberkiefers. Das wird hier Mode, dachte ich und probierte es schnell selber aus, und weil alles so wichtig war, nahm ich einen Schreibblock und einen Kuli in die Hand.
»Wo ist der Ulf denn«, fragte ich.
»Auf Schulung«, schrie mich Heide Moosmann an.
»Das kann die Lisbeth ja nicht wissen«, sagte die Fritz-Gehrer.
»Entschuldige, ich bin so nervös. Das macht mich alles so fertig...« – Heide Moosmann biß mit so viel Überzeugung im Unterkiefer die Tränen nieder, daß ich schnell irgend etwas auf den Block kritzelte.
»Ich richte es ihm aus«, sagte ich.
»Aber hundertprozentig!«
»Hundertprozentig.«
»Vielleicht kannst du ihn fragen, wo ich ihn erreichen kann...«

»Ja, mach ich...«
»Aber hundertprozentig!«
»Hundertprozentig!«
»Sie tuts ja, sie tuts ja«, schrie die Fritz-Gehrer, und ich sah der Heide Moosmann die Tränen aufsteigen.
»Er hat seit vorgestern nicht angerufen...«
»Ja, er wird schon nicht ins Klo gefallen sein«, fuhr die Fritz-Gehrer dazwischen. »Also, Lisbeth, ich muß mich auf dich verlassen...«
»Und wann soll ich die Klara...«
»Die Stangerl mußt du eben am Abend machen«, sagte sie. (Weil ich gestern geschwänzt habe. Wer nicht hören will, muß fühlen.) Die anderen verschwanden zur Tür hinaus. Da wurde sie sanft:
»Warum bist du gestern nachmittag denn nicht gekommen, Lisbeth? Das geht nicht mehr in Zukunft. So was können wir uns nicht mehr leisten. Bitte, versprich mir das, ja!«
»Okay«, sagte ich kleinlaut. »Okay.«
Sie schloß die Augen und nickte lieb und öffnete die Augen wieder und schrie: »Ingrid!«
Ingrid Mungenast steckte den Kopf zur Tür herein.
»Gib mir den Schlüssel!«
»Welchen denn«, fragte sie, griff aber sofort in die Tasche.
»Ferdinand-von-Saar-Straße, Himmel!«
Die Ingrid Mungenast biß sich auf die Lippen, behielt den Schlüssel und wich damit aus, als die Fritz-Gehrer danach langte.
»Es ist aber dort nicht aufgeräumt«, sagte sie.
»Völlig wurscht«, rief die Fritz-Gehrer und riß ihr den Schlüssel aus der Hand. »Und du, Lisbeth, es wär hervorragend, wenn du die Klara finden könntest. Und wenn du sie findest, dann soll sie in der Ferdinand-von-Saar-Straße wohnen. Bring sie hin. Sie kann auch ihren Freund mit-

nehmen. Sie würde uns einen Gefallen damit tun. Aber sag ihr das nicht. Es ist saublöd, daß gerade jetzt die Wohnung leersteht!«
Sie warf mir den Schlüssel zu und war hinaus zur Tür. Aber gleich kam sie wieder zurück, legte mir ein eingewickeltes Brot auf den Tisch, stellte eine Dose Fanta dazu: »Ich laß dir meine Jause da. Bis morgen, Schäfchen!«
Ich machte den Schlüssel am Schlüsselbund fest – neben dem zu Maxens Wohnung und dem zur Wohnung meines Vaters. Wennschon – dennschon, dachte ich und kramte aus dem dicken Kuvert in meiner Handtasche den Schlüssel zu Gustavs Wohnung und zog ihn zu den anderen auf den Schlüsselring.
Wer ist reicher als ich! Ich besitze Schlüssel zu vier Wohnungen und halte ein Büro der Fürsorge besetzt.

Ich wartete bis sechs. Eine zusätzliche Stunde für mein schlechtes Gewissen der Fritz-Gehrer gegenüber. Im Feinkostladen bei der Theaterkreuzung, der bis um halb sieben geöffnet hat, kaufte ich zwei Kornstengel, zwanzig Deka Wurstsalat und eine Flasche Bier. Dann ging ich zur Rathausstraße 5 und stieg die Stufen hinauf zum zweiten Stock.
Ich steckte den Schlüssel ins Schloß, öffnete die Tür – und wußte sofort: Hier riecht es nach Mensch.
Graues Jackett mit ungleich breiten weißen Streifen, geöffneter Hemdkragen, Krawatte zur Seite über die Schulter gelegt, Hemd weiß, dunkle Hose, Gürtel hellbraun mit eingeflochtenen dunkelbraunen Lederschnüren. Gustav saß. Eine Fischdose in der Hand, Weißbrot und eine Flasche Wein vor sich auf dem Tisch.
»Hallo«, sagte er. Gleichzeitig fiel ihm die Fischdose aus der Hand, blieb auf der Kante stehen. Fisch kippte, Öl rann.

Vorhang auf. Da war der Verdacht: Es gibt gar keine Weltanschauung, es gibt nur das Gesicht, das man macht. Die Gesichter aller sind Puzzlesteine, und nur eine kurze Zeit des Lebens hat man eine Ahnung vom gesamten Bild. Nur eine Ahnung, weil so viele weiße Flecken da sind.

»Dich wollte ich grad anrufen«, sagte er. Fett an den Händen. Er stippte ein Stück Weißbrot ins Fischöl auf dem Tisch.

»Guten Abend, Gustav«, sagte ich. Man sagt in unserer Gegend nicht »Guten Abend«.

»Guten Abend«, sagte er. Man wird ehrfürchtig, wenn in unserer Gegend einer so redet, wie fünfhundert Kilometer weiter nördlich in Schlampigkeit miteinander verkehrt wird.

»Setz dich! Hast du schon gegessen?«

Ich war noch weit weg. An der Tür. Da liegt der Flur mit der Einbauküche dazwischen, und dann ist da noch eine Tür, und dann ist da noch ein Stück Boden. Jetzt war diese Wohnung nicht mehr die meine.

»Komm halt her!«

Ich ging halt hin, trank einen Schluck Wein aus seinem Glas. Weil alles so trocken war.

»Mensch, Bess«, sagte er.

Nur eine kurze Zeit im Leben hat man eine Ahnung vom gesamten Bild. Und in dieser Zeit sucht man sich aus, auf welchem Teil des Bildes man sich niederlassen, welchen weißen Fleck man besetzen will. Man muß ein entsprechendes Gesicht ziehen. Man zieht ein Gesicht und setzt sich in die Umgebung, in die es paßt. Für welchen weißen Fleck man sich entscheidet, darin besteht die Wahl. Es gibt Puzzles mit viel gleichmäßig blauem Himmel. Da sehen viele Teile gleich aus. Darum gibt es auch viele Menschen, die gleiche Gesichter machen.

Er: »Willst du Kaffee? Soll ich welchen machen?«

Ich: »Es ist ja keiner da.«
Er: »Doch, Nescafé... Ich hab Nescafé mitgebracht, Fischdosen und Weißbrot.«
Ich: »Willst du jetzt wieder hier wohnen?«
Er: »Nein... Nur tagsüber. Manchmal. Wenn ich in der Stadt zu tun habe. Oder wenn ich meine Mutter nicht aushalte. Ich habe für Ende des Monats gekündigt...«
Ich: »Du warst in Schweden...«
Er: »Ich hab ja keinen Paß...«
Ich: »Nescafé mag ich nicht.«
Er: »Soll ich nicht?«
Ich: »Du kannst dir schon einen Kaffee machen...«
Er: »Ich meine, die Wohnung kündigen... Ich muß nicht unbedingt kündigen. Der ist froh, wenn ich die Kündigung zurückziehe.«
Ich: »Ziehst du mit deiner Frau hierher... und deiner Tochter...«
Er: »Hierher? Nein, hierher sicher nicht. Irgendwo anders hin. Da ist etwas in Aussicht...«
Ich: »Dann hast du zwei Wohnungen...«
Wenn man einmal sitzt, dann erlischt die Ahnung vom gesamten Bild. Von da an nennt man Weltanschauung, was nur Gesicht ist. Man zeigt beim Reden die Zähne des Unterkiefers, wie es die Fritz-Gehrer macht, weil man sich für Überzeugtheit entschieden hat. Darum hält man die Fritz-Gehrer für einen überzeugten Menschen. Aber es ist nur ihr Gesicht. Darum meint man bei der Fritz-Gehrer immer, man treffe sie gerade im entscheidenden Augenblick. Aber es ist nur ihr Gesicht. Und jeder Augenblick ist bei ihr der entscheidende, weil sie immer dasselbe Gesicht hat.
»Ich habe meine Frau vom Fleck weg geheiratet, weil ich wollte, daß sie bei mir bleibt, und ich habe ihr ein Kind gemacht, damit sie nicht weglaufen kann. Ich habe ihr das

hundertmal gesagt. Das macht ihr nichts aus. Sie hat keinen Stolz. Das macht einen krank. Ich bin krank. Du siehst doch auch, daß ich krank aussehe. Sag einmal, sind da die Nieren? Ich weiß schon, daß da die Nieren sind. Aber es kann sein, daß es mir ein Stück daneben oder dahinter weh tut. Nicht da, da ist die Leber. Leg deine Hand hierher. Genau da. Da tut es mir weh. Ich weiß nicht, was das sein könnte. Was könnte das denn sein?«
Ich legte den Schlüssel vor ihn auf den Tisch.
Er: »Du kannst den Schlüssel behalten...«
Ich: »Was meinst du damit?«
Er streckte die Hand nach mir aus, drehte sich zu mir herüber, die Stirn mit dem linealgraden Haaransatz, er fuhr zusammen, hielt sich mit der anderen Hand den Rücken.
Ich: »Du meinst damit, daß wir uns hier treffen...«
Er: »Wenn du willst.«
Ich: »Und du bezahlst beide Wohnungen?«
»Bess, es tut so elend weh«, sagte er.
»Es hat eine Zigeunerin gegeben«, sagte ich, »die hat ihren Mann auf dem Rücken durchs ganze Leben getragen.«
»Hier«, sagte er. »Greif hierher. Er ist immer da. Immer ein dumpfer Schmerz. Bei der Herfahrt war er einmal kurz weg. Ich bin darüber erschrocken. Und dann war er wieder da. Aber anders. Eher heiß.«
Der Bison ist erlegt, erst auf die Wand gemalt, dann erlegt worden. Der Kopf wie eine wollene Kugel, ein Klumpen eigentlich ohne den Bauch. Speere stecken in den Nieren. Von den Wolken sind sie gefallen. Der Bison kann nichts dafür. Man liebt ihn, weil man ihn essen möchte, und man fürchtet ihn, weil er einen in Grund und Boden trampeln kann.
»Im Hotel in Karlsruhe hab ich den Arzt rufen lassen. Nervöse Störung, hat er gesagt und mir eine Spritze gege-

ben. Was soll ich damit anfangen. Soll ich in die Klinik gehen? Im *Spiegel* hab ich einen Artikel gelesen. Rat einmal, wie viele Leute an Infektionen sterben, die sie dort auflesen!«
»Ich geh jetzt«, sagte ich. Sein Weinglas war ausgetrunken.
»Wo gehst du denn jetzt hin?«
»Ich muß heim.«
»Komm am Abend hierher. Kommst du am Abend hierher?«
»Ich will sehen.«
»Mein Gott, siehst du gut aus. Geh noch nicht. Warte. Ich geb dir meinen Führerschein als Pfand. Ich bin auf alle Fälle da. Gib mir dein Ehrenwort...«
»Mein Ehrenwort«, sagte ich.
»Und gib mir halt einen Kuß.«
»Ich küsse dich«, sagte ich bei der Tür. Vom ersten Stock aus blickte ich hinauf. Er stand oben am Geländer und sah mir nach.
Ich war freund mit mir wie der Arsch mit dem Hemd.

Am Schloßsteig wartete bereits Max. Schwarzes Sporthemd, weiße Hose.
»Das Match fängt in zehn Minuten an«, sagte er.
»Das Leben besteht nun einmal nicht nur aus Tingeltangel«, sagte ich. »Ich bin beruflich verhindert. Ich komme später. Nach der Pause.«
»Nach welcher Pause denn?«
»Die werden doch eine Pause machen.«
»Das heißt Halbzeit.«
»Ja. Ich muß mich um die Klara Stangerl kümmern.«
»Willst du mich auf den Arm nehmen?«
»Ich bin Sozialarbeiterin und muß mich um einen Sozialfall kümmern. Und der heißt Klara Stangerl.«

Ich wartete. Er wartete. Ich wartete besser. Dann ging er, und ich wartete noch eine Stunde. Im Stehen, bittesehr. Abtrünnig.
In den letzten fünf Minuten richtete ich mir das Haar und das Gesicht und die Lippen und eine frische Bluse. Die zog ich an. Die Hose war bereits diejenige. Beide schwarz. Die eine Seide, die andere Samt.

Der Herr Stangerl öffnete die Tür:
»Klara ist nicht da. Wissen Sie das nicht?«
Der Extrakt von einem Gesicht. Ohne Zutaten. Dort, wo Wangen hingehören, hat es Einbuchtungen. Seine aufgerissenen Augen – Huch! – man hat den Stangerl erschreckt.
Was soll ich wissen zwischen Tür und Angel? Der Stangerl drehte sich um. Richtung Fernseher. Schlaf nicht ein auf dem Ball, sonst blasen sie dir das Hirn noch ganz aus.
»Was ist mit Klara?« fragte ich.
»Ja, gleich ... sofort ... Fräulein ... wenn das Tor geschossen ist.«
Ich sah den Stangerl aus einem Ballsaal wegtanzen mit einer Schönheit, die Nebensache war – »Schöne Frau, nur mit dir!« – schaut her, sein imposanter Schritt, Stangerl, Stangerl an der Wand, erzähl mir von weiß ich was ist wurscht. Aber er muß rapportieren. Wenn sich inzwischen der Fußball nur nicht bewegt! Sagt der Stangerl, dem ich lieber ein Butterbrot schmieren würde, weil er so ausgezuzelt wirkt: »Sie heiratet. Die Klara heiratet ... den kennen Sie wahrscheinlich nicht ... den Mischa Pico.«
Mischa Pico auf einer Spielkarte hat einen Säbel zwischen den Beinen.
»Wann«, fragte ich.
»Weiß nicht.«
Klara Stangerl und Mischa Pico beehren sich, beide in

schwarzem Leder, und die Sonne geht unter, oder ist es der weiße Mond, ich schenke euch einen Teppich und ich sage, nein, ich knüpfe die Bedingung daran, fliegt weg damit, hui...
Stangerl, wir sollten uns einmal über den Tanz unterhalten. Den Tanz im allgemeinen und den Tanz im besonderen. Fritz-Gehrers Wortwendung. Steht in meinem Schädel wie ein Mast, und wehe, ich will daran vorbeischleichen, schon gibt es einen Kurzen.

Zurück zum Schloßsteig, die Sachen gepackt, die sauteure Rose von gestern zuoberst in den Koffer gelegt, noch aufs Klo gegangen, die Hose hochgezogen und auf den Spiegel geschrieben mit Lippenstift:

Max, ich wünsche Dir, daß Du bald jemanden kennenlernst, dann geht es dir besser.

Im Friaul, wo die Erdbeben manchmal die Heimat kaputtrütteln, stellt sich, so ist es Brauch, der Bursche vor Sonnenaufgang am Neumondfreitag nackt in den Hof und spricht: ›So wie ich hier nackt gestanden und ringsumher über den Himmel geschaut, so sollen ringsumher die Mädchen nach mir schauen!‹ – Weiß Gott, ob es nützt.
Ich ließ ein Taxi kommen, stellte Koffer und Nylontaschen auf den Rücksitz und sagte zum Fahrer:
»Ferdinand-von-Saar-Straße 1, bitte.«

Das ist außerhalb der Stadt ein Hochhaus bei der Achbrücke. Vis à vis vom *Gasthaus Zoll*. Ich war noch nie in der Wohnung unserer Abteilung gewesen. Achter Stock, vier Zimmer, Küche, Bad, Balkon. Drei der Zimmer sahen gleich aus – zwei Betten, zwei Schreibtischchen, zwei Schränke. Jedes wie ein Hotelzimmer.

Das vierte Zimmer war der Gemeinschaftsraum. Hier hat sich die Ingrid Mungenast ein bißchen eingerichtet. Drum hat sie auch den Schlüssel nicht gern herausgegeben. Bücher standen in sauberen Stapeln auf dem runden Tisch, eine Schreibmaschine, Papier, Bleistifte und ein Füllhalter, ein Kofferfernseher und ein Kassettenrecorder. Hier schreibt sie ihre Gedichte, dachte ich. Und ruht sich aus. Und empfängt vielleicht Besuch. Die Couch war ausgezogen auf ein breites Doppelbett. Eine Schlafsackdecke lag darübergebreitet.
Mein Magen knurrte. Das ist ein Vorbote der guten Laune. Ich besaß zwei Kornstengel, zwanzig Deka Wurstsalat und eine Flasche Bier. Ich schob die Schreibmaschine beiseite und legte mir mein Essen zurecht. Ich sah mir die Kassetten an, die fein säuberlich aufgereiht neben dem Recorder lagen. *Beatles, Rolling Stones, Bob Dylan, Doors* . . . Ich hätte der Ingrid Mungenast eher klassische Musik zugetraut. Ich steckte die *Doors* in den Recorder. Ein falscher Name ist wie gar keiner. Ein Name ist der Kopf, über den man ein Lasso werfen kann. Als ich gegessen hatte, nahm ich mir einen Bogen Papier und schrieb mit dem Füllhalter:

Lieber Ferdinand!
Wenn Du mit mir ins Bett gehen willst, erfülle eine Bedingung: Es muß in Schweden sein. Weise mir Flugkarten und Hotelbuchung nach, und ich bin die Deine.

Elisabeth

Mir fiel ein, daß die Couch und der Tisch von der Ingrid Mungenast waren. Das hatte sie irgendwann einmal gesagt. Sie steuere ein paar Möbel für die Wohnung in der Ferdinand-von-Saar-Straße bei, hatte sie gesagt. Eine alte Plüschcouch und einen Thonettisch. Auf diese beiden

Möbel hat sie ihr Leben hier reduziert. Der Schrank an der Wand, in dem Bücher hätten untergebracht werden können, war leer. Und die Wände waren auch leer. Mein Eigenes war eine Bierflasche. Ich ging in die Küche, spülte sie aus, füllte sie mit Wasser und stellte die sauteure rote Rose hinein. Vielleicht blüht sie noch, wenn Klara Pico mit Gemahl hier ihre Hochzeitsnacht verbringen. Und wenn sie Kinder kriegt – eins, zwei, drei, vier –, womit sollen die hier spielen?
Ich nahm noch einen Bogen Papier und schrieb:

An die Kommunistische Partei
Filiale Bregenz
Römerstraße

Sehr geehrte Damen und Herren,
hiermit bewerbe ich mich um die Aufnahme in Ihre Partei.
Mit freundschaftlichem Gruß

Darunter mein Name.

PIPER

Monika Helfer
Wenn der Bräutigam kommt

Roman. 125 Seiten. Geb.

»Zwei Frauen sind zur selben Zeit vom selben Mann schwanger. Sie leben im selben Haus. Sie sind Mutter und Tochter und werden wieder Mütter von Töchtern. Dies der Stoff, aus dem bemerkenswerte Romane sind. Doch lesenswert werden sie erst, wenn sie mit Witz, Esprit, wohldosiertem Spott und einer gnadenlosen Klarheit geschrieben sind, eben so, wie Monika Helfer erzählt. Pendelnd zwischen innerem Monolog und direkter Rede, entwickelt Helfer Schritt für Schritt ihre Geschichte und zeichnet die Charaktere ihrer Figuren. Diskret verschweigt die Autorin, wie Mutter und Tochter letztendlich die unmittelbaren Folgen dessen tragen, was jener Untermieter verursacht hat. Helfer beschränkt sich auf die Zeit nach den Geburten. Alles, was zwei Frauen unter einem Dach während der Schwangerschaft miteinander erfahren, bleibt ausgespart. Dennoch erfaßt sie ihre Protagonistinnen mit psychologischem Weitblick.«
Der Standard, Wien

Monika Helfer

Oskar und Lilli

Roman. 283 Seiten. SP 2165

Die ebenso heitere wie schmerzliche Geschichte zweier Kinder, die ihren Platz in der Welt suchen.

»So etwas Unsentimentales über das Zusammenleben der unterschiedlichen Generationen habe ich schon lange nicht mehr gelesen.«

Süddeutsche Zeitung

Die wilden Kinder

Roman. 155 Seiten. SP 659

»Monika Helfers Buch ist klug, witzig, klarsichtig und von der ersten bis zur letzten Zeile ein Lesevergnügen«, begeisterte sich die »Neue Zürcher Zeitung« über die Geschichten von Bella und Angela. In einer chaotischen Welt der Erwachsenen versuchen sie mit Frechheit, Phantasie und viel Mut ihre Träume vom großen Glück (Angela) und von der kleinen, aber sicheren Ordnung (Bella) zu realisieren. Mit einem nicht zu brechenden Optimismus kämpfen die Kinder zwischen Erst-, Zweit- und Drittvätern und eifersüchtigen Müttern um ihre Geschichte, um ihr Leben.

Der Neffe

Erzählung. 125 Seiten. SP 1829

Drei Wochen soll Isabella, großstädtische Exzentrikerin aus Berlin, ihren elfjährigen Neffen in der österreichischen Provinz hüten. Albert freut sich auf die Zeit der Freiheit und auf exotische Abenteuer. Nicht weniger erwartungsvoll ist Isabella: Gerade einer verunglückten Liebschaft entronnen, wittert sie in der Provinz das geeignete Revier für ein paar sexuelle Raubzüge. Doch wo zwei die gleichen Interessen verfolgen, kommt es früher oder später zum Krieg. Als Isabellas Liebhaber zum Dauergast wird, ist Alberts Toleranz am Ende... Was wie eine leichte Sommergeschichte beginnt, entwickelt sich zunehmend zu einer Horrorstory, ebenso amüsant wie verstörend, ebenso schön erfunden wie wahr.

»Eine gimmige und kurzweilige Etüde über den alltäglichen Schrecken.«

Neue Zürcher Zeitung

SERIE PIPER

Susanna Agnelli

Wir trugen immer Matrosenkleider

Aus dem Italienischen von Ragni Maria Gschwend.
244 Seiten. SP 726

Fünf Geschwister, meist in Matrosenkleidern (blau im Winter, weiß im Sommer), in einem goldenen Käfig, umgeben von Kindermädchen und Gouvernanten – wir blättern in einem Familienalbum der Fiat-Dynastie im Italien Mussolinis – und erfahren doch mehr: die ungewöhnliche Lebensgeschichte einer höchst ungewöhnlichen Frau. Susanna Agnelli erzählt von rauschenden Festen mit Galaroben und Ordensgepränge und der High Society der damaligen Zeit, von einer behüteten Kindheit voller Verbote und Ängste, von dem strengen patriarchalischen Großvater, dem Fiat-Gründer, der schönen, lebenslustigen Mutter, dem Vater, der früh bei einem Flugzeugunglück starb, von den Verbindungen zu Mussolini, Ciano – und zum Widerstand; von der Freundschaft der Mutter mit Malaparte, ihrem Kampf um die Kinder, von Familienstreitigkeiten und Freundschaften. Obwohl der Name Agnelli auch in der Zeit des Faschismus und während des Zweiten Weltkriegs dafür sorgte, daß das Leben beinahe ungestört weitergehen konnte, emanzipierte Susanna sich von den Privilegien, die ihre Herkunft mit sich brachte. Sie wird zunächst Rot-Kreuz-Schwester an der vordersten Front des Krieges am Mittelmeer, dann macht sie das Abitur nach und studiert in Lausanne Medizin, bis ihr Bruder Gianni sie 1945 nach Italien zurückruft.

»Ein gescheites und bezauberndes Buch, knapp und genau die Zeit damals schildernd, das Highlife der schönen Mutter, die Leere der römischen Gesellschaft, die Schrecken des Faschismus, das ziemlich arme Leben reicher Kinder.«
Stern

»Ein überragendes, köstliches Buch mit einer ganz eigenen Vielfalt von Stimmungen, in dem Partien von duftiger Leichtigkeit mit dunklen, satten Pinselstrichen abwechseln.«
The New York Times Book Review

SERIE PIPER

Elsa Morante

La Storia

Roman. Aus dem Italienischen von Hannelise Hinderberger. 631 Seiten. SP 747

Während und nach dem Zweiten Weltkrieg ereignet sich das Schicksal der Lehrerin Ida und ihrer beiden Söhne. Elsa Morante entwirft ein figurenreiches Fresko der Stadt Rom mit den flüchtenden Sippen aus dem Süden, dem Ghetto am Tiber, den Kleinbürgern, Partisanen und Anarchisten. Der Roman war neben Tomasi di Lampedusas »Der Leopard« und Ecos »Der Name der Rose« der größte italienische Bestseller der letzten Jahrzehnte.

La Storia das heißt: *Die Geschichte* im doppelten Sinn des Wortes. Elsa Morante breitet in diesem Roman das unvergleichliche und unverwechselbare Leben jener Unschuldigen vor uns aus, nach denen die Historie niemals fragt.

In Italien, in Rom, erleben Ida und ihre beiden Söhne den Faschismus, die Verfolgung der Juden, die Bomben. Nino, der Ältere, der sich vom halbwüchsigen Rowdy zum Partisanen und dann zum Schwarzmarktgauner entwickelt, ist ein strahlender Taugenichts. Sein Bild tritt zurück vor der leuchtenden Gestalt des kleinen Bruders Giuseppe, dem es nicht beschieden ist, in dieser Welt eine Heimat zu finden. Trotzdem ist seine kurze Laufbahn voller Glanz und Heiterkeit. In seiner seltsamen Frühreife besitzt der Junge eine größere Kraft der Erkenntnis als die vielen anderen, die blind durch die Geschichte gehen, eine Geschichte, die alle zu ihren Opfern und manchmal auch die Opfer zu Schuldigen macht.

Der Roman ist in einer dichten und spröden Sprache geschrieben, die den Fluß der Erzählung mit psychologischer und historischer Deutung aufs engste verbindet.

»Diese Geschichte ist der... nein, gewiß nicht ›schönste‹, aber der aufwühlendste, humanste und vielleicht wirklich der größte italienische Roman unserer Zeit.«

Nino Erné in der WELT

SERIE PIPER

Marcel Pagnol

Marcel

Eine Kindheit in der Provence. Aus dem Französischen von Pamela Wedekind. 276 Seiten. SP 2426

Marseille um die Jahrhundertwende: Eine fünfköpfige Familie bricht auf zu Ferien in der Provence – und hier beginnt für den elfjährigen Marcel ein Sommer voller Schönheit und Abenteuer in den Wiesen und Hügeln der Estaque inmitten von Zikaden und dem Lavendel- und Rosmarinduft der Hochebene. Sein bester Freund, der Bauernjunge Lili, führt ihn zu den geheimen Höhlen und verborgenen Quellen und zeigt ihm die beste Methode, geflügelte Ameisen zu fangen. Der leichte und poetische Ton besticht durch den zärtlichen Blick, in dem Arglosigkeit und Ironie verschmelzen und der kindliche Kosmos wiederaufersteht.
Die bezaubernden und weltberühmten Erinnerungen an die eigene Kindheit, getragen von der großen Herzensgüte ihres Autors.

Marcel und Isabelle

Die Zeit der Geheimnisse. Eine Kindheit in der Provence. Aus dem Französischen von Pamela Wedekind. 195 Seiten. SP 2427

Die paradiesische Ferienidylle des elfjährigen Stadtjungen Marcel, der den Sommer mit seiner Familie in der Provence verbringt, erfährt einen jähen Einbruch in Form eines blonden, verzogenen Geschöpfs, das sich vor Schlangen fürchtet: Die tyrannische Isabelle tritt in Marcels Leben und macht ihn zu ihrem Knappen. Nun eröffnet sich das ganze Spektrum kindlicher Liebe, die in ihrer Absolutheit und Grausamkeit Marcel in heillose Verwirrung stürzt, ihn aber zugleich auch die großen Dinge des Lebens erahnen läßt. Behutsam nähert sich Marcel Pagnol seiner eigenen Kindheit und bewahrt dadurch Distanz, aber auch Zärtlichkeit und Ironie.

Die Wasser der Hügel

Roman. Aus dem Französischen von Pamela Wedekind. 423 Seiten. SP 2428

SERIE PIPER

Iva Pekárková

Truck Stop Rainbows

Roman. Aus dem Tschechischen von Natascha Drubek-Meyer und Ladislav Drubek. 331 Seiten. SP 2291

Fialkas Sehnsucht gilt der Fernstraße – hier findet sie als Tramperin in spontanen sexuellen Abenteuern mit Lkw-Fahrern, Kumpeln für eine Nacht, ihre erfüllten »Regenbogen-Augenblicke«. Ihre naive, doch gleichzeitig so kluge Philosophie des Augenblicks diskutiert sie mit ihrem Freund und Seelenverwandten Patrik, der als »Fotograf des Lebens« Mut beweist. Aber bei Patrik, der als Klempner im gegenüberliegenden Plattenbau – Etage für Etage – einsame Hausfrauen beglückt, wird multiple Sklerose diagnostiziert. Und die Wartezeit für einen Rollstuhl beträgt zehn Jahre. Plötzlich wird Geld wichtig.

Fialka beschließt, ihre Tramperei auf die Südliche Trasse zu verlegen, wo die Fernfahrer aus dem Westen locken – und die Mädchen käuflich sind.

Erik aus Schweden bietet ihr ein freies Leben, er will sie heiraten, retten, entführen, lieben, alles, was sie will. Doch in ihrem ohrenbetäubenden »Yeees!« liegt schon die Absage. Das ist nicht die Freiheit, die sie will; wie soll sie leben ohne die Kurve von Hradec Králové, wo ihre Eltern und ihre Schwester bei einem mysteriösen Autounfall ums Leben kamen; wie ohne die weißen Buchen oberhalb von Třebová; wie ohne Prag?

Eine bei aller Melancholie ganz unsentimentale, witzige und geistsprühende Road-Novel und zugleich die Entdeckung einer aufregenden jungen Erzählerin.

»Ein herausragendes Debüt. Es gibt Autorinnen und Autoren, die man Naturtalente nennen muß. Sie verstehen es, Geschichten knapp, eindringlich und spannend zu erzählen und so den Leser auf hohem Niveau zu unterhalten… Ein außerordentlich sinnliches Stück Prosa… von einer ungemeinen Leichtigkeit des Erzählflusses und einer oft lakonischen Sprache, die die Geschehnisse in diesem Roman rasant vorantreiben.«

Neue Zürcher Zeitung

SERIE PIPER

Susanne Mischke

Freeway

Roman. 219 Seiten. SP 2191

Eine »Road Novel« um zwei grundverschiedene Frauen, bei der nicht nur Thelma- und Louise-Fans auf ihre Kosten kommen. Anne, Millionärstochter und Karrierefrau, begegnet auf einer Flughafentoilette der punkigen Katie und trifft deren Zuhälter – mit einer Flasche am Kopf. In einem New Yorker Luxushotel, wo Anne ihren Kummer über ihren untreuen Verlobten ertränkt, stoßen die beiden Frauen erneut aufeinander. Katie fackelt nicht lange. Sie schleppt Anne raus aus dem Plaza und rein in die New Yorker »Szene« mit ihren skurrilen Wahrsagerinnen, Seifenoper-Diven und anderen schrägen Vögeln. Doch Katie bekommt Probleme, denn sie besitzt etwas, worauf noch mehr Leute scharf sind. Die beiden flüchten auf der legendären Route 66 nach Kalifornien. Als es gefährlich wird, rettet Anne die Situation und verkauft etwas, was ihr gar nicht gehört…

»Solide Unterhaltungsliteratur, spannend, komisch und voller kluger Beobachtungen.«
Brigitte

Stadtluft

Roman. 251 Seiten. SP 1858

Die junge, attraktive Eva flieht vor der Langeweile der Provinz nach Kreuzberg, um den Frust mit ihrem scheidungsunwilligen Lover zu vergessen und dem echten, wilden Leben zu begegnen. Dieses läßt nicht lange auf sich warten: Eine Bauchtänzerin samt ihrem rotznasigen Popper-Söhnchen, ein müsliverschlingender Therapeut, ein versoffener Maler, ein verliebter Bratpfannenvertreter und ein verdauungsgestörter Kater machen Eva die Hölle heiß.

Mordskind

Roman. 360 Seiten. SP 2631

»›Mordskind‹ ist ein Kriminalroman der Extraklasse, lebensnah und spannungsvoll… Die distanzierende Ironie kommt nicht zu kurz dabei.«
Der Tagesspiegel